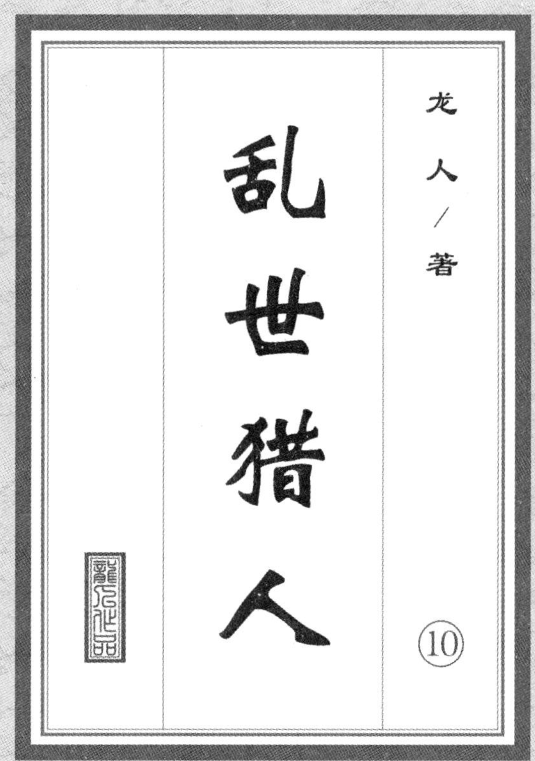

二十一世纪出版社集团
21st Century Publishing Group
全国百佳出版社

图书在版编目（CIP）数据

乱世猎人：全 14 册 / 龙人著 . -- 南昌：二十一世纪出版社集团，2017.10

ISBN 978-7-5568-3104-3

Ⅰ . ①乱… Ⅱ . ①龙… Ⅲ . ①长篇小说 – 中国 – 当代 Ⅳ . ① I247.5

中国版本图书馆 CIP 数据核字 (2017) 第 243763 号

乱世猎人：全14册　　龙　人著

责任编辑　敖登格日乐
出版发行　二十一世纪出版社集团
（江西省南昌市子安路75号　330025）
www.21cccc.com　cc21@163.net
出 版 人　张秋林
经　　销　新华书店
印　　刷　北京龙跃印务有限公司
版　　次　2018年2月第1版　2018年2月第1次印刷
开　　本　710mm × 1000mm　1/16
印　　张　224
字　　数　2327千
书　　号　ISBN 978-7-5568-3104-3
定　　价　700.00元（全14册）

赣版权登字—04—2017—746

目　录

第一百二十八章 超越自我

黄海闭目拭剑，剑身闪着一种幽暗的光芒，在白皙的雪原之上，与黄海一样显得那般夺目。

彭连虎望着那柄不知饮过多少剑手之血的剑，心头涌起一股莫名的情绪，他无法解释，或许这正是一个武人的精彩之处。

向更高的高手挑战，才能够超越自我，真正享受生命的精彩！

黄海和尔朱荣都是天下各道高手自认难以攀比的绝世高手，那这一战，又将会是怎样的一种结局呢？没有人可以想象，但谁都知道，这是绝对不容错过的一战，绝对不容错过！

尔朱荣闭着眼咀嚼着兔肉，似乎极为享受这回归大自然的温馨，他吃得很慢，嚼得很细，这是一种无法形容的悠闲，就像是黄海在听风。

听风，吹过的寒风，如刀！冰冷而肃杀，偶有一蓬吹散的雪雾落下，衬着碧潭之水，倒也是不可多得的美景，难得的却是那份幽静。

黄海和尔朱荣并不想睁开眼睛欣赏这份美景，他们只是用心去捕捉，用心去感受，那是一种无法让外人理会的境界。

黄锐和追风诸人全都很肃静，只是在静静运功烘干身上的衣服，他们吃了东西，填饱了肚子，无论是功力还是斗志，都恢复了一个层次。是以，他们此刻能以自身的功力烘干身上的衣服，而不会被冻成冰雕。

尔朱情和尔朱仇也在加紧调息，虽然他们对尔朱荣绝对有信心，可黄海也不是浪得虚名之辈。十九年前，尔朱家族的那么多高手都未曾让黄海丧命，不仅被他冲出重围，更让尔朱宏与数十名尔朱家族的高手死于非命，这绝对不是个浪得虚名的人能做之事。也许，这一战会成为尔朱荣一生中最为艰巨的一战，但他却不能不战！

彭连虎此刻竟似乎完全可以体悟到尔朱荣和黄海的心境，是那般恬静和安详，并没有决战前的紧张，更没有生死决斗的慌乱。

黄海和尔朱荣的心境就像是深潭最底下的水，平静得不受任何风浪的侵袭。

只要是高手，就能够读懂这之中的玄机，绝对能够读懂！

彭连虎自然读懂了其中意境，因为他也是高手，他更明白，黄海与尔朱荣今日一战，将会是他武道修行的又一大转折。

能向更强的对手挑战自然是一件极为痛快之事，但能够目睹两大强者的决战则更是一种幸运。而到底可以收获什么，暂时谁也无法得知。

尔朱荣仍在啃着那条兔腿，但却没有吐骨头，那些骨头全都在他的嘴中嚼细，完完全全地吞咽下去，啃着带骨头的肉，就像是在嚼包子一般优雅。

任何事情都不值得奇怪，在这一群本就异乎凡俗的人之中，不发生一些奇怪的事，才会让人感到意外。

“你在想些什么?”黄海突然淡然开口问道。

彭连虎和黄锐诸人一愕，不知该如何回答之时，尔朱荣却已经答道：“我在想，如何将自己的剑招发挥到尽善尽美。”

彭连虎诸人这才恍然，却不明白黄海怎能如此清楚地知道尔朱荣在想问题，他们都是闭着眼睛的，根本就感觉不出任何异样。

“如果你这么想，那今天之战，你输定了。”黄海自信地道。

“为什么?”尔朱荣并不为之所动，淡漠地问道，口中依然啃着那剩下的半条兔腿。

“你是明知故问。”黄海并不想多说什么。

“我是问你为什么要告诉我这一弱点?”尔朱荣悠然道。

“我不想拖得太久，那太没意思，同时我不想将时间用在无益的想象和等待之上，因为对于你，那全没必要。”黄海冷冷地道。

尔朱荣禁不住笑了笑，道：“好，爽快，我就给你一个痛快!”说着，将剩下的半截兔腿一下子塞入口中，那嘴巴犹如无底深洞一般，毫无阻隔地将兔腿吞入腹中。

黄海淡然地笑了笑，却并不想多说什么话，他甚至对尔朱荣有些不屑。一个真正的高手，完全没有必要说一些多余的废话，事实会证明一切，因此他并不想与尔朱荣争辩什么。

两个被誉为天下剑道至尊的人，终于在今天要分个高下，剑道之中，自然容不下两个王者。是以，这一战终是不可避免的，甚至没有人可以解开今日这一战。

“我足足等了二十年!”黄海抚剑缓立，只说出了这么几个字。

“那你这一生定会为这个等待付出代价。”尔朱荣淡然道。

“任何代价都会有回报相衬的，没有回报就不会付出代价。”黄海悠然道。

“你认为一定可以得到这份回报?”尔朱荣也立起身来，反问道。

“一定可以!”黄海的声音是那般坚决而有力，绝对没有半点含糊，更充满着一个武者的自信。

尔朱荣睁开眼睛，两道神芒在虚空之中与另外两道神芒相交。

黄海也在同一时间睁开了眼睛，像是心有所感。

两道目光在虚空中竟似爆出一溜火花，惊心动魄就从这一刹那之间开始。

战意和剑气四射，似化成寒风中的一部分旋飞于雪原之上。

两人都没有动作，但彭连虎却知道，两人都已经出招了，是以另一种形势，另一种方法交手。

那是意境，高手的意境，在静中生万动，在动中得静之神韵，天地万物应心而生，应气而活，尔朱荣和黄海正是以一种内在的精神交手。

天地间的景致也顺应两人的心境而变化，这的确是一种令人无法理解的前奏。

“凌姑娘，你带着元姑娘先走，我来断后！”三子和无名五同时道。

“阿风呢？”凌能丽并没有答应两人的话，而是在百忙之中出言询道，眸子之中显出一丝焦灼和不安。

“阿风一会儿就出来，他去办点急事。”三子急道，他知道，如果说蔡风仍在地下，凌能丽绝对不会离开的，那可对局势更为不利。

“你在说谎，你的眼睛告诉了我，阿风是不是仍在地道之中？到底发生了什么事？”凌能丽翻剑刺入一名敌人的咽喉，急切地问道。

三子一呆，没想到凌能丽竟如此敏感，居然捕捉到他眼中那一丝轻微的波动。

“小心！”无名五的呼声仍是迟了些，一柄剑已划开了三子背上的肌肉。

三子闷哼一声，反手一刀，以快速无伦的手法，竟切下那人的一只手臂。

“这里不是说话的地方，我们先冲出去再说！”三子急道。

凌能丽也清楚，此地的确不是久留之所，必须尽快突出重围，否则，自己等人只会成为尔朱兆的阶下之囚。

“想走，只怕没那么容易，给我截住他们，一个也不能溜！”尔朱兆一声冷哼，众尔朱家族弟子奋不顾身地扑向凌能丽诸人。

三子和凌能丽诸人虽然武功了得，但却是久战之下的疲军，况且双拳难敌四手。尔朱兆执意在他这一方加强攻击力度就是想留住他们，是以，他们一时也无法突破重围。

尔朱兆自然知道眼前的两个女子对蔡风来说，是极为重要的，只要能够擒下这两人，那蔡风再厉害也会被牵着鼻子走，至少可以使己方立于不败之地。

凌能丽得知蔡风仍在地道之中，心神禁不住为之波动，失神之下，竟险象环生。

“那两个女子要活捉，谁抓住了她们其中之一，赏金五百两！”尔朱兆淡然道。

重赏之下必有勇夫，凌能丽和葛大诸人所受的压力顿增，更加无法突出重围。

“轰轰……”地底之下爆响频传，巨大的震力，几乎使整个财神庄翻了过来，积雪飞舞，大树倾倒，甚至庄外的围墙也开始倒塌，那些正在厮杀的人，在这一刻才感觉到危险与自己是多么近，那来自地底的威胁是多么深切。

尔朱兆的眼中，依然只有狠辣的杀机，今日之战局处处出乎他的意料之外，一直被蔡风牵着鼻子走，对他来说，这的确是种莫大的耻辱。以他的心性，自然不想就这样罢手，他要对蔡风的人施以无情的报复，更要平复心头的那股难以息灭的嫉火。而此刻，他真的相信蔡风已被埋在地底了，否则，以蔡风的性格，此时是绝对不会不露面的，只要蔡风不出现，他就再也没有什么顾忌了。眼前这些葛家庄属众，自然不在他的话下。

蔡风真的被埋在地底了吗？不仅尔朱兆这么想，就是三子和凌能丽都是这么想的，否则的话，怎么仍不见蔡风出现？

地底连续不断的爆炸，更为三子和凌能丽的心头添上了一丝阴影。

围攻凌能丽的是那老者与血煞杀手中的几人，可见尔朱兆的确很看重凌能丽。

凌能丽所遇到的是这一年多来最艰苦的一战，绝对是，负伤累累，仍斗志不减，连三子和尔朱兆都感到惊骇莫名，身为一介女流之辈，竟然拥有如此可怕的斗志，的确极为罕见。他们自然不知道，凌能丽习武的原动力就是仇恨，是以她对自己意志的磨炼近乎刻薄，也只有付出常人无法付出的努力，才能够得回常人无法得到的回报，她竟可在一年多时间之中学尽五台老人的全部技艺，虽然她天资过人，但也不可否认她的意志之坚强。

尽管凌能丽的意志极为坚强，但高手相争，并不全靠斗志，还需要凭借实力。单打独斗，凌能丽可以不畏惧这群敌人中的任何一个，但若对方群起而攻，就不是她独立所能够解决的问题了。加之伤疲不堪，凌能丽的剑竟然被击落，被那老者击落，而血煞杀手最懂得如何趁虚而入。

“小心!”三子飞步来救，但却被强敌紧紧缠住，只得疾呼一声。

其实三子所呼的并不是让她小心血煞杀手，而是小心那些倾塌的围墙和自地底下传来的爆炸。空中喷射的雪花如刀似箭，射到人的脸上有种火辣辣的刺痛，更造成一片虚雾，朦胧一片，三子替凌能丽担心的就是这个。尔朱兆下令要活捉凌能丽，血煞杀手虽凶，还不至于伤了凌能丽，但爆炸却是无情的。

三子的声音被爆炸之声和墙塌之声所掩，他甚至因为分神，再次中了敌人一刀。

尔朱兆眼角绽出一丝得意的笑容，如果蔡风死了，这般美人，谁也不会嫌多，他定会用尽办法将这些女人据为己有；如果蔡风没有死，他便可将之作为最厉害的武器让蔡风就范。

正趁机攻向凌能丽的血煞五与尔朱兆一样充满了得意，他这一出手，就是五百两黄金，即使与那老者平分，也有二三百两之多，如此一笔横财就这样轻面易举地到手了。

的确很顺利，凌能丽被对方击落长剑之后，手脚一缓，血煞五立刻扣住了她的脉门，手法之利落，之准确，的确已达到了一流之境。

脉门乃人身极为重要的部位，只要扣住了脉门，这一切便几乎已成定局。

当然，偶尔有些例外，凌能丽便是属于这类例外之人，或者，她并不是例外的人，可血煞五这一次的确算错了。

凌能丽的脉门竟然涌出一股汹涌若海潮山洪般的气劲，完全不受控制地自血煞五的指尖和掌心传入他的七经八脉中。

血煞五狂号一声，若被雷击电劈一般倒飞而出，在雪雾弥漫的天地中，洒下一道凄艳的血红。

那击落凌能丽长剑的老者大惊，他怎么也想象不到，被他击落长剑的凌能丽竟有如此可怕的功力。

血煞五绝对不是庸俗之辈，其武功之高，足可在江湖上称为一流高手，可是竟被凌能丽一击震飞，而且受了重伤，单凭这分内力，就让他无法想象。但在雪雾弥漫中，仍然依稀可见凌能丽的身影。

血煞四和那老者同时攻到，一剑一掌，都倾尽全力，他们皆不想再失手，面对这似乎无法揣测的对手，他们唯有倾尽全力一拼。

尔朱兆也大骇，血煞五飞跌在他身前不远处，嘴角之间，仍在流着血丝，却昏迷了过去。面色血红，显然是血脉尽闭，火劲回涌，修罗烈焰掌劲反噬其心所造成的。

他自忖没有这分功力可使血煞五的火劲反噬主人，可这却是一个剑被击飞的女流之辈的杰作，怎叫他不惊？

尔朱兆正要为血煞五施以援手之时，却见血煞四与老者全力攻击凌能丽，不由得再次一惊，呼道："留下活口！"

其实，尔朱兆根本不用再呼什么，他的呼喊全是多此一举。

雪雾之中，凌能丽的眸子射出两道清冷的厉芒，若两柄劲剑刺开雾瘴，血煞四和那老者的剑体都变得无法遁迹。

老者和血煞四没来由地心头一寒，虽然他们并没有直接面对凌能丽的目光，可是凌能丽的目光却若冰冷的刀锋一般切入他们的肌肤，侵入他们的触觉神经。

在掌剑距凌能丽两尺之时，也正是尔朱兆的声音传到之时，凌能丽出手了，以一种令人无法想象的速度伸出两只素洁而毫无瑕疵的手。

一切的变化都是那么难以想象，那么不可思议。凌能丽所施展出来的手法，就像是让那老者和血煞四做了一场噩梦般。

老者那柄要命的剑顿在空中，一动也不能动。那并不是老者不想动，而是他根本无法动。

就因凌能丽两根春葱般的玉指，使那柄要命的剑犹如夹在两座大山的缝隙之间，根本就难作分毫的移动，而血煞四却做了另一场可怕的梦。

凌能丽的左手食指若一柄无坚不摧的利剑，刺破他掌心所带火劲，毫无阻隔地刺在他掌心的劳宫穴上。锐利无匹的劲气，带着一股炽热的暖意涌进他的心房。

血煞四的确像是做了一场噩梦，他竟毫无能力避开凌能丽这一指，在凌能丽最初出手的那一瞬间，他便似隐隐感觉到了一丝不祥，当凌能丽那一指破开他手心火劲时，就知道这一指是绝对要命的。因此，他想避，在短短的刹那之间，他变换了十七个动作，但依然无法避过对方要命的一指。

血煞四的惨号之声比杀猪的厉叫还难听，他整个身躯就像是被电击了一般，没命地倒纵而回，但整个人尚在半空中，却“吧嗒”一声重重跌落在地，浑身一阵颤抖，脸若充血一般让人触目惊心。

那老者似乎也感到有些不妙，他竟然全无办法夺回那柄属于他的长剑，而剑上更传出一股无法抗拒的强压。若电流一般，让他心惊肉跳，他想到的第一个念头，就是撤剑。唯有撤剑才是唯一出路，他早就有些心寒，先是血煞五，再是血煞四，几乎都是败得莫名其妙，幽灵蝙蝠的可怕之处，他并不是不知道。那时候，他正风行江湖，但与幽灵蝙蝠却根本不是同一个层次的人，只能将对方当作一个神话或是传奇来看待，此刻面对幽灵蝙蝠的传人，他虽然有所准备，但心中依然忍不住多了一层阴影。

老者所作的打算的确是正确的，但是仍迟了一步。

“哧！”那柄长剑竟被凌能丽的两根手指剪为两截，而在那老者飞退的当儿，那截断剑的剑尖已若幻影般反射入他的咽喉，他甚至连惨叫声都未来得及发出，便颓然倒下。

这瞬间所发生的变故几乎让尔朱兆应接不暇，但也惊骇欲绝。

凌能丽突然横空飞扫，若一片云彩，在雪雾之中，幻成一层淡蓝的迷茫。

那自四面攻来的兵刃，几乎在眨眼间被一股巨劲绞飞，惨哼声、刀风声、惊呼声之中，传来了尔朱兆一声惊骇的呼叫：“蔡风！”

尔朱兆并没有看错，凌能丽之所以能将身形横于虚空中出击，是因为蔡风在其后抱着她，更将自己的真气灌注于凌能丽的体内，这才会让凌能丽在刹那间便伤了己方三名高手。

在这紧要的关头，蔡风终于还是出现了，出现得那么突然，那么及时，却让尔朱兆似误吞奇毒一般惊惶。

无名十六也跟着一起出来了，随于无名十六身后的乃是葛家庄精锐，这些人无论是武功还是其他方面都不容小看。

无名十六诸人的参战，双方形势立时倒转。

蔡风牵着凌能丽的手，两人功力相融，更是无人可敌其一招，所过之处，敌众无不尽成刀下之魂。

凌能丽心头大畅，虽然伤疲不堪，但蔡风的功力自有疗伤之效，她不仅可以一边攻击，更可一边调气回神，精神迅速恢复。

“撤!”尔朱兆知道再没有任何可以留下来苦战的理由。

就因为蔡风的出现，打破了他均衡的局面，更让他绝对的优势再一次转入低谷，让尔朱兆不解的却是蔡风从何处来，究竟是怎样出现在凌能丽的身后呢？这像是一个谜，至少是他无法解开的谜。

蔡风所过之处，没有一个活口，这些双手沾满血腥的敌人，唯一可走的，就是死亡之路。触动了蔡风杀机的人，就得付出惨重代价!

蔡风能够自地道内强烈的巨爆之中蹿出，的确让人无法理解。

原来，蔡风出于义气，绝对不能让无名十六诸人毫不知情地死在地道之中，而对地道的了解，唯有他与三子最深；能在迷宫般的地道中不迷失方向的，也只有他和三子那种野兽般的灵觉。而他绝不会让三子再去冒险，三子和长生为他已经付出太多，是以他毫不犹豫地便负起营救无名十六的任务。他知道，若是自己不去的话，三子定会前去。虽然此去生存的机会也许十分渺茫，但他并不害怕。

而被三子制住穴道的财神几人，在众人退出后，由于不能行动，也留在了地道中，蔡风找到无名十六诸人后，正好撞到惊骇若死的财神，也便出手相救。

在地道中，蔡风更明白，任何人创建这庞大而纵横交错的地道，绝对不会不留后路，而这地道中的自毁机关也设置得非常离奇，怎会与机关总钮有关呢？若是有外人误打误撞关闭了总枢纽，那岂不是要让所有财神庄的人都命丧黄泉吗？是以，这之中定有古怪，而设计这自毁机关的人正是财神，他设此自毁机关，显然是对付自己人。否则，这自毁机关怎不设在另一隐秘之处，而设于这种最不安全的地方？任何人稍有失误，就足以酿成大错，造成毁灭性的伤害，这纯粹是对财神庄一种不负责任的表现。

蔡风心神微定，就看出了其中破绽。

事实果然不出蔡风所料，这自毁机关只有财神一人知道，而财神并非为保护财神庄，而是要对付尔朱家族的人，他更是潜伏在尔朱家族的死士，只待尔朱家族的族王一至，便即与之同归于尽，所以才设此自毁机关。谁知财神等了十来年仍没等到该来的人，却让无名十六给误打误撞触动了机关，使他的计划前功尽弃。

蔡风所猜更没错，地道之中还有安全通道，而这通道的尽头，正是最后一堆火药燃爆之处，这尽头的通口并未打开，只有等那火药爆炸，才会炸开最后一层土。

出口之处正是庄门口，在凌能丽身边炸开的那一堆火药，也正是蔡风所在地道的出口。

蔡风在地道口被炸开之时，立即跃出地道，地道之外，已是一片狼藉，血腥满地，且正是凌能丽受危之时。

在雪雾与土雾之中，众人根本无法捕捉到蔡风的身影，甚至他是怎样接近凌能丽也无人知道，包括凌能丽自己。

凌能丽只觉一股暖流涌向她的七经八脉，精神一震之时，血煞五已经被震得飞跌而出，连她自己都觉得有些莫名其妙，但同时，她的耳边传来了蔡风的轻呼，这才知道出手相攻，竟然同时将血煞四和那老者击杀，使她禁不住心中大喜。

尔朱兆是个极为聪明之人，葛家庄众弟子的确够厉害，他们财神庄的人，根本就未曾受到严格的训练，如何是这些人的对手？虽然后来在人数上占了极大的优势，可是蔡风一出现，更带出无名十六这一群好手，立刻让他属下的高手死伤一片，那就是说半点机会都没有了。而让他面对蔡风，那更是丝毫希望也没有，所以他唯有撤退一途。

蔡风对尔朱兆起了杀机，绝不想让对方逃掉，对于尔朱家族的任何人，他都没有什么好感，甚至只有无尽的恨意。

三子见蔡风安然出来，且带出无名十六，他精神立刻大振，重现神威，只杀得那些财神庄弟子哭爹喊娘。

财神庄中的所有局面此时全被三子控制，蔡风再不用担心什么，放下凌能丽，掠步向尔朱兆追去。

尔朱兆一声尖啸，身下的健马更快地飞驰而出。

蔡风却忽然感到一阵沉闷，经脉似乎开始混乱，不由得骇然驻足，心知又是那莫名其妙的伤犯了，只得望着尔朱兆逃走的方向暗恨。

几日前，在地道之中，尔朱荣和黄海都剑出如电，剑气蒸腾，虽然剑与剑并未相交，但那种压抑的感觉却令人骇然动容。

在地道之中，他们剑不相交，或许是因为怕激得地道塌陷，可是出了地道，他们之间的争斗却让人更感意外，这是与地道之中两种完全不同的争斗方式，根本未见刀光剑影，甚至根本就未曾出剑。

黄海那柄擦拭得无比光亮之剑，只是斜斜地指着地面，懒散至极的姿态给人一种轻松惬意的感觉，毫无高手相争的意态，但却似乎可以随着寒风，微浪而轻摇。他的整个人犹如深深嵌入了大自然之中，与自然融为一体。

尔朱荣似乎处于一种绝然不同的意境，双手虽然也极为自然地笼于衣袖中，但整个身形似乎散射着一种逼人的气焰，若剑气一样，凛冽而森寒。

彭连虎禁不住为之心神大动，一个绝世高手，武技的表现不再是一种形式，而是一种境界，一种自精神到心境的修为，而这种修为的最高境界，却是回归自然，意到神发，而非显于外在的气势。

尔朱荣和黄海的剑意修为似乎走的是两条截然不同的路子，但每一种剑意都有其动人之处。

彭连虎心头不由得暗赞："果然不愧为当世两大剑术宗匠，的确有着让人无法想象的可怕之处。"

其实，剑术的修为达到黄海和尔朱荣这种境界，已经完全不需要用剑，但他们所面对的，乃是生平最大的敌人，岂有不用剑之理？除非有一人想死。

黄海似乎有些不耐这种沉闷的僵局，率先移动了一下剑，或者可以说是将剑尖向上挑了一挑。

只那么一点点，几寸许的空间，但整个形势似乎突转。

距离和角度给人的感觉是那样的神奇，只那么一点点的空间，竟然产生了让人震撼无比的效应。

雪层在飞旋，在流动，像是被一股无形的力道所牵引，做着极有规律的运行。寒风更烈，树梢之上的雪团飞落更快。

黄海的身上也同样涌起一股无法形容的气势，在刹那之间，似乎凝成山川，高不可攀，耸立如五岳，气派非凡，他手中那柄普普通通的剑，竟然杀意四射，透着强霸至极的压力。

尔朱荣眼角射出一丝讶异的神色，似乎只是因为黄海的剑势出乎他的意料之外。

电芒划破长空，却并非射向尔朱荣，而是停驻于虚空之中，黄海的双臂合在一起，再下坠之时，居然牵动了那片昏黄的云彩。

彭连虎和一旁围观的高手禁不住全都大惑不解，黄海施展出来的并不是传说中所谓的黄门左手剑，而是双手使剑，那种惊天地、泣鬼神的力量，居然牵动了天空中的浮云，这的确是一种奇观。

“好！”尔朱荣再不能不动，那片昏黄的云彩向他的头顶狂压而下，灭绝性的气机，像泰山压顶一般，是以，他不能不动，不能不出手。

黄海一出手就使出如此可怕的猛招，的确让人心惊。

“轰！”黄海的剑并未落地，但也并未击中尔朱荣，可那汹涌的剑气却若闷雷般重击于地。

雪花飞舞，在迷茫的雪雾中，尔朱荣犹如一点淡淡的幻影，破入昏黄的云彩，一朵亮丽的剑花在黄海的剑影之中绽放，且一盛再盛，几乎吞噬了所有的光和影。

黄海和尔朱荣自己也完全被这朵无比绚丽的剑花所吞噬。

“叮叮……”剑响之密集，几乎分不清中间的停顿，全都凝成一串长长的脆响。

黄海的身形只在虚空之中翻了两翻，踏在一根断了的碎枝上，若滑翔的雄鹰，剑转左手，拖过一道亮丽的彩弧，向尔朱荣撞去，那种神奇般的轨迹，只让一旁观看的众高手惊叹不已，无论是力道和角度，抑或速度，都达到了至善至美的地步，没有半点瑕疵。

尔朱荣的剑回收，犹如一张严密的网，丝风不透的网。

“轰!”两剑相击并非直接相交，却是无形的剑气交击，所以发出的声音沉闷异常。

地上的雪花飞扬，劲气四溢，使潭中之水狂升而起，就像是突起的一条巨龙，突兀而怪异。

第一百二十九章　奇僧异现

黄海的剑丝丝入扣，每一剑的弧度都像是一个完美的艺术精品。尔朱荣的剑在守势之中又藏有无限的生机，似乎任何一刻都会有爆发的可能，而且是一发不可收拾。

尔朱荣在退，天下间能够让尔朱荣后退的人的确太少，但黄海却是其中之一，虽然尔朱荣的剑招并未乱，更不是落在下风，可单凭让尔朱荣后退一举，就足以让任何人感到骄傲。

“族王，小心!”尔朱情和尔朱仇同时惊呼出声，因为尔朱荣竟然踏到了水上，在那激烈动荡的浪头之上踏行。

黄海也同样双足踏于波涛之上，气劲相激之下，深潭之中的水若被强劲的火药炸开一般，“哗哗……”巨浪狂冲四射，剑气所至之处，水面激荡汹涌。

气氛之烈完全是一种阳刚的霸意。

彭连虎的目光一眨不眨地紧盯着两人的身形，甚至两人所踏波纹的差别也丝毫逃不过他的双眼。

尔朱荣与黄海所踏之浪，完全是两种不同的形式。

尔朱荣脚下的浪全是一圈圈内陷的暗纹，似乎制造了一个个旋涡，而黄海脚下却是浪涛抬升，似乎他的脚下有着一股股吸力，使得水面之水随着他身形的升高而抬升，构成一种异样的生动。

彭连虎知道，眼前的情况与二人所修习的内功心法有关。

黄海的内功心法定是以吸纳天地之间的三清之气为主，才会形成这般场面，而尔朱荣却是将黄海攻击的力量，以一种特殊的功法，散入水中，这才使潭水若炸开了锅一般，此起彼伏，似乎根本没有平静之时。

不可否认，这一战似乎没有蔡伤与石中天那一战惨烈，或许是两人的强霸之气不如蔡伤。

蔡伤的刀招中，那种威临天下、霸盖一切的气势的确是黄海与尔朱荣无法比拟的，他们两人的比试，更没有蔡伤给人的震撼那么深刻，那种激烈的程度就是不懂武功的人都能够明白其中的可怕之处，而对于每个武者，更是惊服无伦，包括彭连虎。因为当世之中，的确没有人可以达到那种程度，也或许，此刻的黄海和尔朱荣并没有进入最后决出胜负的高潮。

元定芳只是被迷香所迷，用散雪一擦脸，便醒了过来，尔朱兆并不敢伤她，因为尔朱兆实在没有足够的把握可以对付蔡风无情的攻击，何况人美的确要占些优势，让人舍不得伤她。

元定芳醒来之时，发现自己正静躺在蔡风的怀中，那种意外的感觉，使她软弱得滑下泪来。

“我是在做梦吗？”元定芳有些担心地搂住蔡风的脖子，若受惊的小鸟般问道。

“疼吗？”蔡风捏着她那小巧玲珑的鼻子，按了一下问道。

“嗯！”元定芳点点头，她感觉到这一切都是真实存在的，绝对不是置身于梦中，那自心底升起来的喜悦使她将蔡风的脖子搂得更紧。

蔡风轻轻地在她那冰凉的红唇上吻了一口，只是轻轻地，温柔得像掀开新娘子的红盖头。

元定芳轻颤一下，紧闭美目，呼吸却急促起来。

静静的房间，唯有蔡风和元定芳两人，好像处于另外一个天地，另外一个世界。

“风，我好怕，他们见人就杀，无名四也死了……”

蔡风伸手按住元定芳那冰凉的红唇，温柔地道：“不要再想那些了，一切都已经过去，此刻你只要好好地休息，再也不会有人可以伤害你了。”

元定芳的美目直愣愣地望着蔡风，充盈着一种无法抹去的情意。

“风，今晚陪我好吗？”元定芳以一种极为意外的语气道，竟然没有一点羞涩之感。

蔡风先是一愣，然后将元定芳搂得更紧，点点头，也有些动情地道：“好，定芳先好好休息，今晚我一定好好陪你！”

元定芳的俏脸上泛出两朵淡淡的红云，轻轻地“嗯”了一声，若一只小猫般乖巧而惹人怜爱。

蔡风放下元定芳，为她盖好被子，见其美目依然一眨不眨地望着他，春情微显，俏脸娇胜鲜花。蔡风情动之下，忍不住又深情一吻，但却强压心头躁动的情绪，他必须利用这段时间彻底检查一下经脉中异象的来源。往后的路途也许会有更多的事情发生，他无论如何也不能使这种隐患藏于身上，是以，只得将答应元定芳的事在晚上再付之行动了。

“公子，凌姑娘走了。”外面传来了葛大的惊呼。

蔡风“呼”的一声站了起来，急忙拉门而出，惊问道：“什么？”

“凌姑娘她走了！”葛大有些无可奈何地道，似乎他经过了多番挽留而无效一般。

“什么时候？”蔡风急问道。

元定芳也急忙坐了起来，似乎不敢相信有这么回事般。

“她说她要去看看雪景，我们便跟着她去了，可是行了一段路，她却突然说要走，属下也无法劝阻，只好看着她去了，而我便迅速回来告诉公子。”葛大无奈地道。

“怎么会这样，凌姐姐怎会不辞而别呢？”元定芳呆呆地念道，似乎充满着一种失落之感。

“她什么也没有说？”蔡风望着葛大，冷冷地问道。

“这是凌姑娘给公子的信，似乎她早有准备一般。”葛大自怀中掏出一封信笺来。

蔡风拿信的手居然微微有些颤抖，但终还是拆了开来，信封之中还有一个精美的香囊。

风，是该说声再见的时候了，我想了很久，也痛苦了很久，终于，我决定离开你。我并不是一个大度的女人，也不想做世俗红尘的傀儡，接受不了心爱的男人拥着别的女人，也不想看到这一事实。因此，我选择了离开，也许，这是最理想的一种结局。刘姐姐、叶媚和定芳都是好女子，我永远都会当她们是姐妹，你要代我好好爱护和关心她们。

今日不辞而别，实是不想增添太多的痛苦。面对你，我会失去所有的勇气和力量，所以才会不辞而别。也许，你会不高兴，但我们仍是知己，最好的知己，无论我走到哪里，都会记挂着你和姐妹们，会想起我们有一帮曾出生入死、患难与共的好知己，这一切已经足够让我回味一生。

不要刻意地寻找我，那没有必要。男子汉大丈夫，应该有自己的事业，有自己的目标，将时间和精力浪费在女儿私情之上，最多也只是被人们羡慕，却无法让人心服。我知道，你不喜欢那种靡烂繁华的生活，可天下万民正处于水深火热之中，稍有良知的热血儿郎，也当知为民请命，早日将他们自苦难之中解脱出来。

风，你是一个了不起的男子汉，我相信你的武功，你的智慧，也相信你那颗善良的心，我多希望你的智慧和武功用来拯救万民。医者之心乃为天下人幸福平安，若风能如我所愿，我爹泉下有知，也会为你感到骄傲的，也不枉我爹当初相救一场。

风，你恨我吗？怪我吗？其实，每个人都有寻找自由的权利，每个人都有自主的权利，我一向不认为男人和女人有多大的区别，男人可以办到的事，女子也同样能够做到。因此，我在寻找一种属于我自己的生活，也许有一天，我累了，会回到你的身边，借你肩膀一用，你会给吗？

能丽

丙午年元月初七

“写了些什么？”元定芳披衣而起，焦急地问道。

蔡风未答，呆呆地立着，他实在不知该如何回答，抑或他的心依然沉浸在信中久久未能清醒，双目空洞一片，似乎什么都无法感应到一般。

"风，你怎么了?"元定芳吓了一跳，一拉蔡风的手，关心地问道。

蔡风的手一片冰凉，像块生铁。

蔡风缓缓回过神来，那几页信笺却飘散于地上，整个人犹如病了一场般说不出半句话来。

元定芳知道蔡风的神情定与信有关，不由得拾起信笺，细阅一遍，禁不住也呆了，脸上的神情极为复杂，同样一句话都说不出来。

当彭连虎的目光移向那道瀑布时，黄海与尔朱荣已经完全融入了水雾之中。

那旋动的劲气，卷起一道道冲天而起的水柱，更有一条震晕的鱼儿浮出水面，甚至在水柱之中被绞成粉碎。

再一次细看，那瀑布若一张网般飞撒而开，形成一道凄薄的水雾。一点亮星在水雾之间潜长、滋生，更不断扩大。

渐渐地，亮点成了潭水之上的主宰，甚至挡住了瀑布的光彩，掩住了水雾的动态。

森森的寒意，遥遥地传至岸上，激得雪花四射。

彭连虎运足目力，却仍无法看清这一剑究竟出自谁手。

黄海和尔朱荣完全被笼于这片耀眼的光芒之中。

岸上众人禁不住全都骇然，这是什么剑法?这是什么招式?这一剑又将会产生什么样的影响呢?所有人都在猜测着。

这是剑的威力所致，也是剑的精彩极端，在场的人绝不会怀疑这是剑的杰作，但，却没有人知道这究竟是谁的剑。

"当!"一声清脆的金铁交鸣之声响起，竟然将瀑布的"轰"响掩盖住，更可怕的却是那道瀑布竟被拦腰斩断，从中间断开七尺，望向两截瀑布之间，可以清晰地看到瀑布之后的景物，那七尺空间不沾半点水花，犹如一道巨大的横门。

一道淡灰的身影如风般自七尺断口之中飞掠而出。

“轰……”瀑布继续流动，再次合上断口，如巨龙般冲入水潭。

尔朱荣和黄海在虚空之中互击数掌，这才坠落，各自手中的剑全都震成了碎片。

彭连虎和众人禁不住大为吃惊，因为潭水之上此时竟出现了三条人影。

尔朱荣和黄海似乎并不在意另外一人的突然存在，二人运掌如剑，缕缕有形有色的剑气再次交缠在一起。

“轰!”“轰!”尔朱荣和黄海的身形再次各自倒飞而出，但却并非因为他们相互攻击，而是因为第三者的插手。

彭连虎和旁观的所有人都大骇，即使尔朱荣和黄海也全都大惊。

自中间分开他们两人的正是那自断瀑中飞出的人。

“阿弥陀佛，两位施主都已经受了内伤，又何必再作这两败俱伤的比斗呢？生命诚可贵，为一时之气，损人损己，实是不该，还望两位施主收手为好!”那自断口瀑布飞出的人竟是一个打扮极为古怪的和尚。

一串大大的佛珠，一身青灰而破旧的僧衣，头顶之上，唯中间一部分剃得极为光亮，几个戒疤触目惊心，而四周还保存着一圈短发，一双草鞋踏在浪尖之上，犹如一朵顺水而浮的莲蓬。

尔朱荣和黄海的目光中充满了诧异之色，像看怪物一般盯着那和尚，更为对方一身深不可测的功力而震撼。

他们的确没有想到，世间居然有人能够将他们两人同时震退，虽然刚才那可怕的一击，使各自的内腑受了震伤，功力大打折扣，可是对方能如此轻松地分开他们，功力之高，绝对不比他们两人之中的任何一人稍逊。可是这样一个怪模怪样的和尚却是他们从来都未曾听说过的，更别说见过面，此人究竟是何方神圣呢？

刚才他们在交手之时，就感到有一个极为可怕的高手在偷窥着他们，但却无法判断对方究竟在哪里，可是当他们靠近瀑布之时，也便立刻感觉到对方的存在，甚至其确切的位置他们也可捕捉到。是以在两人兵刃相交之时，仍要将瀑布割断，他们必须将潜藏的敌人逼出来，绝不能处于敌暗我明之势，同时心中也更想知道对方是敌是友。但这和尚一出手，就显示出其惊人至极的武功，更是分不清敌友，让黄海和尔朱荣也有些糊涂了。

“你究竟是什么人?”黄海和尔朱荣提掌相对，同时出声问道。

“阿弥陀佛，贫僧法号达摩，初至中土便能目睹中原如此高手相搏，实是忍不住想来看看，本以为所藏已够隐秘，没想到还是被你们发现了。适才多有冒犯之处，还请见谅。”那怪和尚道。

“达摩?”黄海和尔朱荣相视一眼，却显得一阵迷茫。

“两位施主刚才一击伤了内腑，不宜再斗，我看还是先调理好再说吧，这样下去，只会是两败俱亡之局，又是何苦呢?”达摩诚恳地道，双手合十，意态极为逍遥，令尔朱荣和黄海心头微微发毛。

要知道，尔朱荣和黄海都是当世拔尖的人物，而对方能如此清楚地看出那一招之中的玄奥，更知道两人内腑受伤，单凭这分眼力，也足以震慑任何人。

彭连虎诸人更是心惊不已，完全弄不清这和尚的来意，却知道了一个陌生的名字——达摩!

蔡风眺望窗外的一草一木，那洁白的世界给人一种无限静谧的空间，可蔡风心中却无法平静，也平静不下来。

“风，你去把凌姐姐找回来吧，她一个女孩子行走江湖会很危险的。”元定芳自背后搂住蔡风粗壮的腰身，极为善解人意地道。

蔡风微微叹了口气，道：“让她去吧，每个人都有享受生命的权利，如果我去把她追回，是对她的一种不公，更有违她的本意。”

“可是，天下这么乱，她只不过是个女流之辈，如何能够去应付坏人呢?”元定芳有些担心地道。

“我相信她有这个能力，不要再说她了，让我静一静，好吗?”蔡风的心中有些烦，但仍以最温和的语调道。

元定芳偎依到蔡风的身前，抬起俏脸仰望蔡风那显得有些沉郁的脸，小心地问道：“你生气了?”

蔡风涩然一笑，伸手撩了撩元定芳垂于肩头的秀发，目光深沉地注视着她的眼睛，淡然问道："你以为我生气了吗？"

"我不知道。"元定芳微带天真地道，同时缓缓闭上眸子，在此同时，两片厚重的嘴唇却掩住了她的小口。

一股暖意在两颗心间流淌，两人的呼吸也同时急促起来。

蔡风的手似乎充盈着无限的生机，而使元定芳软弱无力地紧贴在怀中，两人倾尽生命的所有热力，专注于这深情一吻。

天已不再寒冷，春意先自屋内而发……

黄海最先飘然上岸，犹如一片浮叶，可彭连虎却发现了他指尖在滴血，虽然只是那么一滴滴的血珠，但却可以想象得到，刚才一战的激烈程度。

天下间能够让黄海受伤的人，绝对不多，而尔朱荣就是其中之一，但这也绝对需要付出代价！

尔朱荣上岸之后，竟然险些跌倒，这使尔朱情和尔朱仇诸人全都大骇，看上去，尔朱荣伤得比黄海更重一些。

"传说神州为万武之源，想不到中土的武功竟然达到这般境界，真让贫僧大开眼界，此行中原更是不虚了。"达摩的眸子之中闪过一丝喜悦而欢快的神芒，竟如两道电芒闪过。

彭连虎对眼前这位莫测高深的和尚倒起了三分戒心，不由得抱拳问道："敢问大师是从何方而至？"

达摩向彭连虎望了一眼，双掌合十，客气地还礼道："贫僧来自西方天竺。"

"哦，大师竟是从天竺而来，难怪内劲有异于中土佛学。"黄海本来缓缓闭眸调息，听达摩说来自天竺，禁不住插口道。

"哦，施主如何称呼？身怀如此绝世武功，贫僧真的很想向施主学习学习。"达摩兴致大起地问道，让他感兴趣的，似乎唯有武功一道而已。

"学习倒不敢，大师的武功已是天下罕有敌手，何用学我这卑微武技？

若是能与大师切磋切磋倒是可以。”黄海谦虚地道。

“施主的剑术别走锋端，左手之剑，令人防不胜防，剑意更达到天人交感之境，若非心灵间仍有一丝尘念未除，你的剑境定会不再有丝毫破绽。如此剑法，怎能不学？贫僧此生别无嗜好，唯武一途。痴武数十年，今日才算是见到了真正能将剑道发挥至巅峰之人，更难得的却是两位的剑道修行都是如此之高，真叫贫僧欣喜莫名。”达摩眸子之中闪烁着智慧和狂热的光芒，侃侃而道。

黄海大惊，脸色变了变，不由得叹服道：“大师好深邃的佛心，居然能看出我灵台仍有一丝尘念，真叫我黄海佩服！”

尔朱荣心中暗骇，忖道：“这和尚的眼力之高，真是天下少有，我刚才都没有发现黄海的破绽，他隔着一道瀑布竟然感应到黄海灵台的破绽，此人看来当真是不能小觑！”

“其实刚才黄施主那一剑有胜的可能，根本不需要与这位施主的剑同时毁去，就因为黄施主灵台仍有一丝尘念，不能及时把握这位施主的破绽，才会两剑同时毁去。”达摩语不惊人死不休，先说出黄海破绽在灵台，再说尔朱荣也有破绽，这的确让人心惊不已。刚才包括彭连虎在内的旁人都没能看清最后一剑是怎么回事，而这位不速之客隔着一道瀑布却清晰地知道两大绝世高手的破绽，这的确让人感到不可思议。

“哦？”黄海也显出一丝惊讶。

“这位施主的剑法，生生不息，循环不灭，其剑意更有永生不死的气概。虽然杀意过重，但的确是一门绝世剑技，只不过这位施主的心中充满了恨，一种与剑意极不协调的情绪，阻碍人剑无法相融，这就是最大的破绽，使得生生不息的剑式之中，偶有梗塞。虽然这破绽微小得几乎不能算是破绽，但在一个高手眼中，哪怕只有一点点毛病都可以制造出最强的杀戮！”达摩如同师父指点弟子一般娓娓道来，却自有一种让人信服的气派。

尔朱荣的神色极为难看，显然达摩正说中了他的心事，甚至一针见血地指出他武功的破绽所在，他和黄海都是剑术大家，自然明白对方所说绝不是天方夜谭。只是他们从来都没敢想象，天下居然有人能指出他们剑术的缺点所在。要知道，他们的身份早已是武林中的一代宗师，根本就没有人有资格对他们进行评点。而这自天竺前来的和尚，显然是来到中土时日不长，并不知道他们的身份，更不会将他们当做一代宗师看待，也便直截了当地指出他们的缺点所在。这更显示出达摩那无可比拟的武学修为和独到见解。

尔朱荣的心神一动，变得极为客气地道："在下尔朱荣，如果大师方便，不若到敝府盘桓数日，在下府中有一古谱乃是以天竺国的梵文所注，如果能得大师指点，在下定感激不尽！"

"梵文古谱？"达摩对这并不感兴趣，是以反应极为平淡。

尔朱荣似乎看透达摩的心思，又道："大师对武学的见解如此之深，我家传武学之中仍有许多不明之处，极想与大师切磋几日，不知大师可有兴致？"

"哦，以你的武功，仍有许多不明之处？"达摩似有些不敢相信地问道。

"武学是永无止境的，活到老学到老，若有更莫测高深的武学不明白，这也是十分正常之事。难道大师不如此认为吗？"尔朱荣站起身来，依然保持着他那凛冽的霸者之气。

"不知那是什么武功？"达摩也禁不住有些动心，他自小立志弘扬武学，更深知中土藏龙卧虎，高手奇学多不胜举。因此，他自幼就以东方的中土为目的地，不仅学会了汉语，更了解中土的风俗人情，在武功大成之时，终有机会来到中土。一开始竟遇上了中原的两大绝世剑客比剑，这让他激动莫名，更感此行中土的确非虚，此刻听尔朱荣说仍有更为莫测高深的武学想与他切磋，不由勾起了他的好武之心。虽然他这些年来参悟佛法，心性已经转变很多，可仍然无法淡化对武学的痴迷。

"道心种魔大法！"尔朱荣淡然道。

黄海忍不住一震，目中闪过一缕奇光，定定地望着尔朱荣，冷冷地问道："世间真有这门邪恶的武功？"

"何为正？何为邪？正邪只在一念之间，武功本无正邪，用之正则正，用之邪则邪，根本就不存在正邪之别。”尔朱荣淡漠地回应道。

“嗯，尔施主说得很对，武功之道在于修心。习武者心邪，则武功会踏入邪途；习武者心正，则武功便成了救世之用。”达摩经证实尔朱荣所言的确是一门奇学后，心神雀跃，他自黄海的脸色中看出这门武功实是极为深奥厉害。

“在下姓尔朱而非尔，大师弄错了。”尔朱荣有些不自在地道。

“哦，姓名乃是一个人的代称，何需太在意？施主着相了，着相则心难静，心不静则气不宁，习武之人无时无刻都要保持无色无相为最好！”达摩双手合十道。

众人不由得为之一呆，想不到尔朱荣一句话，却引出达摩这一大串禅语。

“大师言之有理，的确是在下着相了。”没想到尔朱荣也有认错的一天，倒大大出乎黄海诸人的意料之外。

达摩面带微笑，欣然地点了点头，却淡淡地道：“真遗憾，贫僧眼下要去办一件事，无法抽出时间来见识见识那‘道心种魔大法’，待我事了之后，立刻就去拜访尔朱施主，不知尔朱施主的府上在哪里呢？”

“敝府在塞上北秀容川，这里有支旗花，只要大师事情办妥，在黄河以北放出这支旗花，就立刻会有人为大师领路的。”说完尔朱荣自怀中掏出一根细小的竹管，以油纸层层包裹，避水性极好，在水中泡了那么长时间，竟然没有坏。

“这样就好说，到时候我一定前去府上！”达摩接过竹管喜道。

“尔朱荣，你我之战仍未结束，难道你就要这样走了吗？”黄海深深地吸了口气，冷声问道。

“今日之战就以平局而暂告一段落，我并不想与你相斗，因为那全无意义。”尔朱荣并不含蓄地道。

黄海平静地望了望达摩，淡然问道：“大师会不会阻止我们之间的决斗？”

达摩也为之一呆，他实不知两人之间有何恩怨，而这两人都是绝世高手，他又怎能出手相阻？更何况一旁的众人无一不是高手。

高手的气息并不是想掩饰就能掩饰得了的，正像一个庸手无法扮成高手一样。

彭连虎更没有刻意去掩饰自己身上的气势，那种霸烈的气息自然而然地表露出来，而黄锐、追风诸人也绝对没有人敢轻视，何况他们人数众多，而达摩又有要事在身，若夹在其中，惹上太多的中土高手，对他绝对没有好处。达摩不由得无可奈何地问道："不知两位究竟有何仇怨，难道非要分出个你死我活来不可吗？"

"大师乃方外之人，所谓仇恨无尽期，恩怨没了时，有些事情是外人很难明白的，希望大师不要阻止我们。"黄海淡淡地道。

达摩摇了摇头，道："阿弥陀佛，冤冤相报何时了？如果施主一定要战，我也无法阻止，也不能阻止，任何事情都得有一个结果，只怕这个结果太过残酷，还望两位施主三思而行呀！"

"谢谢大师的承诺，天下间不能存在两柄至高无上的剑，总得分出个胜负。尔朱荣，你接招吧！"黄海冷冷地道。

"你一定要战个你死我活吗？"尔朱荣淡淡地问道。

"这是谁也不可能扭转之事，这一天我足足等了二十年，再说我们本就是不可能并存的，你欠蔡家血债，终究要还的。"黄海肃杀地道。

"这账应该由蔡伤自己来讨！"尔朱荣不屑地道。

"你别忘了，当初我也是蔡府的一员，死去的全是我最好的兄弟和朋友，今日之战，我不只是为蔡伤，更为那些死去的兄弟们讨个公道！"黄海坚决地道。

"你以为有把握胜过我？"尔朱荣似乎很好笑地问道。

"至少，我会尽力，但我相信我绝对不会输，绝对不会！"黄海极端自信地道。

尔朱荣稍稍有些讶异地望着黄海，却不知道他的信心源于何处。

"大师，请站到一旁！"黄海抱拳客气地道，他已经下了决心，今日谁阻止此战，他都绝不会客气，包括这不知深浅的达摩，因为他对彭连虎的刀绝对有信心。

事实上，谁都不可以小看彭连虎的刀，即使是蔡伤和尔朱荣、黄海诸人，也不会轻视彭连虎的刀。

达摩知道今日之战的确已成定局，不是他所能阻止的，只好静坐于一旁观看。能够亲眼目睹两大绝世高手相搏，也绝对不虚此行。

这一战是天下武者梦寐以求的精彩表演，只要是武人，都不可能不想观看这场比斗，何况达摩习武成痴?

“族王!”情仇二佬竟有些担心，尔朱荣的伤似乎比黄海严重，那就是说，黄海的剑术似乎比尔朱荣更高一筹，这使他们不得不担心。

尔朱荣摇了摇手，制止情仇二佬的言语，只是向黄海冷冷地道：“出招吧!”

黄海的嘴角边泛起一丝快慰的笑意。

风铃，地道，飞雪。满眼凄清，素洁如画。

包家庄却充盈着一股肃杀之气，整个庄内气氛全都显得无比紧张。

血腥之气浓得让人想要呕吐，那是一排无头的尸体。

静静躺在一块巨大的白布之中，印下了十八块猩红的血印。

十八具尸体，使大厅的空间似乎霎时变小，也使那祥和的气氛破坏无遗。

居然有人敢如此明目张胆地对付包家庄，这的确是数十年来都未曾有过的事，而且对方一出手就使包家庄损失了十八名好手。十八人的死全都是被一击致命，从这点可看出对方的暗杀技巧之高明。

“这全出自一人之手!”包向天下了这个断论。

众人尽皆默然，如果这十八条人命只是一个人干的，那此人的确太可怕了，居然能接二连三地暗杀这十八名好手，而这之中更有许多人加强了防范，却仍然难以幸免，且这凶手从头到尾都未曾露过面，甚至不知对方是男是女，这的确是一件十分可怕的事。

“吩咐所有兄弟，没事不要四处乱走，即使是外出，也必须结队而行，否则违者以庄规处治!”包向天冷冷地吩咐道。

“是，属下这就立刻去通知众弟子!”副总管包问也感觉到了事情的严重性，转身便行了出去。

“啊，副总管!”门外传来了一名弟子微微的惊呼。

包向天心头一颤，正以为包问出事了，却传来包问的惊问：“在哪里发现的?”

“庄内南院的墙脚下!”那名惊呼的弟子应道。

包向天不看也知道，又是一名被害者。

包问面色阴沉地与几名庄中弟子一起行了进来。

“血还是热的!”包问只说了这么一句沉重的话，便沉默了，因为有包向天在，他的发言就显得有些多余，所以他并不想说太多。

“这人还在庄外，甚至已经潜入了庄中。包问，你迅速调齐人手，全力搜查，一定要确保庄中的安全!”包向天冷冷地吩咐道。

“他怀中是什么?”包向天目光落在那名尸体微微凸出的胸部上。

那些立于一旁的众人立刻也发现了尸体的异样之处，其中一人伸手探入死者的怀中一拉，却是一块浴血的灰巾。

“呀!”那握着灰巾的汉子一声惨叫，像是被蛇咬般抛开灰巾，捂着手惨号不绝。

“啪!”灰巾之上飞落一条拇指般粗、近半尺长的大蜈蚣，血红的头，金黄的壳，显得怪异而醒目，但不可否认，这条蜈蚣极为美观，看来它正是让那汉子惨号的凶手。

“嚓!”“啊!”一道亮光闪过，惨号弟子那条被蜈蚣咬过的手臂应光而断，而那只蜈蚣还来不及走开半尺，便被钉在地上，两头兀自张牙舞爪地扭动着。

包向天的脸色更为难看，这神秘的凶手不仅神出鬼没，更是心狠手辣至极，居然能在冰天雪之中找到这种剧毒蜈蚣，的确不能不让人心惊。

出手之人是包问，“下去将伤口包扎好，你可以休养一个月!”他的话还算温和。

那汉子的额角渗出一排密集的汗珠，但没有再惨号，强忍着要命的疼痛。

包问伸手为他点住伤臂周围的穴道和经脉，以止住血液的流失。

“谢谢庄主，谢谢副总管！”那汉子却首先向包向天致谢。

“下去吧！”包向天对待下属似乎还算宽和。

包问伸腿展开那块灰巾，映入众人眼帘的却是一行血字。

“人不犯我，我不犯人，人若欺我，十倍奉还！”落款却只是一柄怪异的刀。

包向天心中一动，吸了口气道：“想不到他居然先一步欺上门来！”

“究竟是谁？”包问有些疑惑地问道。

“慈魔蔡宗！”包向天舒了口气道。

“蔡宗？”包问微惊反问道。

“能潜入包家庄杀人的人不多，像他这般狂妄的人却更少！”包向天淡淡地道。

“庄主似乎对慈魔这个人很了解呀？”一名老者有些意外地道。此人虽然看上去犹如老态龙钟，可是却有着一双极不相称的眼睛，就像是两颗冰冻的乌冰晶，闪着一种冰寒而清澈的幽芒，这人正是包家庄三老之首的魔眼晏京，即使包向天也要对他客客气气。

“在以前我或许不怎么了解，但这一刻却了解得比谁都清楚。”包向天深吸了口气道。

众人有些茫然，似乎不明白包向天的话意，因为包向天从来都未曾见过慈魔蔡宗，难道就凭这几个字便可以判断出一个人的个性吗？那的确让人有些难以理解，何况这十六个字写得根本不是什么上流之作。若硬说能从字迹上看出一些什么蛛丝马迹，那就只能看出慈魔蔡宗对写字毫不在行。

包向天突然一愣，眸子之中射出两道冰寒至极的厉芒，目标是大厅屋顶的南角。

“哑……”“哗……”包向天的手指之上爆出一团强烈的气劲，若炮弹般穿出屋顶，向南角射去，瓦片立时四散而飞。

魔眼晏京和包问立刻知道是怎么回事，二人身形若两只大鸟，以快得不可思议的速度标射而出。

包向天依然是那么洒脱，望着若尘粒般降下的一阵瓦雨，不屑地冷哼一声，缓步向厅外踱去。

无论在什么时候，他似乎都保持着一种极为平静而优雅的气势，一举一动间尽显高手的镇定和气度，更有着逼人的威仪。

包问和晏京不分先后地掠出门外，但他们却只看到了一线白影逸走，挡路的弟子竟如草革一般飞跌四射，甚至无法阻止对方分毫。

这人的身法之快的确让人心惊，难怪能够神不知鬼不觉地潜入庄内。

包问和晏京并不急，因为他们知道对方绝对逃不了，这是他们的自信。任何外人进入包家庄，也许十分容易，但若想全身而退却绝对不是一件容易的事，绝对不是！

至少，到目前为止，还没有任何外敌可以顺利地冲出包家庄，这也是包家庄不为外人所知的秘密之一。

那道白影蓦然止住身形，突兀至极，像是在刹那之间变成了一截木头。

包问和晏京极为悠闲地缓步而上，他们与白影相距仍有二十余丈，但他们不急，因为他们知道那神秘人不可能逃脱了。

白衣神秘人停了下来，不是因为包问，也不是因为晏京，更非因为包向天，而是因为两个扫地的仆人。

扫地的是两个老头，枯瘦而委靡，倒像是两个痨病缠身的死鬼，白衣人甚至可以嗅到他们身上的泥土气息，那种霉腐的泥土气息正是一股浓郁的死气。

这是两个离死不远的老头，任何一个看见他们的人都会产生此念，可是就因这两个快要死的老头，使白衣神秘人驻足止步。

两只极为普通的扫把，两个快死的老头以一种老迈而滞缓的动作轻扫积雪。

地面之上，除了积雪便再也没有任何东西，而这两个老头，并没有清扫积雪的意图，只是漫不经心地随手扫着，甚至连白衣神秘人那如刀锋般的目光也毫不在意。

白衣神秘人似乎考虑到什么，斜步想自两个老头的身边掠飞而过，他的动作的确够快，像一阵轻风，连一片雪花也不惊起。

惊起雪花的，只是两只普通的扫把。

白衣神秘人并没有穿过去，便是因为那两只普通的扫把。

一左一右，两个干枯的老头仍在白衣神秘人的前面，闷头低扫，像是什么事也没有发生过一般。

杀意腾起，白衣飘飞，白衣神秘人若充气的球体，不再避，也不再让，大步向两只扫把中间跨去。若想离开，他就必须自扫把上越过，也就必须让这快要死的两个老头早点死去。

第一百三十章　孤庄隐雄

财神庄在一日之中，便被毁为一片废墟，这的确有些出乎人的意料之外。

外人所知道的，就是满地的浮土和尸体，雪与血交融，酿就了另一种凄惨。

凶手是谁并不重要，官府也无法破除这等奇案，虽然财神庄是尔朱家族的产业，在某些场合之中，权力和实力便代表官府，财神庄就是如此，至少在首界，在双浮这几块地方，可以全权代表王法。肇事者连财神庄都掀了个底朝天，地方上的官府又如何能够与这些人相抗衡呢？他们唯有乞求这些可怕的人物不要弄出太大的乱子已算万幸了。

起义纷起，朝廷力弱，大军都忙着对付起义军，对此肆虐的小股流匪都只能睁一只眼闭一只眼，他们实在没有多余精力去治理这群流匪，免得激得这些人也反抗起义，可就有些得不偿失了。也许正是这种姑息的政策，才会酿就乱世，才会激得风云四起，民不聊生，但这是谁也无法改变的事实。乱世之中，更无清官，谁也不知自己命断何时，所有的当权者都腐化不堪，重利盘剥，使整个北朝的局势更处于水深火热之中。

财神庄之毁，并不能说明什么，顶多也只能告诉众人，又有一股腐朽的力量消失了。

百姓们津津乐道，那些农奴们全都恢复了自由，这的确让许多人大感痛快。

痛苦和幸福是相对的，有人感到痛快，自然就会有人感到怒恨交加。

这些人，自然是尔朱家族的势力。

尔朱家族的势力在黄河以北可以说并不输于葛家庄，但在黄河以南乃至南北两朝之间，就要相差极远了。

财神庄之役中，更让尔朱家族看到葛家庄的实力太过可怕，那些人似乎全都是经过特殊训练的战士，无论是战斗技巧还是斗志，都是一流的。

尔朱家族中的人，本还有轻视葛家庄之心，总认为他们再厉害也不过是一群乌合之众，葛荣也只是一个暴发户而已，二十多年的时间怎能与尔朱家族近百年历史相比呢？可是，此刻他们才知道，自己错得很厉害。

葛家庄的弟子全是以一敌二，却仍然大获全胜，这犹如给了尔朱家族一记闷棍，让他们如食苍蝇般难受。

尔朱兆受了伤，不仅身体受了伤，心灵也同样受了伤，他的自信和自尊都受到了无情的打击，在蔡风的面前，他竟然那么不堪一击，唯有狼狈逃命。而论武功，比不过蔡风那还没什么，可是他却连蔡风的属下三子也胜不了，在这一役中，三子和凌能丽的武功都给了他一记狠击，破碎了他年轻一辈中第二高手的美梦。而且这次更是负伤而逃，无论斗智斗勇，他都比蔡风差一级，使他好强的自尊受到严重的挫损。

最让尔朱兆感到恨怒的，却是被他信任和重用的财神竟然是个奸细，让这次行动功败垂成，不能说与财神没有关系。若非财神及时破开那道机关，蔡风又怎会及时赶到？那时，他就可轻易揭穿三子的假面具。虽然，这一切都在蔡风的算计之中，但尔朱兆仍不能不将一切的罪过归结于财神这个奸细，也只有这样才会使他心里舒服一些。

财神是南朝的奸细，这点的确出乎尔朱兆的意料之外，其实也出乎尔朱家族所有人的意料之外，他们一直都忽略了南朝。

萧衍是个极有魄力之人，更不会安于现状，自然想一统南北两朝，而北伐的障碍不仅仅是元家和朝廷，更有北朝几大家族。

鲜卑人最排外，要想夺取北魏，便先得将鲜卑的几大宗族势力拔除，没有了这些势力的支持，北魏朝廷就像没有牙的老虎。是以萧衍绝对不会放弃对四大家族的打击。

萧衍执政二十年，能将南梁治理成现在这种局面的确不简单。这二十年中足够做很多事，足够他将自己的心腹渗入想要对付的势力。

二十年，绝对不是一个短暂时间，财神在尔朱家族中一待就是十八年，可在这一役中才露出了真身，可见萧衍早在很早以前就作了安排。

而尔朱家族之中究竟还有多少像财神这样的人呢？其他家族中又有多少奸细呢？一旦有事，这些人会起到怎样的一种破坏作用呢？这些不得不让所有尔朱家族的人深思。

飞扬的白衫，激流的雪，杀气如潮，天地霎时一片昏暗，昏暗始于两只普通至极的扫把。

劲风扬起漫天雪雾，两个枯瘦的老头终于还是出手了，自始至终，他们都没说过一句话，但却有着让人无法揣测的神秘。那是一种无法解释的气势。

没有人想象得到，这是两个扫地的仆人，两个名不见经传的卑微之辈。

雪本是白的，抑或可以说是凄惨的色彩，寒意四起，破开天地的一点亮芒，将那迷茫虚幻的雪雾生生劈成两半。

白衣神秘人在最及时的时候出刀了。

只凭那霸烈而肃杀无边的气势，已经让人心惊。

心惊的是包问和晏京，他们并不是对这一刀的惊骇，而是对白衣神秘人的行动感到惊骇。

白衣神秘人竟然穿过了两只扫把所织的罗网，自那汹涌如潮的气劲之中穿了过去。

一滴滴鲜血，染红了地上洁白的雪层。

那两个枯瘦的老头依然在埋头扫地，似乎一切都没有发生过，两只扫把悠闲自得地扫着地上凌乱的积雪。

那白衣神秘人深深吸了口气，回头望了两个枯瘦的老头一眼，眼中尽是惊诧和骇异之色，明白刚才那瞬间发生之事的人，只有三个——他和两个扫地的老头。

白衣神秘人的脸全都蒙在白巾之中，但此刻脸色绝对不会很好，大概他这一生也不能忘记刚才惊天动地的一击。

毕竟，他还是出来了，自那两只扫把中走了出来。

“年轻人，你是第二个，一百四十七人中的第二个！”那两个老头似乎在自言自语，又似乎在对白衣神秘人说话，只是他们的话是那般莫名其妙。

“他们究竟是什么人？为什么只出此一击，就不再出手？”白衣神秘人的心中禁不住一阵疑惑，但他却没有太多的时间去细想，他必须走，以最快的速度离开这里。

魔眼晏京和包问已经若幽灵般趋近。

“朋友，想走吗？”包问冷冷地喝道。

白衣神秘人并没有回答，他没有必要回答这些废话，只是以行动告诉别人——他想走！

白衣神秘人的身法依然快得让人心惊，在洁白的雪地之上，像一个白色幽灵，甚至与大地颜色浑为一体，已经不分彼此。

血，一滴滴，一路上串成一道别具一格的风景，但不可否认这是一种悲哀。

蓦然，白衣神秘人再次驻足，同样是因为一个人，一个背朝着他的人。

此地离包家庄庄门只有十五步，门口的众庄丁本来还有些惶恐的神色，此刻却全都安定了下来。

就因为这个背朝白衣神秘人的人的出现。

白衣神秘人深深吸了口气，他同样看不到对方的面目，但他并不是一个五觉尽失的死人。

不是死人，就可以清楚地感觉到对方那绝对不同寻常的气息。

一个高手的气息。

蔡风感到有点疲劳，那纯粹是一种精神上的感觉，连他自己也不明白这是为什么。

江湖之中，他可以呼风唤雨，可是他总不明白，生命的真正意义究竟为何？难道就是将自己的权力、自己的一切建立在别人的痛苦之上？难道就是永无休止的杀戮？恩怨、情仇又是何物？红尘世俗，为何总有这么多的无奈？

“是自己做错了吗？是自己太过幼稚，抑或根本就不该清醒地过日子？不该去寻求生命那虚无的意义？”想着想着，蔡风禁不住涩然一笑。

“世人醉时，我独醒；世人醒时，我独行，笑罢红尘，却得黯然销魂，又是何苦呀？”蔡风慨然低吟，然后长长吸了口气。

元定芳睡意正浓，如海棠春睡，脸上红云依然若胭脂之美，昨夜之疯狂的确让她够累的。

窗外，几株寒梅，香气怡人，静静的，似乎看到了又一个春天悄悄来临。

蔡风的目光深邃得仿若无顶之天空，清澈之中，微有些茫然。

对生命的茫然，对天意的茫然，对世情的茫然。人生本就有太多的神秘，太多让人难以理解的东西。

“嚓！”一截梅枝发出一声轻响，带着一团积雪，带着几朵含苞欲放的梅花轻缓地坠落在积雪上，其中一截更插入雪中。

蔡风手微扬，一股吸力将断梅枝吸入手中，横呈于鼻端，深深吸了口气。

很香，那种清幽而柔和的香意深深蹿入蔡风的每一根神经，直达五脏六腑，有一种让人心醉的感觉。

“暗香幽幽傲寒立，只为佳客踏梅来。若是知音定共惜，若是故人酒相陪。朋友，何不现身一叙？”蔡风低低吟道，目光却落在熟睡的元定芳身上，心头涌起无限的爱怜。

“如果不是知音，又非故人，又当如何？”一个苍老的声音悠悠传来。

“那只能见机行事。”蔡风并不感到意外，平静地应道。

“好，本以为蔡风只是个武学奇才，却没想到文采也不落俗流。敢跟我去一个地方吗?”一个苍老的声音在院中响起。

蔡风扭头外望，眼中闪过一丝惊异，禁不住有些吃惊地道：“是你?”

“是我!”那苍老的声音平静地应道。

蔡风的眸子中闪过两道凌厉无比的神采，却转身来到熟睡的元定芳身边，将被褥整了整，小心翼翼地，似乎在完成一件极为精致的雕塑工艺。同时将元定芳那露在被外的玉臂放回被中，才轻轻在她额角吻了一下。

蔡风站直身子，长长吁了口气，转身静望着窗外之人，沉声道：“你带路!”

“好，跟我来!”

风轻扬，微微的寒意使气氛变得有些紧张，白衣神秘人静静地立着，手更紧紧握住了刀柄，直觉告诉他，眼前之人是他这些年来所遇到的最可怕的对手。

那是一种绝对与众不同的气势，他见过的高手很多，但是拥有如此气势的人却只有一个。那是一种王者的霸气，一种几欲让众生跪倒的气势，也许没有高山那般巍峨的雄风，也许没有大海那般浩瀚无边的气派，但却有着一种常人无法攀比的气势，平常中又带着高高在上的优雅。

“你受伤了?”那背朝着白衣神秘人的人淡然道。

“但还没死!”白衣神秘人冷冷应了声，并没有半点领情的意思。

“当一个人死了之后，什么也都没有了，那还有何好说?”那背朝着白衣神秘人的人道。

“我没死，可也是什么都没有，岂不同样没有什么好说?”白衣神秘人冷冷地道。

“你就是慈魔蔡宗?”守在门口的那挡路者改变了口吻，淡然问道。

“是又如何?”白衣神秘人一把撕下脸上的白巾，露出满面沧桑，但却刚悍的容颜。

“庄主，将这小子交给我来对付!”包问沉声道。

“你就是包家庄主包向天?”蔡宗冷冷地问道。

那挡路之人，缓缓转过身来，一张红润而充满光泽的脸似乎仍挂着一丝淡淡的笑意。

他，正是包家庄之主包向天。

“你果然没有让我失望，能够自寒梅七友中的梅三、梅四两人联手一击中活下来，你是一百四十七人中的第十个，但能够自两人联手中杀出来的，你却是第二个!”包向天欣赏地道。

“那第一个又是谁?”蔡宗冷冷地问道。

“这个你没有必要知道。”包向天吸了口气，仰头望天，淡漠地道，心神却似乎飞越到了第二个世界。

那也是个大雪纷飞的日子，天气和此际一样寒冷，虽然往昔的岁月已经再也无法挽回，但包向天的心已经回到了十年前的岁月。

那一年，包向天四十五岁，也是他极为如意的一年，他的生平宿敌关汉平，终于死在他的手下，他更将关家的所有产业全都归置于自己的名下。

关汉平乃是无敌庄庄主，其武功的确已达宗师之境，十年前的葛家庄仅与无敌庄和包家庄齐名，为北国三庄。葛家庄甚至排在末位，无论是财力和实力，皆是包家庄为首，可无敌庄却与包家庄有世仇，争斗始终不休，这才使得葛家庄异军突起，飞速超过两大名庄。

终于在十年前的一个冬天，包向天以里应外合之计铲除了无敌庄，更击杀了关汉平。

关汉平之女关凤娥在当时有江湖第一美人之称，包向天总想驯服关凤娥，甚至不择手段欲得到对方的芳心。

任何男人都绝对不会抗拒美色，更想占尽天下所有美好事物，包向天也不例外，于是掳来关凤娥，将之囚于地下室中。

出乎包向天意料之外的，却是他的儿子包杰早就在一年前便与关凤娥私定终身，包杰知道其父之意，更明白现实中容不下他与关凤娥结合，于是闯入囚室，带着关凤娥杀出包家庄。

包向天绝对是个只讲名利之人，他本有两子，大子包飞，次子包杰，论武功和资质，包杰的确是个不世奇才，虽然比包飞小三岁，可锋芒已尽盖大哥，武功更胜之。

包飞和包杰的心性也绝然不同，包杰性格宽和但却极为倔犟和刚毅，而包飞却心胸狭窄，对包杰的优秀极为妒恨，更怀疑包向天偏心，是以每每找包杰的错处。包杰绝对不是个傻子，知道他与大哥之间的矛盾是不可能避免的，这也是他不得不离开包家庄的另一个原因。

那天包向天不在庄中，包飞早知包杰与关凤娥的关系，就安排了一系列的计划，想找一个借口除去包杰。

事实上，他的计划也算成功了，包杰果然按他的计划一步步走了下去，但他没有料到，包杰竟然闯过了梅三和梅四的阻击，带着关凤娥冲出了包家庄，成了第一个活着杀出包家庄的人，但这的确是一种悲哀。

自此，包杰和关凤娥在江湖中失踪，甚至连半点消息也没有，若空气般消失无影。包向天因此大怒，全力出击无敌庄，里应外合之下，大破无敌庄，击杀关汉平，可包飞却也死在关汉平的致命一击之下。

一年之中，包向天失去了两个儿子，虽然包家庄如日中天，但却无法抹去他心头的伤痕，也正因为如此，这十年来，包家庄变得极为低调。

十年来，包向天无时无刻不在打探包杰和关凤娥的下落，可是这犹如大海捞针，始终没有半点消息。

有人传说包杰与关凤娥结合之后，已远赴西域，在一个没有半个熟人的地方过着平淡的生活，这才使包向天派人远赴西域，至吐蕃国寻找，但是仍没有任何消息。不过，却结识了西域的一代高手华轮大喇嘛，更得见蓝日法王与赞普。这就是西域高手怎会选择包家庄的原因之一。

“庄主，过去的事情，何必再多想呢?”晏京淡然道。

“唉!”包向天长长叹了口气，却并没有再说话，因为他实在没有必要再说什么，那只是一段伤心的往事而已。

蔡宗有些讶异，似乎料想不到眼前之人，居然也会有一段让他伤心的往事。

“难道也是与梅三、梅四有关？抑或就是第一个闯出梅三、梅四联手合击的人让他伤心？”蔡宗心中这么想着。

“小子，你是束手就擒还是要我动手？”包问冷冷地问道。

蔡宗心中暗惊包家庄中的高手之多，比他想象中的更要可怕，至少他没有料到会有寒梅七友那般可怕的高手，而眼前的包向天更是莫测高深。不过，他从来都没有畏怯过挑战！

“我并不习惯束手就擒，在记忆深处，也没有束手就擒这个词的存在，如果你想留下我，就自己动手好了，只是我得提醒你，任何想对付我的人，都会付出惨重的代价！”蔡宗的语调极为平静，却自然透着一丝不卑不亢的气魄，强大的战意自他刀上如潮般涌出。

包问的眸子微眯，自两道细小的缝隙之中挤出两缕锋锐无匹的厉芒。

蔡宗的两腿微分，白衣无风自动，犹如波浪般悠扬起伏不休。

地面上的雪如浪潮般涌动，寒风也在霎时变烈。

晏京负手而立，静静站在包向天的身边，他对包问的信任，就像是对自己的自信一般。

包向天也极为相信包问，但他看蔡宗的眼神更多了一丝诧异。

包问身上的关节，一阵“噼啪”作响，望向蔡宗的眼神似乎是在看一头猎物，一头即将待宰的猎物。

“听说你是一个很难对付的人？”包问似乎感到有些好笑地道。

“所以你要小心一些！”蔡宗不冷不热地道。

包问似乎听到了一个最好笑的笑话，缓缓地道：“敢对我说这种话的人，十余年来还只有你一个。年轻人有一点最不好，那就是喜欢得意忘形！”

“老头子也有一点不好——倚老卖老！”蔡宗的话似乎含有太多的讥讽。

包问和晏京同时一愣，包向天却表现出浓厚的兴趣，似是重新认识蔡宗一般。

“该出手了！”蔡宗冷冷地提醒道。

“你似乎胆子很大？”包问并不急于动手，他深感这个对手绝对不是一般的对手，他更希望借拖延时间让对方感到心中烦躁。

“因为我吃了熊心，也吃了豹子胆！”蔡宗的耐性更好，他能够在沼泽之中生存下来，其中自然不可能缺少耐性。天下间，能与他比耐性的人，似乎并不多。

包向天负手望天，对眼前的年轻人又多了一丝兴趣，更似乎很乐意倾听这样的斗口戏。

包问似乎也深深感觉到，自己的耐性无法与对方相比，若再拖下去，也许只会对自己的心神不利，因此他必须出手。

晏京也松了口气，他知道，蔡宗正在回气，刚才与梅三、梅四交手，他已经受了伤，正因为受了伤，他才会如此耐心地与包问对话。否则，一个身在敌营中的人绝对不可能有这么镇定。

包问出手也还算把握到了一个好的时机，但就在他跨出第三步之时，忽觉眼前一片昏暗。

是一幕雪雾，出自蔡宗的脚下。

蔡风停下脚步，是因为他身前的人也停下了脚步。

“你为什么要带我来这里？”蔡风似乎有些不解地问道。

那人转过身来，露出一张苍老的脸，发如银，目如电，那矍铄的精神中，自然流露出一种霸气。

此人正是半个多月前与蔡风交手的神秘老者，只不过那时候的蔡风仍是绝情。那一次，双方更是为了争夺刘瑞平而战。

那次的记忆并未自蔡风的脑中抹去，而且记忆极为深刻，因为那一战他差点败了。而对方更是一个绝对不能忽视的可怕高手，那惊天地、泣鬼神的武功，的确是任何人都无法忽视的。

蔡风对这位老者的印象并不坏，就因为对方并没有与他做出同归于尽的打法，对他始终还算是有些恩情，只是他一直无法弄清对方的身份。

“既然前辈光临敝住处，为何不一起喝几杯呢？”蔡风继续问道。

“老夫今日没有心情喝酒。”老者淡然道。

“哦，前辈遇到了心烦的事吗？”蔡风好奇地问道。

“你遇到了心烦的事？”那老者反问道。

蔡风深深吸了口气，叹道：“人世间不如意十有八九，我们年轻人遇到心烦的事情应该算是很正常的，不过，这世上的心烦之事也未免太多了。”

“年轻人定是为情所扰了。”老者似乎有些理解地道。

“前辈法眼通天。不错，感情似乎是人永远都无法摒弃的烦恼，我也找不到解脱的方法，有时候真想找处清静之地大醉一场。”蔡风道。

“想醉很简单，老夫这里有酒有菜，不如一起来痛饮一场，让烦心之事随风而去，化酒而流如何？”老者道。

“哦，前辈竟准备了酒菜？”蔡风一惊，微喜道。

老者微微一笑，伸手一拂，地上的积雪应手纷纷卷飞，露出雪下以油纸层层包裹的食物和一大坛美酒。

“这坛酒乃是正宗的江津白干，至少有五十年的历史，这几味菜更是本地名厨之作，虽然在冰天雪地之中，并不会太冷，因为是刚送来的。”老者指了指雪坑之中那一大堆食物与酒坛道。

“江津白干？前辈竟从蜀中运来名酒，看来定是一个很懂得生活情调的人哦。”蔡风讶然道。

“若人不懂生活，那他活在世上也是白活，任何人只有先懂得伺候自己，才会懂得伺候别人。”老者淡然道，说话间已将油布包打开，露出香气和热气四溢的菜肴，却是一头烧乳猪和几斤熟牛肉与一些花生，更有糖醋排骨。

蔡风毫不客气地拿起一柄小刀和一双筷子，切了一块乳猪肉大嚼起来。

“好，这里的厨子手艺果然不差！”蔡风边吃边赞道。

“你不怕我下毒？”老者紧盯着蔡风好笑地问道。

“我怕，但我却不相信你会下毒！”蔡风并不犹豫地道。

“世上的事并不能凭直觉去做，你为什么肯定我不会下毒呢？”老者极有兴趣地道。

“因为我相信一个高手的品格，更相信自己的直觉，以前辈的武功，要胜过我并不是一件很难之事，又何需下毒呢？”蔡风依然大嚼道。

“你未免也太自以为是了，要胜过你，也许有可能，但那所付出的代价定然惨重无比，如果下毒，就又是另一回事了，难道你不这样认为吗？”老者顺手也夹起一块糖醋排骨道。

“不错，也许是我太自以为是了，但我却知道自己的直觉绝不会错。来，让我为前辈倒酒！”蔡风揭开酒坛的泥封道。

一股浓郁的酒香飘了出来，即使像蔡风这样并不会品酒之人也知道酒的纯醇。

油布包中还准备了两只酒碗，蔡风极为熟练地倒了两碗。

那老者不由得愕了一愕，淡然一笑道：“你的确很自信，那你知道我是谁吗？”

“不知道！”蔡风信口答道。

“想不想弄清楚我是谁呢？”老者又问道。

“想！来，先喝一碗！”蔡风的回答依然很简单。

“那你为什么不问？”老者一饮而尽，奇怪地问道。

“我想要问的太多，因为我知道前辈会告诉我的，而且很快！”蔡风深深望了老者一眼，淡然道。

“哦，你就如此肯定？”老者更为讶然。

蔡风吁了口气，并不急于倒酒，却仰天做了几个深呼吸，舒活舒活筋骨道：“因为我的直觉告诉我前辈今次的来意。”

“什么来意？”老者反问道。

“你是来找我算账抑或是试招的，对吗？”蔡风平静地望着老者问道。

老者的神色微显震荡，惊讶地望着蔡风，良久才吁了口气道：“这是你的直觉？”

“也会是事实！”蔡风道。

“不错，我也不想再作隐瞒，老夫乃叔孙世家的老祖宗——叔孙怒雷！”老者缓缓地道。

"什么?"蔡风虽然早就想到对方可能极有来头，但怎么也没有料到对方竟会是叔孙世家的老祖宗叔孙怒雷。以他的修为，此刻也难以抑制心神的震动。

那老者望了蔡风一眼，微微一笑，道："喝酒!"

包问心神微怔，一抹冷电已破雾而出，若不见首尾的神龙向他脖子上缠到。

然后，包问就看到了一条手臂，不！应该是无数条手臂，幻成一幕灵奇的暗云。

后发而先至的杀招迸射出无尽的杀机。

"叮……"包问用的是一柄折扇，一柄钢骨折扇，在间不容发的刹那间，挡住了对方疯狂的一刀，而他的另一只手便若鹤喙般袭向那条化成幻影的手臂。

包问的眼睛犹如电光，竟然无比清晰地捕捉到那幻成一片暗云的无数手臂的真实体。

"当!"意外的却是，那条手臂竟似包上了一层铁片，金属般的脆响几乎让包问头皮发麻，这不仅仅是来自手指间的剧痛，更是由于来自阴暗角落的一脚。

真正的杀招并不是刀，也不是手臂，而是致命的一脚。

穿破雪雾，那一直潜隐的劲气若山洪般狂泻而出，激得雪花四射。

包问退，退比进更快，可是却仍快不过蔡宗蓄势已久的一脚!

"砰!"雪雾再起，却是因为两股疯狂的劲气在激涌，造成一个个轮回的旋涡，将地面上的雪花旋转，再次升入空中。

包问的神色有些难堪，他的确是太小看了眼前这个年轻人，或许正如蔡宗所说，老头子最爱倚老卖老，这的确是一个致命的错误。

包问并未骨折，也未曾受伤，蔡宗那要命的一脚并未踢到他的身上，而是踢在另外一只脚上。

正是那只脚解开包问之危，却是魔眼晏京的脚。

那是一只极为豪华的脚，精致的鹿皮靴上嵌着一颗璀璨的明珠与一颗夺目的宝石，更在靴的周边镶上了一层金丝。

晏京的确有这种嗜好，他并不喜装饰别的地方，唯有一双脚，是他最看好的。在包家庄中，数晏京的脚最为豪华，连包向天也不得不承认。

晏京的眼睛绝对非同一般，更有着一种异样的魔力，包问没有看出蔡宗的杀招，而他却看到了。是以，他才可以及时挡住蔡宗那夺命的一脚。

蔡宗的功力之高的确有些出乎包家庄几人的意料之外，也超出了蔡宗的年龄局限。

包问没有再次出手，对付一个后生晚辈，他并不想联手对敌。因为他认为这是没有必要的，以他在包家庄的身份和地位，如果与晏京联手对付一个后生晚辈，只是丢包家庄的脸。因此，他只是袖手旁观，目光迥迥有神地注视着蔡宗的一举一动，甚至不放过每一个动作的细节。他不敢小看蔡宗，至少此刻再无轻敌之心。

包向天依然是那么优雅，似是在看流云中掠过的寒鸦，听那刮起的冷风，更似感受天地间那种异样的静谧。

天地并不是静谧的，静谧的只是人之心灵，包向天的心境便静得犹如空寂幽谷。

雪花狂舞，却并不能侵入包向天周身二丈范围之内，至少在这方圆二丈中，依然是一片静谧的世界。

蔡宗的身形完全隐于雪雾之中，他的狼皮衣被黄尊者撕裂，故换成一身白衫，这正是雪的颜色，也便成了他最好的保护色。

蔡宗最善于利用这一点。

晏京的外号为魔眼，其半生修为，在双眼所下的工夫绝对不少，但他也只能隐隐约约地看到雪雾中蔡宗的存在。在雪野中作战，他与蔡宗这自雪山中走出来的人相比，仍要差上一筹。

雪雾流转，形成一道道气旋，却是被刀气所牵引。

刀，亮如雪，人、刀、雪，竟然融为一体，不再分彼此。

晏京一愣神之间，所面对的便成了一团巨大的雪球。

没有刀，没有人，一切的杀机，随着巨大雪球的旋动而狂涨、四射，更不断地有雪花相聚，凝于雪球之上。

晏京还从未见过这般景象，他的眼力再好，也不知道蔡宗的招意如何，但却可清楚地看到雪球旋动的速度。

“轰!”晏京的袖中竟滑出两根铁棍，短小而精巧，闪亮着乌光。

雪球被这沉重的一击，击得轰然炸开，晏京的步履竟被那旋动的气劲吸扯得稍稍滞缓。

雪球炸开，白衣飘飘，却有着千丝万缕的寒芒当头罩下。

刀，在虚空中织成一张网，其实，也不能算是网，竟像是一朵骤绽的睡莲，锋芒如电般向四周扩展、暴射。

“好强的一刀!”包向天淡淡地说了一句，然后便保持着他应有的沉默。

晏京的铁棒在手中划了两个太极圈，竟成两张乌盾。

“当当……”毫无花巧地硬碰，一阵清脆而悠扬的响声给人一种惊心动魄的能量，使人听之热血沸腾。

大雪飞扬，场中一片混乱，更是迷茫一片，唯有包向天等少数几人可以洞若秋毫。

晏京吃亏在他的绝技根本派不上用场，蔡宗出招根本就不用眼睛，这的确让他大感英雄无用武之地。

他根本无法找到蔡宗的眼神和目光，更不能通过眼神影响对方的斗志，相反，他还因此而分心，落于下风。

蔡宗退，扬刀而立，晏京也退，胸脯在剧烈地起伏着，晏京的手臂甚至有些微微颤抖。

蔡宗的刀招犹如长江之水，滔滔不绝，暴风骤雨般的攻势几乎让他喘不过气来。

年轻，有时候更占优势，年轻正是一种本钱，无论是体力还是活力及斗志，都不是晏京所能够相比的。

蔡宗的刀，崩出了一道缺口，竟像锯齿一般，显然这并不是一柄称手的刀。

刀，并不影响人的斗志，蔡宗睁开眼睛，如梦似幻的眼神，透着一种沉沉的湿气，就像被沼泽的雾瘴所笼。

晏京终于捕捉到蔡宗的眼神，更接触到了他的目光，可是他有些失望，因为他并不能捕捉到对方目光中实质的东西。在蔡宗的目光中，只有那无边的空洞，甚至像是黑暗中的兽眼。

这是一道根本就不可能受制的目光，根本就不可能！

晏京从来都未曾想过，世上会有人拥有这般目光，那只可能出现在野兽身上的目光，却是自蔡宗的眸子中射出。“或许他真的是来自地狱的魔鬼！”晏京这么想着。

包问也不能掩饰心头的震骇，蔡宗的武功竟然如此可怕，以晏京之能仍不能占到上风，这的确有些出乎包问的意料之外。

蔡宗的目光很冷，很阴森，根本就不透露一丝感情，沼泽中的生活，已经让他的眼睛变得无比深邃，抑或是混沌一片。

包向天也有些意外，但却更为欣赏。

“包向天，我看还是你出手来得直接一些！”蔡宗的语气极为狂傲，但这却是无可奈何之事。

有包向天立在一旁，蔡宗根本就不可能全力以赴地去对敌，包向天周身散发出的无形气机，有意无意使他的心理造成了极大压力，产生一丝抹之不去的阴影，这对于一个高手、一个正在搏斗中的高手而言，的确是一种残酷。

第一百三十一章　魔的反击

包向天就是制造这种残酷的凶手，是以，蔡宗必须尽快向包向天挑战，至少他可以放手一搏，作最后痛快一击！

蔡宗从来都没有怕过谁，进入中原本以为可以平静地过一段漂泊生活，可是却接二连三受到喇嘛教高手的追杀，更夹杂着中原的高手，这使他大为震怒，他自问并没有得罪中原武林中人，可是这些人却阴魂不散地甘愿做那些喇嘛的帮凶，使他的杀意一次次被激发。

蔡宗的原则是“人不犯我，我不犯人，人若犯我，十倍奉还”！因此，他才会对包家庄之人施以无情的杀戮。对于他来说，更没有什么江湖规矩可言。暗杀、狙杀的结果都是一样。不过，他仍忍不住要一探包家庄，只是他没有想到包家庄中竟然藏有这么多高手。

此刻蔡宗四周已经被包家庄的弟子所围，虽然距庄门只不过十来步，可却似是隔着一道无法逾越的天河。

“年轻人果然豪气干云！”包向天哂然一笑，却并没有做出准备出战的架势。

“哼，我们之间还没有完，你没资格向我们庄主挑战！”晏京冷冷道。

蔡宗冷冷地扫了晏京一眼，不屑地道：“哼，即使你们包家庄的人一个个接着来，老子也不怕，车轮战术有什么了不起的，老子什么都没有，就只有命一条，有本事就来拿吧！”

晏京脸色微微一变，包家庄毕竟不似那些黑道寨头，也非绿林贼寇，在江湖中可算得上是名门正派，虽然不若道宗和禅宗那般浩气凛然，但包向天至少也是江湖一代宗主的身份，能与包家庄相媲美的江湖势力，只有青城和崆峒两大剑派及南朝的圣刀门。铁剑门如今人才凋零，当然无法与之比肩。论及实力，除几大家族与葛家庄可以挤在包家庄前面之外，其他门派根本难望项背。

此刻蔡宗说他们倚多为胜，以车轮战术战一个后生晚辈，这的确是一种讽刺和挑衅。

包向天向周围的弟子扫了一眼，淡然道："你们先退下，这里没你们的事了！"

那些弟子全都一愣，依言尽数退了回去，他们绝对相信庄主的实力。

"蔡宗，你要是能胜过他，这里绝对没有人阻止你行出包家庄，今日之账，我也会在下次再找你算。"包向天平静地指着晏京道。

众人全都一愣，谁也没有想到包向天竟然说出这样的一番话。

难道以蔡宗之能真的就无法胜过晏京吗？刚才蔡宗所表现出来的勇猛气势，绝对不会比晏京逊色，而且这个年轻人究竟有多大潜力实在是无人能够估计。即使晏京也吃了一惊，刚才与蔡宗的那一记硬拼，他心知对方的功力与自己不相上下，更可怕的却是蔡宗的臂力胜过他很多，每一刀都若千钧，只震得他手臂发麻。

晏京心底其实并没有半分致胜的把握，只是碍于身份，不得不苦战到底。可是包向天如此一说，就等于将一个巨大的包袱强压在他的身上，让他心情异常沉重，但既然包向天这么说了，他也就不得不拼尽最后一口气。

蔡宗杀了包家庄这么多弟子，从最初的枪王、碎天开始，相继有众多好手死在蔡宗的刀下，若是今日让凶手大摇大摆地离开包家庄，包家庄还有何面目称雄于江湖？是以晏京暗自咬了咬牙，强装豪气不灭地道："今日就让你见识一下老夫的'蚀日菩提'，如此你虽死而无憾了！"

其实，蔡宗才是真的在心中叫苦不迭。包向天的眼力之高明，竟然可清晰地看出他的破绽所在，刚才与晏京及包问交手，他看似占尽上风，可却是有苦自知。梅三和梅四的武功的确极为可怕，在两人联手的攻势之下，蔡宗虽然闯过了，可是也同样受了伤，那扫把如刀一般割破了他的手阙阴心包经，使他的真气有些混乱。幸亏梅三和梅四只攻出三招，蔡宗闯过他们联手的攻势之后便不再出手。否则，只怕他根本就不可能冲到这里，就会死于梅三和梅四那两个枯瘦的老头手中了。刚才他与晏京对敌，更是强提真气，实在不宜持久，这是无可奈何之举。此刻包向天似乎看出了他的难言之隐，才会发出此言。而他自己实在没有把握胜过晏京，只恨自己的钝木刀未带来，否则还有些胜望。

蔡宗深深吸了口气，他知道自己必须面对这一战，但可以不与包向天交手还算是幸运的。虽然包向天一直都未曾出手，但谁都可以看出，他的武功绝对比晏京可怕得多。战胜晏京至少还有一丝希望，但要想战胜包向天，以蔡宗如今的受伤之躯，只怕连半点希望也没有。

蔡宗的直觉告诉自己，包向天的可怕正如他所遇到的一个人，一个有恩于他的人，那是因为他们具备同样的气势，同样的冷静。他很清楚，他的恩人那深不可测的武功是他所不能相比的，至少以目前的武功绝对胜不了他的恩人。想到恩公，蔡宗禁不住悠然神往，神往对方那种恬静而安详的生活，拥有美丽如仙的妻子，拥有自己一片静谧的世界……

晏京也深深吸了口气，极力平复心头的情绪，他并不知道蔡宗的难处。是以，他绝对不能不谨慎。

“包向天，你会为你的这个决定而后悔的!”蔡宗悍然道，神情间透露出一股强烈的自信。

包向天优雅地笑了笑，道：“我做事从来都不后悔，更不会做出让自己后悔的事!”

“那是因为你没有遇到可以让你后悔的人!”蔡宗的眼中闪过两道比野兽的目光更为冷厉的精芒，沉声道。

“我倒的确很想见识一下能让我后悔的人究竟是何等模样。”包向天有些不屑，但眼前这个年轻人所具备和表露出来的那种野性，那份自信，以及那狂妄而狠辣的作风，的确令他有种似曾相识的感觉。而另一个原因，甚至连他自己也无法明白，或许是他从眼前这个年轻人的身上，看到了另一个人的影子。

年少的包杰就像眼前的蔡宗一样狂，一样野，更似有着无穷无尽的活力。敢独闯无敌庄，单挑无敌双神。自蔡伤和黄海这些人归隐之后，几大家族也显得格外低调，江湖之中便只有彭连虎、肖忠和包杰这三大年轻高手，其中又以包杰最为年轻，最为勇猛，被公认为继蔡伤、黄海之后江湖中最有潜力的年轻高手。包杰甚至被人们认为将来的成就可超越彭连虎，直追蔡伤和黄海这两大当今绝世奇才。但因为锋芒太露，连包飞都产生了无限的妒恨，为了不让包家庄的产业将来全都落入包杰的掌握之中，竟然设下毒计……这大概正是包向天的悲哀，一生荣华富贵，生下两个儿子，却互不相容，终使包杰带着敌人之女私奔而去。

每每思及此处，包向天总觉脑中一片茫然。包杰的性格与他极为相似，甚至比他更为我行我素，从不将世俗放在眼里，自己认为正确的事，绝不悔改。包杰行事的作风更是勇往直前，排除一切阻碍去达到目的，这也是他为什么竟与仇人之女定下终生原因之一。而到最后，他仍只能选择远离征杀的战场，做个眼不见为净的逆子。当初包向天的确震怒不已，可是事过境迁，一晃就是十年，他心头的怒意早已化为思念，更有些后悔与无敌庄闹成这样一个局面。此刻即使包杰能够回来，也无法接受现实，无法原谅自己父亲杀死关汉平的罪过，到时只会使父子两人更增痛苦。是以，看到眼前这个倔犟的年轻人，包向天禁不住心生感叹，也勾起了埋藏多年的记忆。

“废话似乎说得太多，不是吗?”晏京冷冷地道，他已经完全平复了心头的不安情绪。

蔡宗淡淡一笑，也不再说什么，只是将刀尖向上扬了扬。

蔡风的确没有想到眼前这个可怕的老头，竟是叔孙家族权力的象征叔孙怒雷，难怪他会有如此可怕的武功，更有着那种逼人的霸气。

叔孙家族与蔡风可以算是冤家了，打一开始蔡风初出江湖便与他们过不去，而且一而再、再而三地破坏他们的好事，蔡风的确已成了叔孙家族的眼中钉。只不过让他感到意外的是叔孙怒雷竟还会安排这样一个别具一格的决斗场面。

既然明白对方的身份，蔡风吃得更为放心，他实在没有理由怀疑叔孙怒雷会施展某些手段，无论怎么说，叔孙怒雷毕竟是一个大家族的主人，如若施展不光彩的手段定会贬低整个家族的身价，何况他面对之人是一个后生晚辈？

“看你全无戒心的样子，难道真的就这样放心？”叔孙怒雷对蔡风那风卷残云般的样子似乎感到有些惊讶。

“说这些话是毫无意义的，难道你不这么认为吗？如果真有你那么多担心的话，不仅是对我的看不起，也是对你自己的一种污辱。”蔡风不以为然地道。

“好！果然有个性，虹儿与你相比的确相差太远，看来我回去后还需好好调教他，让他痛定思过。”叔孙怒雷似乎极为爽快地道。

“人与人是很难相比的，唯有一点，那就是知足者常乐！”蔡风边大嚼边道。

“若每个人都有你这般得天独厚，自然谁都知道知足常乐。这话由你说出来本就已经失去了公平的意义。”叔孙怒雷淡笑道。

蔡风耸耸肩，无可奈何地道：“那就没办法了，人比人气死人，这也就是酿成乱世的根源之一吧。”

“你倒是看得很清楚……”

“人们都传说你是一个脾气火暴的老头，可是今日一见，却并没有感觉到你火暴的一面呀？”蔡风打断叔孙怒雷的话问道。

叔孙怒雷有些好笑地望着蔡风，吸了口气应道：“你是天下唯一一个如此问话，而我不生气的人。”

蔡风也感到好笑，道：“反正我们待会儿要分个你死我活，先让我占点口头上的便宜也没有什么大不了的，如此反而更显出你的大度，气量过人，这有何不好呢？”

“嘿，天下若有这般去显示大度之人，也许大度的人全都变成痴傻之辈了。”叔孙怒雷好笑地道。

蔡风也不置可否，只是笑了笑，喝了口酒，半晌才道：“我有些不明白，为什么你会如此对我，我应算是你的头号敌人才对呀？”

“不错，你的确是我的头号大敌，正因为是头号，那就绝对不能小看，若非不能小看的敌人，根本就用不着我出手，那便更不能享受此等待遇。”

蔡风只觉得这似乎也还算是个理由，但仍不禁笑道：“你没有在酒菜中做手脚，也许会后悔的，对敌人讲道义只会是捅自己刀子。”

“后不后悔是另一回事，也是以后的事，至少在这一刻为止，我仍是堂堂正正、清清白白，更无愧于心，无愧于天地！”叔孙怒雷自豪地道。

蔡风禁不住对叔孙怒雷涌起了一丝敬意，那个小世子叔孙长虹与之根本没得比，完全是一副小二爷之状，更是不择手段，鼠肚鸡肠，与叔孙怒雷的性格及作风根本不可同日而语。

“说得好，可是你有绝对的把握胜我吗？”蔡风这段时间对所有与之交过手的高手武学全都思索了一遍，叔孙怒雷的武功虽然玄奥无比，功力更是深不可测，可他也不是全无抗拒之力，也并不能占上绝对的优势，蔡风自信并不会输给他，是以才会有此一问。

“没有，但我会尽力，至少我对自己有六成信心。”叔孙怒雷毫不掩饰地道。

“哦，但这所付出的代价你没有考虑到吗？”蔡风反问道。

“自然考虑到了，伤敌一千，自损七百，这是不可避免的，谁也不可能躲得过，只是我咽不下这口气。”叔孙怒雷并不想作什么遮掩。

蔡风似是立刻对叔孙怒雷另眼相看，叔孙怒雷的确似是一个很火暴的人。

“天下间都说只有尔朱荣可以挑战你父亲，我本就不服气，而你又接二连三坏老夫之事，更伤辱我孙子，即使你不能惹，我也要碰一下！”叔孙怒雷眸子中精光暴射道。

“哦，原来就因为这些，那我的确是无话可说了……”说到这里蔡风突然打住，神色大变。

“你怎么了?”蔡风望着叔孙怒雷刹那间变白的脸色，惊问道。

“老夫中毒了!”叔孙怒雷神色极为难看地道，目光如刀锋一般逼视着蔡风，心中却在惊骇莫名。

“不是我下的毒!”蔡风冷静地回答道，因为他从叔孙怒雷的眼神中看到了那怀疑的神情。

叔孙怒雷更惊，他的确没有看见蔡风下毒，蔡风的每一举一动都逃不过他的眼睛，更没有机会下毒，他所吃的这些酒菜绝对无毒，那是毫无疑问的，可这毒又是自哪里而来的呢?又是谁下的呢?更可怕的，却是他此刻一点功力都提聚不起，不要说与蔡风比武，只需一个普通人也有足够能力送他见阎王。

“好奇怪的毒!”蔡风的脸色也变得苍白，中毒的不仅仅是叔孙怒雷一人，连他也不例外。

“怎么会这样?”叔孙怒雷呼吸有些急促地自语道，他实在不明白怎会中这奇怪的毒，他根本就未曾与外界有什么接触。要说中毒，只可能酒菜之中有毒，可酒菜无毒这是毫无疑问的，那又是怎样中毒的呢?他禁不住有些疑惑。

“花香!”蔡风突然似有所觉地道。

“花香?什么花?”叔孙怒雷更为讶然，他甚至有些不明白蔡风在说什么。

“是茉莉花的香味。”蔡风吃了一惊道。

“不可能!”叔孙怒雷的鼻子并没有蔡风的灵敏，更不敢相信这是事实。

“这绝对是茉莉花的香味!”蔡风肯定地道。

“这种季节怎会有茉莉花呢?”叔孙怒雷仍当蔡风在说笑。

“就是因为如此我们才会中毒!”蔡风变得无比冷静，吸了口气道。

“你是说茉莉花香有毒?”叔孙怒雷似乎也有些吃惊地道。

“茉莉花香并无毒，正像酒菜并无毒一般，但是茉莉花香与另外一种香气混合起来也许便会产生意想不到的毒性了。”蔡风无可奈何地苦笑道。

他也无法解释清楚，此刻不由想起凌伯药典上提到的一种漠外混毒，其中茉莉花香与不同的药物相配合，可制成混毒的就达数十种之多。这些气味本来并不是毒物，但是混合在一起也就产生了一种无法想象的毒剂，而此刻，在如此寒冷的大雪天居然可以嗅到茉莉花的香味，这种反常的现象使蔡风不得不思及很多东西。

“这是传说中的一种混毒，令人防不胜防，没想到我们竟在这里遇到了。”蔡风涩然一笑道。

“混毒？”叔孙怒雷心神大震，若遭雷噬一般，思想一片混沌。

“你怎么了？你知道混毒？”蔡风对叔孙怒雷那似乎有些过敏的表情感到讶然，不由问道。

叔孙怒雷愣了半晌，怆然一笑道：“没想到她终于还是找上门来了，更没想到今日陪我的还有当世第一年轻英杰。嘿嘿，来了也好！”

“她到底是谁？”蔡风也忍不住骇然道，听叔孙怒雷的语气，他似乎知道下毒之人是谁一般。

“这件事说来话长，还得从四十五年前的冥宗讲起。”叔孙怒雷苦涩地叹了口气道。

蔡风禁不住又是一呆。

一缕冰寒的气劲，使本来就极冷的虚空温度再次骤降数倍。

包向天的目光中闪过一丝讶异，鲜于修礼的家传绝学本就是以寒著称，但眼前的蔡宗那形于外的寒劲似乎比鲜于修礼所发出的更为可怕，他禁不住想起赤尊者所说的“邪刀”！死者尸体冰裹三日，那是怎样的一种极寒呢？

碎天以刀枪不入见称，一身铜皮铁骨，可是却无法抗拒那极寒之气，可以想象，那种寒意是具有毁灭性的杀机。这当然不能全凭一刀而定，更需配合以绝寒的气劲才能够发挥至寒的作用。此刻，蔡宗所用的只是一柄普通刀刃，而寒意却仍是如斯之强，要是他配合那柄邪刀，又将会是怎样一种结果呢？

包向天并没有来得及仔细分析，晏京便已经出手了，一出手就是一种不要命的打法。

晏京的确准备豁尽全力，以完成包向天交给他艰巨的任务。

要想打败蔡宗这样的高手，的确应该算是一件极为艰巨的任务。

晏京的动作快，蔡宗的动作也同样快，更且利落，甚至有一种炫目的精彩，那是蔡宗刀锋所过之处，一道玄奇而优雅的弧迹，就像是一种完美的梦境。

洁白的梦，惨烈的梦。

晏京的两根铁棒似乎在刹那之间失去了所有抵御之力，在那神奇般的刀弧之下，显得那般笨拙而无力。

“叮！”刀锋只聚击于一点，玄奇而优雅的弧迹，其终结之处也便是一点。这一点，当然成了所有力道的中心。

蔡宗的身形退，若秋燕，若浮叶，舒缓而潇脱，更有着无限灵巧的意境。

晏京的身子禁不住一震，像是被电击了一般，甚至连他自己也无法形容那种感受，铁棒之上传至的并不是如潮气劲，而是一丝锐若无形之针的热气，有若活物自铁棒之上蹿至手心，再蹿入经脉，

这居然是一股热气，在如此冰寒的刀气之中，竟然送出热劲，这的确出乎晏京的意料之外，更让他意想不到的却是这缕热劲传入体中之后，行至肩井穴时倏然转为奇寒，两种极为矛盾的气劲竟可说变就变，让他一点准备都没有。

晏京忍不住一阵颤抖，心中惊怒不已。他出道数十年，也遇到不少高手，可是却从来都未遇到这般古怪的气劲，他本以为自己的“蚀日菩提”气劲至少可以杀对方一个措手不及，但却没想到自己根本没有来得及吐劲就被对方破袭而入。

“哼，还是先来尝尝我的两极无情杀吧！”蔡宗的声音极为冰冷，刀已随身同行，卷起一道雪影，在暗色的光华之中，层层刀影，重叠成一种虚幻的彩芒。

晏京惊怒之余，双腿一绞，手中的铁棒竟以腿使用。

晏京的脚，是豪华的脚，更是一双灵巧的脚，正因为脚的灵巧，才会被晏京像宠物一般爱护。

包向天不会否认晏京双脚的豪华，但也不会否认晏京双脚的灵活，绝对不输于双手的灵活。

蔡宗似乎为晏京的以腿御棒吃了一惊，这的确有些出乎人的意料之外，至少在常规之下很出乎人的意料之外。

“当当……”蔡宗不得不临阵改切下路，若是他坚持攻击晏京的上身，那么晏京绝对会比他先击中他的下盘，在那种情况下，他的攻势也便变得溃不成军，再无着力之处了，

晏京勉强压住那疾蹿入体内的两极真气，但却已痛得冷汗淋漓，经脉几欲胀裂。

经脉始终是人体内最为脆弱的一部分，在忽冷忽热两股劲气的冲击之下，再强的人也承受不了。

晏京也同样是人，他的整条手臂几乎变得麻木，但外人却并不明白其中的玄虚。

包向天似乎隐隐猜到一些什么，是以，他脸上的神色极为古怪。

蔡宗的身形打横，若一只陀螺般旋起满天雪雾，浓得像一道极厚的布帘，这次连包向天也无法看清蔡宗的身形究竟在何处。

雪雾之中，一切都显得那般诡谧，蔡宗就像是雪中的精灵，消失得无影无踪。

晏京竟然感觉不到蔡宗的存在，犹如这个世上并不存在这么一个人一般。

“哧！”雪破刀出。

一柄雪亮的刀，虽然刃口卷曲了，但仍然未减其锋锐。

是蔡宗的刀，也是出乎所有人意料的一刀。

的确出乎众人的意料之外，这种意外并非指刀势的凶猛，也非指刀法的玄奇，而是指那种出乎所有人想象的角度及方位。

晏京吃了一惊，包向天也吃了一惊，包问亦不例外。除蔡宗之外的所有人都吃了一惊，自然是因为这一刀的角度和方位。

蔡宗的刀，包括蔡宗的人，竟然不是出自雪雾之中。

人和刀，是自晏京身后掠出的，然后破雪而进，地上的雪层本就极厚，这里更是如此。早在蔡宗与晏京第一个回合的交手中，蔡宗就已将周围的积雪全都拉了过来，使得这一块空间的积雪竟深达两尺多。此刻蔡宗以他独特的身法穿破雪层，给晏京出奇一击并不是偶然。

晏京和包向天都没有料到蔡宗竟然如此狡猾，更如此可怕。

蔡宗故意旋出一大片迷茫的雪雾，让人虚实难测，更吸引他们所有的注意力，但真正的人却并不在雪雾中。这招奇兵突出的确可以取到出奇制胜的效果。

晏京虽然很快就已感觉到刀的逼近，可是回救已是不及，只得飞身前扑，反手挥棒，可是又怎能挡住蔡宗这刻意的一刀呢?

“嚓!”一声轻吟，刀身与铁棒擦身而过，以一种挡无可挡的速度，在晏京的腰际拖开一道长长的血槽，更在那握棒的手上削下一大块皮肉。

“砰!”蔡宗的身子被踢得倒飞而出。

晏京绝对不是一个甘心吃亏的人，他的脚比之手更为灵活，虽然蔡宗的刀伤了他，可是蔡宗亦避无可避地挨了晏京重重一脚。

包问和包向天先是一惊，为晏京中了蔡宗这要命的一刀而惊，但见晏京也还了一脚，禁不住又缓缓松了口气。

两败俱伤的结局至少要比让蔡宗胜了更好，这种可怕的对手，包向天的确不想面对，要让这个敌人自世上消失的方法并不多，其中最简单的一种就是让对手死亡。

包向天并不想落个不守信用的名声，但如果对名声无损又能击杀对手，他还是愿意的。

正当包向天和包问暗松一口气及晏京惨号之声未尽之时，他们的脸色又变了，变得有些难看。

的确有些难看，令他脸色大变的是一根绳子，抑或是一根钩索。

钩索由蔡宗的手上射出，人在半空之中，由上而下仍有射索的能力。蔡宗并没有受到众人想象中那么重的伤。

这并不值得吃惊，值得吃惊的是另一根钩索，像一条长长的活蛇，在虚空中一阵扭曲，以快得不可思议的速度缠住蔡宗的那根钩索。

“哧！”包向天再也忍不住出指了。

“啪！”一颗石子在虚空中与包向天那深具摧毁力量的劲气相撞，碎成了粉末，同时也阻住了包向天的隔空气劲。

包向天再出指之时，蔡宗的身形已经被扯至庄墙之外，柄若锯齿般的刀，被隔空指劲击成两截。

包问大怒，身形如电般射向庄墙之外的一棵大树旁。

那出手救走蔡宗的人正在那棵大树之上。

“希聿聿……”两声健马的嘶鸣过处，蹄声已经传至庄外。

“再见，各位！”传来的却是蔡宗中气十足的声音。

“包问！”包向天轻喝道。

包问不得不刹住身形，他有些不明白包向天为什么不起身追击。

“庄主？”包问的疑惑并未说出口，可是包向天却很清楚他的意思。

“你追不上他们，即使追上了也不是他们的对手。”包向天只说了这么一句话。

包问愣了半晌，刚才那树上的神秘人物以一颗石子挡住包向天的隔空指劲，那手法、那眼力、那功力的确不比他差，而蔡宗最后传出的中气十足的声音更告诉他，若他追上去，所面对的却是两大可怕的高手。

“呀……”庄外传来数声惨叫，显然是阻截的弟子惨遭杀戮。

“晏老，你伤得怎样？”包向天迅速为晏京封住伤口周围的穴道，急问道。

“我没事，只是有负庄主所望，实是惭愧！”晏京懊丧地道。

“你不是也同样还了他一脚吗？你并没有输，只是这小子要诡计得以溜掉而已。”包向天道。

“他并没有受伤，我那一脚虽踢在他的胸口上，可那里却有一块冰寒的硬物，抵消了我的脚劲，根本就不可能伤得了他。”晏京无可奈何地道。

包问立刻想起与对方交手之时，蔡宗手臂上的硬物，竟然有金属的响声，只不知究竟为何物，但晏京所说肯定不假。

“我并不要你胜，做到这个样子是最好的收场。”包向天突然说出一句让众人为之愕然的话。

包问不理解，晏京却当这是在安慰他，不禁涩然一笑道：“庄主不必安慰我了……”

“不，这小子虽然是个可怕的敌人，但其利用价值也随着他的可怕程度而升高，此子一日不除，华轮和蓝日便一日不能背弃我们的约定，这个人对我们只会有百利而无一害，否则，本庄主绝对不会让他如此轻松走掉。但今后，面对这小子时，你们必须加倍小心，如果不是梅三和梅四两人伤他在先，你们两人绝对讨不了好处！”包向天淡漠地道。

包问和晏京一呆，立刻明白包向天的意思，不禁对包向天的老谋深算更为佩服，想到蔡宗的狡猾和那诡秘的武功，不由让他们有些心寒。

“唉，杰儿若在我身边就好了。”包向天禁不住又涌起了一股莫名的惆怅。

“对了，庄主，这小子似乎与二公子有些关系。”晏京突然冒出一句让包向天和包问吃惊的话。

“你怎么知道？”包向天的眸子之中闪过一缕激动的幽光，问道。

“就是那古怪的两极无情杀很像二公子当年自创的阴阳博转神功。”晏京肯定地道。

“什么？这是真的？”包向天的激动几难自制。

四十五年前，叔孙怒雷正值战意高昂的热血阶段，二十七岁的叔孙怒雷，性情风流潇洒，更不想为家室所累，是以并未曾娶妻。

叔孙家族的长辈全都为他操心不已，更逼他成亲。而此时邪宗和冥宗突然崛起江湖，酿就无情的风雨，这也正好成了叔孙怒雷的借口，而在这场浩劫之中，他竟与冥宗的一名女弟子相识。

冥宗的武学的确是世上最玄奇、最可怕的，他们不仅仅在武学之上有着惊人之处，同时还擅长奇门遁甲，机关巧器，更有着举世无双的毒功。

在桃花源中，修习毒功的人极少，因为他们根本没有伤人的念头，过着一种与世无争的生活，唯习好武功强身健体就行了。是以，不拜天自桃花源出来之时，并未带出多少用毒的高手，但这名女子却是少数几名用毒高手中的一人，其最擅长的便是一种混毒。

当初，以不拜天的武功，天下根本就无人能敌，不拜天其实只是冥宗的八大冥王之首，这是叔孙怒雷自那女子口中得知的情况。

冥宗自秦以来，只有一次聚集了八大冥王，但都相继老死，更后继无人。在桃花源中，唯有凭借自己的武学修为不断攀升，才有可能跻身八大冥王之列。

不拜天乃是武学奇才，他竟然可在短时间之内学精桃花源中最莫测高深的武学“幽冥卷”，更将其中精义修炼到所有冥王都无法达到的境界，除始创“幽冥卷”的世祖之外，就数他成就最高，因此他便自然而然成为新一代冥王之首。而新一代冥王只有三人，也是三个在世外桃源身份最高的人。三大冥王分别为智慧、奇门遁甲、武功三项的最高代表。

走出桃花源的却只有不拜天所领的一宗人马，但就只这一批人已经足够让江湖永无宁日。

冥宗之女迷上了叔孙怒雷，可是叔孙怒雷被家族所迫，不得不与之虚以委蛇，在得到此女的身心之后，他怂恿她背叛不拜天，以唯有背叛不拜天才能与之结合为理由向对方施加压力……

叔孙怒雷禁不住叹了口气，心神再一次飞越四十五年前，神情显得极为惆怅而痛苦……

那是一个秋天，满山枫叶火红一片，景致美到了极点，可是世事总会有那么多的不如人意，那么多的无奈……

夕阳的余晖为枫林镀上了一层金黄色调，不可否认，这是一片美丽如画的天地。

江湖的腥风血雨与这片天地似乎并无缘分。

叔孙怒雷倚在树干上，神情显得有些落寞。

“怒雷，你有心事?”那娇脆而甜美的声音并未能使叔孙怒雷的眉头得以舒展。

叔孙怒雷抬起那张挂满犹豫的俊脸，仰望着那一片火红如云的枫叶，只是轻轻地叹了口气，但这却是最好的回答。任何人都可以知道叔孙怒雷的确藏有心事。

“有什么心事难道还不能对我说吗？我已是你的人了。”说话的女子并不是很漂亮，但却透着一股山川的灵气，更有着让人百看不厌的内涵，似乎可自她眼中捕捉到流云的动感，那若笼上一层水气的眼睛却有一种异样的蓝色，像海水，像蓝天，最让人心动的却是那两片红唇和修长而匀称的身材。

谁也想象不到，就是这样一个女人，曾是杀尽三门五派的魔女，更是不拜天属下最信任的得力干将之一——琼飞。

从世外桃源中出来的人并没有姓，他们早就已经淡忘了姓的含义。是以，他们根本就不需要姓名，琼飞正是一个代号，在不拜天的四大杀手中排行第三，仅次于意绝燕惊。不拜天座下的四大杀手以意绝最为可怕，铁剑门中的四大高手联手都无法让其身死，这人也是让铁剑门元气大伤之人。意绝自身武功的修为已经可达冥王之境，但因有不拜天，所以他便未被列入冥王之列，反而成了不拜天的无情杀手。燕惊以神出鬼没的轻功见长，传说三十年前的中原第一杀手无影子就是燕惊的弟子。杀手琼飞在武功方面次于意绝和燕惊，可是她却有一身无人能及的毒功，绝对没有人敢轻视她。第四杀手名为烟灭，以暗器机关之学见长，这些叔孙怒雷全是自琼飞的口中所知。

当一个女子真正爱上一个男人之时，有些事情就已不再是秘密。甚至她的思维也会变得有些傻，琼飞根本就未曾想到叔孙怒雷一直都是在利用她。

叔孙怒雷望了望温柔得若一头小羊的琼飞，心中涌起了一丝愧疚，可是为了家族和武林的利益，他不得不做一回卑鄙小人。是以，他显得极为无可奈何地道："我们这样下去也不是办法。"

琼飞一呆，在以前她一直都未曾考虑到这些，或许是被眼前的幸福所迷醉，可是叔孙怒雷一提起，又将她拉入了现实之中。

琼飞沉默了半晌，有些软弱地偎入叔孙怒雷的怀中，问道："那我们该怎么办呢？"

叔孙怒雷伸手轻抚琼飞的秀发，吸了口气，咬牙道："在正邪两道，你必须作出一个抉择，我不可能背叛自己的家族，如果你弃邪归正，我的家人会接纳你的。"

"你要我背叛宗主？"琼飞骇然地望着叔孙怒雷，惊问道。

"这是唯一的出路，我也没有办法。琼，我爱你，但也同样爱我的家人。如果我只是孤身一人，可以为你抛弃一切，包括名利、荣誉，甚至生命，可现实始终是残酷的，我若走了，那我的家族将会毁于不拜天手中，我多想与你长相厮守。"叔孙怒雷双手搭在琼飞的肩头，说到动情之处，却抬首望天，似在梦呓般继续道，"我们可以去一个无人的山间，或遥远的海岛之上，我耕你织，我们可以栽些花草，植些果树，春播秋收，养养鸡鸭，过着一种平静而不恋红尘的日子，将来你再为我生一堆孩子……"

"唉，这也许只是一个梦，一个有些不太现实的梦！"叔孙怒雷语调一转，显得极为无奈地道，一种茫然若失的落寞又回到了脸上。

琼飞的心禁不住颤抖了一下，江湖中的杀戮也早已使她厌倦，让她麻木，回想在世外桃源中的生活，那是何等的惬意和自在，此刻被叔孙怒雷一说，禁不住又对世外桃源的生活多了几分向往。

"我可以让宗主不去伤害你们叔孙家族呀，到时我们便能放心地去过着平静生活。"琼飞有些怯生生地道。

"那是不可能的，不拜天恶行太多，江湖中人的伤亡如此之惨，身为正义之门，叔孙家族又怎能独善其身呢？那样只会成为正道的敌人，更无法生存于世，何况不拜天既已破坏了江湖的平静，又怎允许叔孙家族这个大敌留在世上呢？你也并非不明白不拜天的心性。"叔孙怒雷反对道。

"可那怎么办呢？"琼飞神情有些恍惚地道。

"琼，难道你就喜欢这种血腥的江湖吗?"叔孙怒雷深沉地望着琼飞，以一种迫切的语气问道。

琼飞禁不住呆了半晌，她已经做了一年多的杀手，对于来自世外无争之地的她，望着别人死去，并不是一种很好的滋味，甚至可以说是一种痛苦，禁不住有些软弱地道："你让我考虑几天好吗?"

叔孙怒雷也知道绝不能逼得太紧，其实他的心头也涌起了一丝无奈，他并不希望造成这种局面。这种手段和做法似乎太过卑鄙，欺骗一个女子的感情对他来说，本身就是一种自甘堕落，奈何造化弄人，他所处的身份不允许他有太多的仁慈。

……

"那后来她答应了你?"蔡风忍不住问道，他看到叔孙怒雷那本红润的脸上竟在片刻间爬上了几道皱纹，心头禁不住一阵怜惜。

叔孙怒雷苦涩地笑了笑，端起地上的那碗酒，一饮而尽，痛苦地继续道："三天后，她来找我了。"

……

"怒雷，你告诉我，我该怎么做?"琼飞的目光中透着一股淡淡的忧郁，整个人都憔悴了一圈。

叔孙怒雷心中涌起一股深深的怜惜，禁不住将琼飞搂得更紧，良久才有些不忍心地道："算了，这会让你很为难的。"

"怒雷，你说，我已是你的人了，为你做任何事都不怕，哪怕为你去死，我也愿意!"琼飞说这句话时，眼睛都不曾眨一下，是那样认真，那样真诚。叔孙怒雷禁不住为自己的虚伪而汗颜，愧疚更深，但他能有选择吗?

"琼，你对我太好了，要我如何感激你呢?"叔孙怒雷这一句话却并不假。

"傻瓜，我们之间还用感激吗?难道你对我还不够好?你的事就是我的事。你说，只要我能做到的，一定会全力去做!"琼飞显然已经完全下定决心，为了爱，她甚至可以将不拜天出卖。

“不拜天不除始终会是我们的心腹之患，他不可能会让我们快快乐乐地过日子，我想你能向不拜天下一味可使其功力慢慢退化的药物，至少不能让他无人能制，这样我们就可安安心心地去过宁静生活了。”叔孙怒雷有些不忍心地道。

琼飞呆住了，她没想到叔孙怒雷的要求却是这个，在爱情与亲情之间她的确太难取舍。

“琼，我知道这是一件很为难的事，也很危险，我不想你为我去冒险，我们还是另外想想别的办法好了。”叔孙怒雷以退为进地道，他知道琼飞处在一个矛盾之中。

半晌，琼飞终于咬了咬牙，道：“我去做，天下间已经没有人是他的对手，要想胜他必须使之功力变弱，否则一切都是枉然，但我不能保证自己的毒可使他功力尽失。”

叔孙怒雷大喜，知道这一刻琼飞已经完全背叛了不拜天，一心向着他，再无半分怀疑，但他却并不敢显出喜色，反而表现得极为无奈地道：“琼，谢谢你，我是不是太自私了？让你这样去冒险？”

琼飞涩然一笑，有些落寞地道：“一切都是命，只要你日后不负我，我也便无悔了！”

叔孙怒雷心头一颤，却不敢再作回答。

“你再等我三天，三天之内，我一定办好此事，然后我们再一起去过平静的生活，找个没有人更没有血腥的地方好好过日子。”琼飞悠然神往地道。

……

“那她有没有成功？”蔡风又问道。

“她做到了，也成功了。”叔孙怒雷苦笑道。

“可是，据我所知，不拜天是败在烦难大师的手下，两人一战拼斗了五天五夜，这怎么可能？”蔡风吃了一惊，问道。

“不错，不拜天最后的确是败在烦难的手中，也是在第五天的第一万零七十九招上败阵的。但他确实中了琼飞的毒，如果不拜天未曾中毒，功力不失去三成的话，败的人只会是烦难，也许天痴与烦难联手都不是不拜天的对手。没有人能够想象不拜天的可怕，那已经不再是人所能达到的境界。”叔孙怒雷并不似夸张地道。

蔡风始终有些无法相信，虽然他并没有亲睹师祖出手，但自师祖空无的眼神之中可以捕捉到那通天的境界，他实在无法想象不拜天到底会可怕到怎样一种程度。

“你或许不信，但事实的确如此，传说烦难和天痴在清明之际登入天道，也许这是事实，但这却是四十多年后的烦难与天痴。四十多年的漫长岁月可以改变很多东西，包括让年轻人变老，朝代更替，沧海变成桑田，一个人的武功更能进展无限。四十多年前的烦难，武功并不比如今的你逊色，也绝不会输给你爹，却无法与遁入天道之时的烦难相比。”叔孙怒雷极为平静地道。

蔡风禁不住想起了石中天，四十多年前的不拜天是不是便像今日的石中天呢？抑或今日的石中天正是昔日不拜天的复活？

石中天的可怕他是见识过的，两父子联手五击竟然仍不能夺其性命，反而还使蔡伤回气自伤，那种可怕是否正如叔孙怒雷所说的不拜天呢？

“天下武功学无止境，一山更有一山高，谁能够自称武功天下无敌呢？”叔孙怒雷慨然道。

“这话倒不假，武功的高低只是相对而言，取决于机缘、悟性、资质等很多方面，也许不拜天真的有那么可怕。那后来琼飞呢？”蔡风又将话题一转，问道。

叔孙怒雷禁不住再次叹息了一声。

第一百三十二章　蝶儿幽恨

晏京深深吸了口气，苦涩地笑了笑，张开握着铁棒的右手。

众人的目光骇然落在一点焦黑的印痕之上，若针尖般大小，直透手阙阴心包经。

“这就是他的两极无情杀所留下的，劲气冲至肩井穴，即变成奇寒刺骨之气，怪异莫名。”晏京心中有些气苦地道。

包向天两指扣紧晏京的脉门，只感一道冰寒之气逆冲而出，禁不住“咦”了一声，心神也为之大震。

“二公子的阴阳博转也是两道真气在体内互转，难道那小子真的与二公子有关?”包问也禁不住怀疑道。

“好奇怪的气劲，这两股气劲比杰儿的邪恶多了，但‘两极无情杀’与‘阴阳博转神功’的确似是同出一辙。”包向天面上闪过希望之光道。

“那我们派人去将那小子擒回，定可问出二公子的下落。”包问喜道。

“这两极无情杀虽然极似阴阳博转，但并不一定就与杰儿有关。”包向天竟然语气有些犹豫地道。

包问似乎也有些明白包向天此刻的心境，就算找到了包杰又如何?关凤娥会接受眼前的事实吗?会原谅他杀害关汉平的罪孽?杀父之仇不共戴天，没有发现他们的行踪还好，若当真寻到包杰，能够让他闭目当什么都没有发生吗?

那自然做不到，也会比不相见更痛苦。

“十年离别，思量无限，情仇恩怨催人老，明知相见苦，犹思相见时，哈哈哈……人呀，总会这般矛盾而痛苦。”包向天涩然低吟道。

晏京微微一呆，知道包向天已自那两极无情杀之中找出真气的头绪，而且定是与包杰有关，才会引出他这般感慨。

“庄主，我们应该如何向黄尊者他们交代呢?”晏京提醒道。

包向天平静地道：“我们并没有必要向他们交代，阿问迅速去封锁众弟子的口，该怎么说，你定会清楚。”

包问一呆，他哪里还会不明白包向天的意思，迅速退了开去。

“救走蔡宗的那个老头也绝对不能轻视，你们要小心提防，这小子的胆子很大，很有可能会去而复返。”包向天向一旁的几人冷冷地道。

“属下立即去加强防范!”马上有人回应包向天的话。

“嗯，带老晏去休息吧。”包向天说着转身向庄内行去。

琼飞再来找叔孙怒雷时，已经身受重伤，是伤在意绝的杀手拳之下。

以不拜天的武功，突然之间功力大减岂有不被他察觉之理? 更且平时琼飞与叔孙怒雷来往甚密，不拜天属下奇人甚多，自然无法隐瞒，很快就查知是琼飞下的毒，不拜天大怒之下，擒下琼飞，以不拜天的性格，本来想杀琼飞，可是大家同出世外桃源，乃同宗同系，是以下不了手，更当琼飞是一时糊涂，受了叔孙怒雷的欺骗，竟然愿意原谅琼飞，但条件是琼飞必须杀死叔孙怒雷。

琼飞本以为必死无疑，谁知不拜天竟然仍念及亲情，心中禁不住大为感动，更多了几分愧悔，可不拜天让她杀死叔孙怒雷，她却绝对下不了手。

不拜天极为生气，就命意绝废了琼飞的七成功力，再赶出冥宗。

不拜天的确给了琼飞很多机会，甚至是一种变相地原谅她，这之中无非是念及一种亲情。

琼飞百感交集，不拜天将她当女儿一般看待，而且对她格外开恩，但她却伙同外人来暗算对方，顿时心头涌起了无限的愧疚，也在此刻她才明白，不拜天虽然天生残疾，可是却仍存有很深的感情，可此刻后悔也是迟了。更且，她绝对下不了手杀叔孙怒雷。

叔孙怒雷得知琼飞所干的一切，不由得大喜，叔孙家族和武林各门派都为之大喜，倒也真的对琼飞另眼相看。

“怒雷，是我们该退出的时候了，我不想看那种血腥的杀戮。”琼飞在养好伤的第一天，就向叔孙怒雷提出他们曾经退出江湖的计划。

此刻的琼飞神情微微有些憔悴，但仍不减那种独特的风韵。

“琼姑娘，你好了吗？”叔孙怒雷的叔父叔孙华行了进来，欢快地道。

琼飞微微愕然，仍然行了一礼，她虽生于山野，但其修养绝对不输给当时名门的大家闺秀。

“谢大叔关心，琼飞已无碍了。”琼飞道。

“无碍就好，怒雷，你还没与琼姑娘说吗？”叔孙华向叔孙怒雷望了一眼，奇问道。

“怒雷有话对我说吗？”琼飞反问道。

叔孙怒雷微微尴尬地笑了笑，却并没有说什么，倒是叔孙华抢着道：“是这样的，众位江湖朋友闻说琼姑娘弃暗投明，都十分欢喜，这也是武林的大幸，更是天下苍生的大幸，大家商议了数日，决定要将不拜天一干邪魔外道尽数铲除，但苦于无法找到他们的总坛，更破不了他们的机关，琼姑娘既然曾是不拜天的得力干将，相信一定能为我们指点迷津。因此，大伙想推琼姑娘为我们带路，一起杀入他们的总坛。”

琼飞脸色霎时变得苍白如纸，目光禁不住移向叔孙怒雷。

叔孙怒雷自然知道琼飞的意思，喏喏有些不好意思地道：“正邪不能两立，琼，你就帮我最后一次忙，好吗？”

琼飞有感不拜天的情谊，更何况他们要对付的是与她同生共死的族人，要说背叛不拜天，还只是一个人，但要她做整个族人的罪人，她能答应叔孙怒雷吗？她本以为只要为叔孙怒雷办好暗算不拜天那件事后，就可与之长相厮守，过着一种平静无争的日子，可是她想错了，事实也证明她的想法的确太过天真。

“我好累，让我休息一会儿好吗？”琼飞似乎真的有些头痛，脸色发白地道。

叔孙华和叔孙怒雷岂是傻子？叔孙华向叔孙怒雷暗自打了个眼色，极为客气地道：“既然琼姑娘要休息，那我就不多打扰了，还望琼姑娘能够考虑一下我刚才所提出的问题。”

“叔父走好，我不送了。”叔孙怒雷拴上房门，望着神情有些落寞的琼飞，心中涌起了无限的怜惜。

上前将琼飞紧拥在怀中，他无可奈何地道：“都怪我不好，让你受了这么多的苦。”

琼飞的心中稍稍有了一丝暖意，就算她什么都没有，仍然会有一个温暖的怀抱给她依靠，“只要能和你在一起，我什么都不怕！”琼飞有些动情地道。

叔孙怒雷温柔地吻了吻琼飞，琼飞的唇很凉很凉，若冰河中的流水。此季正值深秋，风凉、水凉，琼飞的心更凉。

琼飞似乎一下子找到了生命的凭借，拼命地享受着这片刻的温柔。

良久，唇分，琼飞有些黯然地问道：“怒雷，我可以拒绝他们的要求吗？”

叔孙怒雷不由一呆，有些发愣，此刻他竟然有些理解琼飞的感受。

“其实我与你又有什么分别，我如果带他们去冥宗总坛，便是将我的族人送入地狱，我爱我的族人，就像我爱你一样。我可以为你背叛不拜天，可以为你去死，但我不能出卖我的族人。怒雷，这个世上也许只有你才明白我的内心，你说，我该怎么办呢？”琼飞凄然道，神情更显得无比落寞。

叔孙怒雷的确不知道该怎么说，琼飞自小生长在世外桃源，过着与世无争的生活，根本就很难明白人世间的险恶，更无多少心机。不拜天的可悲之处也在于此，并非他们真的很邪恶，也非他们无情无义，只是他们的心计根本就斗不过红尘中人，他们以前生活在一个封闭的世界，有的只是和平共处，可是当他们涉足江湖时，那种钩心斗角，阴谋陷阱，使他们根本无法立足，甚至族人不断死去。与那些狡猾的老江湖相比，他们就像是心灵一片空白的婴儿。因此，在无数次吃亏上当之后，他们唯有凭其最大的优势——以武功来转战江湖，以无情的杀戮来回报那些心狠手辣之辈，但这也使他们一步步迈进了魔道。

琼飞也是这样的一个人，是以，叔孙怒雷能够极为轻松地利用她的感情，但这也使他心生愧疚，深深的愧疚。

欺骗一个真心爱自己的人，的确是一种罪过，可这就是江湖的本质，也是世俗的无奈和世道的不公。

叔孙怒雷唯有小心翼翼地道："琼，你不能前功尽弃，正道的同道们已经接受了你，如果我们不坚持下去，事情就会半途而废。"

"我不需要他们接受我，只要怒雷能够理解我就行。在这个世界上，我已经失去了很多，我不想再为那些虚幻的东西而失去更多。怒雷，你难道不明白我的性格吗？我们去找个无人的地方平静过一辈子，你挑水，我做饭，你耕种，我织布。只要有你陪着我，我什么都不怕，什么苦都愿意吃。"琼飞满怀期待地望着叔孙怒雷，似在盼着他做出回答。

"琼，等这档子事之后再说好吗？"叔孙怒雷仍想作些挽留道。

琼飞的眸子中显出两点晶莹的泪花，语调有些凄然地道："怒雷，不要逼我，好吗？只要你一句话，我可以去死，但我不会做叛族的罪人。人是有感情的，亲情更不可泯灭，他们将我养大，教育我，教我武功，我没有在他们危险之时去帮助他们，已是不孝不义，你难道还要我对他们不忠吗？"

叔孙怒雷心神再颤，琼飞字字如针，直刺他的心间，却又是那么诚挚而热切。

琼飞自小在世外桃源中长大，桃源中的人们除了耕织之外，也就是读书习武、下棋、饮酒，那里更保存着先秦的文化，焚书坑儒中所毁的百家奇著。是以，在世外桃源之中的人，无论老幼都有着极为丰富的知识，更有着独立的思想，此刻琼飞说出的话，头头是道，连叔孙怒雷都辩驳不过她。

叔孙怒雷无语，他的确明白琼飞那倔犟的个性，一旦决定了某件事情，则很难令她改变，若再逼她，也是枉然，如此只会更伤琼飞的心……

……

“那次的计划没有成功，但琼飞也在之后伤透了心。”叔孙怒雷似乎恨不能将整坛酒都喝下去道。

蔡风禁不住叹了口气，他是个多情之人，可是从来都不曾想过去欺骗一个人的感情。

“如果是我，我一定与她一起走，找一个无人的地方，过那平静的生活。”蔡风发表了自己的看法道。

叔孙怒雷笑得很苦，道：“你的确比我强，至少比我年轻时候要有魄力得多，这也许是与一个人生长的环境有关吧。如果你生在我那种家族之中，一切就不是你想象中的那么简单了。”

蔡风不置可否，不屑地道：“每个人都有选择自由的权利，人就要痛痛快快地活，只要能够开心，换一种活法又有何不可？”

“可惜当时我并不是那样想的，琼飞也求我与她一起出走，可是我仍留恋繁华，舍不得放下名利，我乃堂堂世子，让我过平民百姓的生活，的确很难。当初所说的找个地方过平静的生活只是一个善意的谎言。在我的心底，总是隐隐觉得为这样一个女人而放弃一切那是不值得的。因此，我拒绝了她，后来因为她不肯带路，导致那次计划取消，我的族人对她更是不冷不热，甚至反对我与她在一起，我们鲜卑族的传统绝不想让一个来自邪门的女人成为一个家族主妇。那一年，我父亲为我定了一门亲事，他对我开出一个条件：如果我不答应这门亲事，再与琼飞混在一起的话，叔孙家族的主人位置就会落到我弟弟手中；若想坐上叔孙家族家主的位置，就必须与琼飞断绝往来。我等这个位置已经等了很多年，自然舍不得放弃这个机会，在情与权之间，我义无反顾地选择了权，最终与一个小我十一岁的女人结合了。”叔孙怒雷说到这里，似乎一下子失去了所有的力气。

良久，叔孙怒雷才黯然而伤感地道：“那一天，下着很大的雪，天气十分寒冷。叔孙家族宾客满堂，包括孝文帝与皇太后，几乎所有的达官贵人都聚集于一起，真的很风光，烛影摇曳，满堂喜气，而琼飞却在雪地之中站了一夜。她进不了大堂，那晚我们调用了一千名宗子羽林的好手，那种防备足可以阻住不拜天的入袭，我在众人的视线中溜出去后，琼飞的脸色已冻得发青，几乎成了一团雪人。”

叔孙怒雷缓了一口气，语调变得更为低徊而沉郁，似乎有着无尽的伤感和无奈：“雪依然在下，我竟然感觉到了从来没有过的寒意。是呀，那是当年冬天最冷的一天。琼飞见到了我，没有哭，也没有闹，只是静静地看着我，那蓝若海水的眸子只有深沉的悲哀，更冒着一股寒气。我当时突然觉得心好痛，像是有刀在铰，那是一种精神上的痛苦，为琼飞而心痛，也为自己！更为这个世俗。我没有说什么，我实在找不到任何可以解释的话语，就连当初想好的满肚子言语在这一刻也全都无影无踪。值到此时，我才感觉到，自己是多么卑鄙，多么无耻，多么俗不可耐，多么懦弱。琼飞并没有动，我看见她的睫毛结了霜，一层薄薄的，却似乎可以将人心冰冻的霜。当时，我再也控制不住自己的情绪，再也控制不了……”

叔孙怒雷的话在突然之间变得极为激动，像是刹那间回到了很多年前，就连蔡风也深深感觉到那天的寒冷，更似乎看到了被雪裹住的琼飞，双眼禁不住有些湿润，为一段凄美的感情而伤感。

“我走了过去，却发现自己的脚是那么沉重，积雪是那么厚，天比我想象中的还要冷。并没有人知道我出来，因为那天叔孙家族的确太过热闹。我走到琼飞的身前，几乎花了半盏茶的时间，那其实是一段并不远的距离，只有六丈。琼飞一直都没有说话，自始至终没有说过半句话。我抱住她，像是抱住一块冰，甚至比冰更冷。雪在我的双臂之下融化，她的衣服都结了冰，但她仍是那么悲哀地望着我。那次，是我这一生之中唯一一次掉泪，包括我的双亲故去。我发现自己的眼泪很冷，像滚落的冰珠，不是砸在雪地上，而是砸在心头中！琼飞一直没有说话，可在我落泪的一刹那，她眼角竟奇迹般地也滑出两颗泪珠，血红血红的泪珠，我从未见过这种颜色的泪水。那是第一次，也大概是最后一次。这时候，我才知道，她爱我有多深，而在那一刻，我也同时明白自己也不知不觉地爱上了她，而且比我想象中还要深很多。世俗总会有那么多的无奈，总会有那么多的痛苦。”叔孙怒雷颓然道。

蔡风竟然有些理解叔孙怒雷当初的心境，正像他可以想象刘瑞平这种身不由己下嫁南梁一般，他们的命运完全不由自己做主。想到自己可自由自在地活着，那的确是一种神赐的幸运，更为琼飞感到有些不值。

“在那一刻，我竟想到了要与琼飞一起走，一起走到天涯海角，到一个无人找到的地方过平静生活，可是我来不及说出口，她便已经晕倒在我的怀里。我叔父和诸多前辈也在此时全都赶了出来，那可恶的世俗让我失去了唯一解释的机会，也是在那一次，我们再也没有见过面，也不知道她的病况如何，更不知她的生死。安排琼飞养病的那位叔父，在第二天死了，是中了一种奇怪的毒。我们在他的怀中发现了琼飞的信，信上只写了七个字：‘我会回来找你的’，短短的七个字还夹着一只蝴蝶，很可爱的一只翡翠蝴蝶，是我当初送给她那一对中的一只。”叔孙怒雷的神情极为落寞，似乎已沉入了一种对往事无限感慨的意境之中。

蔡风唯有保持沉默，他能说什么呢？似乎说什么都是多余的，叔孙怒雷所描述的，只是一个凄美的故事，一场爱的悲剧，还能够代表什么呢？他此刻并没有忘记自己身中混毒，这混毒难道会与消失了四十多年的琼飞有关？如果真是这样，是不是让人觉得太不可思议了？一个再活了四十余年的女人，一个被情害了数十年的女人，为什么会选择这样一个时候出手？那的确有些奇怪，更何况，这女人也许根本就无法活这么长时间，此刻她至少有六十几岁了，甚至更大，就算她仍活着，也是一个老妪了。

蔡风禁不住有些疑惑。

“后来你就没有找过她？”蔡风又问道。

“找过，我命人暗中查访，但并没有她的消息，直到战败不拜天，我向冥宗之人询问，也同样没有结果。我知道她恨我甚深，从来都不敢乞求她原谅，这些年来，我的心头总留着这样一份遗憾，一份愧疚。”

蔡风心头感到一丝异样，一阵阵茉莉花的香味越来越浓，在他的视线中多了一条极为窈窕的身影，浓浓的茉莉花香也是传自这个身影。

风意有些寒冷，地上的积雪在风中轻轻翻卷，却是因为那神秘人的出现。

一朵红艳艳的茉莉花，蔡风的确从未见过这种怪异的茉莉，白色的他倒是见过不少，但这种红色却不多见，异香便是传自茉莉，冬日里的茉莉。

看不清脸面，一幕轻纱将那本该暴露在风中的容颜深深掩盖。

“琼!”叔孙怒雷忍不住低声惊呼出来，语调中却有着一分欣喜和期待。

那突然而至的神秘人轻轻一震，语调极冷地道：“你还记得她吗?”

叔孙怒雷突然若蔫了气的皮球，声音变得有些冷，问道：“她死了?”

“你很希望她死吗?”神秘人又冷冷地问道，声音略带沧桑，却也不排除那稚嫩的余韵，这显然不是一个老妪的声音，但可以肯定是个女子。

“是你下的毒?”蔡风终于找到了插嘴的机会，但那神秘人却根本不将他们放在眼里，对蔡风的话更是爱理不理。这让蔡风心中大恼，也极为气苦，怎么说他在江湖中也是举足轻重、红极一时的人物，却被对方这般轻视，怎不叫他为之怒气难平?

“你是她什么人?”叔孙怒雷眸子之中再次闪过威霸之气，虽然身上中毒，无法提气，可是那不灭的气势依然存在。

“啊，蝴蝶!”叔孙怒雷再次惊呼，因为他看到了一只振翅欲飞的翡翠蝴蝶，绿茵茵的，似有一团灵云流转于其中，使之欲振翅而飞。

蝴蝶在那神秘女人的手心，在寒风中起舞。

“四十年沧桑，蝶儿幽恨，情似镜花水月，西风凉薄，总叫痴情成落花。四十年回眸，苍颜白发，心如昨夜寒雷，岁月无情，多少落花骨消融……”那神秘女子的语调极为伤感，似乎在缅怀什么，又似乎在诉说什么，更似乎在发泄一种难以释怀的情绪。

“岁月无情，多少落花骨消融……”叔孙怒雷怆然地反复念着这两句，面上的神情自然表露出一种难以抹去的痛苦。

“你是琼飞的女儿?”叔孙怒雷有些颓然地问道。

“这个你并不需要知道，你只要明白，负心薄情的人都不会有好下场!”那神秘女子以最为冰冷的语调道。

“那你想怎样？”蔡风再次出言道，他的声音中包含着怒意。

那神秘女子似乎这一刻才发现蔡风的存在，轻蔑地扫视了他一眼，神态之中更多了几丝不屑，差点没把蔡风气昏过去，他从出世到现在，对方还是第一个以这种眼光看他的人。就连破六韩拔陵这种枭雄，尔朱荣、叔孙怒雷这样的高手，石中天和田新球这样的魔头，就连萧衍这位身居皇位的人都不敢小看他，这叫他怎么不气？

“哼，男人没有一个是好东西，你今日也别想活着离开此地！”那神秘女子满身杀气，语气中更充满了杀机。

“今日你是来找我算账的，又何必伤害无辜？”叔孙怒雷也冷冷地道。

“我的事没人可管，最讨厌的就是花心的男人，一个接着一个，像他这种花心的男人死一百次也不为罪过！”神秘女子对着蔡风不屑地道。

蔡风不由得大奇，这女子似乎对他的事情知道极多，禁不住调皮地道：“看来你挺注意本公子的哦？”

“呸，谁注意你了？”神秘女子似乎并不那么文雅，更有些气恼地道。

“哦，我知道了，姑娘定是暗中喜欢上我了，才会对我的花心如此在意，看你那不打自招的样子，便知道对我注意了很久，也喝了很多醋……”

“呼——啪！”蔡风脸上挨了一巴掌，一道红红的掌印清晰地烙在脸上。

“哼，满口胡言，本姑娘不让你吃点苦头，你还当自己有多么了不起呢！”神秘女子极为凶霸地道。

叔孙怒雷也为之愕然，没想到这个女人如此泼辣，说打就打。心中更升起一丝怪异的感觉，想蔡风平时是如何张狂而不可一世，对任何人都从不买账，今天却莫名其妙地被一个不知名的女子扇了一记耳光，也不知道蔡风心里是怎么想的。

蔡风抬起左掌在脸上微肿的地方摸了一下，眼中闪过骇人的杀机，他的确是动了真怒，这神秘女子竟出手如此凶狠，虽然他曾被元叶媚打过一个耳光，但意义完全不同，那是他自己凑上去的，更是对方无心之过。事后元叶媚还向他道了歉，可这次对方不仅打了他，那话语更像利刃一般刺入了他的心，使他的自尊被切成碎片。

“怎么，很不服气想报仇吗？可惜你已没有机会，因为你根本活不过今天！”神秘女子冷而不屑地道。

“哼！”蔡风再没说话，将那快要喷出火来的眸子紧紧闭上。

叔孙怒雷也觉得面前这个神秘女子的确过分了一些，但此刻体内功力根本无法提聚，想反抗也是无能为力，只得装作没有看见。

“哼哼，我还以为你有什么了不起，原来也只不过如此而已。”神秘女子得寸进尺地羞辱道，她似乎从蔡风的屈辱中享受到了一种快感。

蔡风陡地睁开眼睛，两道目光如冰般射在神秘女子倾落的黑纱之上，冰冷而充满杀气地道：“你会后悔今日自己所说的每一句话，更会为之付出代价！”

“咯咯……”神秘女子笑得极为开心，似乎听到了世间最好笑的笑话一般。

“泥菩萨过江，自身难保，还胆敢如此口出狂言，大概男人都像你这样死要面子。好哇，既然你死要面子，那我就让你威风扫地，颜面无存！”说着神秘女子再次扬掌向蔡风扇到，但这次却意外地落空了，不仅掌势落空了，更让人吃惊的是当神秘女子回过神来之时，一记重重的巴掌已印在她那黑纱遮掩的面上。

“啪！”“呀！”神秘女子一声闷哼，竟“哇”地喷出一口血水，将那被击得飞舞的黑纱染得血红一片。

出手的人竟是蔡风，神秘女子那扇向蔡风的手，被蔡风的左手钳住，而蔡风的反击动作更是快得超出她的想象。

神秘女子做梦也没有想到，蔡风竟然仍有还手之力，而且动作之利落，下手之重，比她犹有过之。当她想要再反击之时，全身已经失去了力道。

蔡风扣住了她的脉门，立起身来只比那神秘女子高出半个头，但逼人的目光却如刀一般刺射在对方黑纱之上。

“我从来都没有打女人的习惯，更不想打女人，可是有一种女人，我却绝不会手下留情，那就是不像女人的女人!”蔡风语气中充满杀意，他的确是怒发冲冠，从来都没有人这样对待过他，而且是如此凶恶，如此狠辣，更且出自一个女人之手。这种辱及人格和尊严的举动更让他杀机暴现。

神秘女子似乎此刻知道了惊惧，不仅是为蔡风突起发难而惊惧，更为蔡风那浓烈的杀机而惊惧。

“吱吱!”两声细小的尖叫，却是两只巨大的花蜘蛛坠地而亡，一看就知道剧毒无比。

蜘蛛是被蔡风的真气所震，更承受不了蔡风那雄浑的气劲，竟被震毙。

“这点小玩意最好别拿出来丢人现眼，没有谁可以救得了你!”蔡风杀气暴现，他的确被激怒了，神秘女子如此歹毒，一而再、再而三地要致人于死地，怎会不让他震怒呢?

神秘女子此刻才真的知道什么叫怕了，禁不住有些颤抖地问道：“你怎会没有中毒?”

“哼，这点毒性岂能奈我何？本以为你是琼飞，是个可怜的女人，却没想到你竟是一个如此恶毒的女人！我倒要看看你长得像不像蝎子!”蔡风说着伸手一拉对方的黑色面纱，霎时，他竟然呆住了。“呀，不要……”神秘女子一声杀猪般的尖叫。

这是一张蔡风有生以来见过的最丑陋的面孔，丑得连他看一眼都会做三天噩梦，想呕出昨日的饭食。

蔡风有些后悔掀开这个面纱，的确有些后悔，但他什么都看到了，面纱也揭开了，这已经是一个无法挽回的结局。

叔孙怒雷也呆住了，他在吐，刚刚吃进去的东西竟全都吐了出来，甚至连黄胆都给吐了出来。

那不能算是一张脸，倒像是黑暗阴沟中一面肮脏的壁道，黄黄的脓水还渗和着血丝，破皮烂肉，似乎已经爬上了蛆虫，有一点点白丝黏在其中，鼻子不像鼻子，嘴唇浮肿成乌青之色，脸上依然烙上了蔡风的掌印。刚才，蔡风打落了她一颗牙齿。

任何人只看这张脸一眼，就绝不会想再看第二眼，包括傻子和疯子，蔡风也如此。是以，蔡风虽然紧扣着对方的脉门，可目光已经移向了遥远的天边。

这一刻，蔡风竟似乎能够体会到这神秘女子的那种痛苦，那种需要发泄的情绪，更似乎能够理解对方为什么会有这种脾性的原因。任何一个人拥有这样一张脸，心里绝不会平衡，他们都不可能心平气和地做一个正常人，他们所有的，只是对世人的恨，对世间的恨，因此，他们就定会形成一种极为古怪而偏激的性格……

蔡风的杀意渐退，退得半点都不剩，心中有的只是同情和怜悯，要让他杀这样一个人，他绝对下不了手，他甚至后悔刚才不该扇对方一记耳光。

神秘女子却显得格外平静，像暴风雨后的天空，既然一切都已发生，就没有必要回避，绝对没有必要。

“你杀了我吧！”神秘女子冰冷地道。

蔡风没有回答，只是深深地吸了口气，有茉莉花的香，也有那隐约的腐臭味，他的心颤了一下，低沉而饱含歉意地道出了连叔孙怒雷都有些意外的三个字——“对不起！”

叔孙怒雷和神秘女子都愣住了，他们全都明白蔡风这三个字中所包含的意思。

“我是无意的，我不知道会这样，请你原谅！”蔡风将黑巾再次盖在那神秘女子的头顶，并松开了对方的脉门，歉疚地道。

神秘女子并没有半丝感激的表情，依然以冷得结冰的声音道：“本姑娘不需要任何人可怜，别假仁假义！”

叔孙怒雷像是吃了有毛的老鼠一般，喉咙发痒，这神秘女子并不是琼飞，若琼飞是这个样子，他的确有些不敢想象应该去怎样接受，或者说，他根本就不可能接受。

叔孙怒雷似乎也能理解这可怜女子的心态，本来还以为对方的所作所为有些过分，但这一刻却觉得理所当然，那种阴暗的心理定是与这张可怕的面孔有关。

叔孙怒雷更明白蔡风的心情，蔡风竟然宁肯将怒气忍下，将杀机灭去，也不施以无情的报复，反而可以放下一代高手的面子，低下高傲的头，向一个污辱自己的人道歉，这种博大的同情心和怜悯之情的确让叔孙怒雷感到意外。

“请姑娘将叔孙前辈所中的毒解开。”蔡风深深吁了口气，淡然道。望向那神秘女子的目光清澈得若两泓清泉，不含半点鄙视和讥讽，便像一切都没有发生过一般。

那神秘女子也有些意外，不过，她似乎并不在乎别人的看法，却极为固执，冷冷地道：“负心的男人都应该受到这种惩罚，你不是可以自己解开毒性吗？”

“我若是能够解开你的混毒，也不会让你解了。”蔡风极力使自己的语气变得平和些。

“那你的毒是怎么解开的？”神秘女子冷冷地问道。

‘我不想说这些多余的废话，只想让你解开叔孙前辈所中的毒。“蔡风还是忍不住有些火气，毕竟他再怎么大度，也还是年轻人，挨了别人的耳光和羞辱还是客客气气地说话，他这是第一次，但忍耐也是有限度的。

“他是你的敌人，如果解开他的毒，你就会死在他的手上，难道你不怕吗？”神秘女子似乎对他们之间的事知道极多，问道。

“他是我的敌人，那也应该由我来解决我们之间的事，至少此刻要给他一个公平的机会。”蔡风道。

“这似乎不是你行事的习惯，你以前对敌从来都不会讲究什么手段，只要能击倒对方就行，今天怎么反而变得婆婆妈妈了？”神秘女子奇问道。

“他还不能算是我的敌人，至少，他不是在与我对敌之时中毒，而是在一起喝酒、吃菜时中的毒，因此，他只能算是我的朋友，而非敌人。你解不解此毒？”蔡风不想说太多话。

神秘女子望了叔孙怒雷一眼，想了想，坚决地摇头道：“不解！”

窗外的吵闹声惊醒了三子，他昨夜睡得很沉，可能是的确太过疲惫吧！

财神庄一役，三子几乎筋疲力尽，更是伤痕累累，失血颇多，所以这一晚竟睡得特别沉。

伸个懒腰爬起身来，天色早已大亮，一丝淡淡的梅香幽幽透入，使满室飘散着一种宁和而安详的气息。

三子不紧不慢地穿好衣服，第一件事就是推开窗子，做了一个深呼吸。

“我们公子不在，你有事明天再来吧。”外面说话的是无名五。

财神庄之役，无名五伤得最轻，只经过了两天的休息便已恢复元气。

无名五是个很有规律的人，每天准时起床练剑，无论在什么情况下，他都不会放松自己，力图在武学修为上步步攀升。其实无名三十六将全都是如此，这正是他们的优点。

无名四死在尔朱兆的剑下，这是个遗憾，这也使无名三十六将明白自己与别人仍有很大的差距，他们不得不严格要求自己。

“我一定要见蔡风，有事要告之于他，请问他在哪里，我去找他！”说话之人竟是哈鲁日赞。

三子一呆，他也弄不清楚哈鲁日赞怎会在这个时候闯入他们的住处，而蔡风呢，难道这么一大早就出去了？可是发生了什么事不成？正想之间，已有人送来洗漱之水。

三子洗漱完毕后，整装行了出去。

第一百三十三章　意绝九冥

哈鲁日赞并没有带多少人，只有那个高若铁塔般的汉子与几名随从。

“二王子好！”三子微微向哈鲁日赞点了点头，极为客气地道。

哈鲁日赞自然认出了三子，更知道三子是蔡风的好兄弟，心中也极为看重这个武功比他高明的对手，不由得微微抱拳道：“你好，我想见蔡风蔡公子，而他们却不让我相见。”

无名五并不怪哈鲁日赞这种似告状的语气，事实上，哈鲁日赞对汉语并不是极为精通，想要表达清楚这个意思，就只有拣这种简单的语句来表达了，当然不是故意而为。

三子自从知道哈鲁日赞并没有绑架元定芳后，对这人的印象并不是很坏。何况他们对蔡风这般尊敬，虽然那天在客栈中哈鲁日赞看向元定芳和凌能丽的目光色迷迷的，但哪个男人在看到美女之时不是这般模样？这点算是极为正常，何况这群人性格极为豪爽，交个朋友也不是一件很坏的事，因此，三子对这人还是比较客气的。

“阿风什么时候出去的？”三子向无名五问道，他弄不清楚蔡风怎会这么早出去。

“我也不知道，元姑娘说公子很早就出去了。只是在房中留下一张字条，说是去见一位老朋友。”无名五显然并不是故意阻止哈鲁日赞见蔡风，而是先去问过元定芳，才来回答哈鲁日赞的。

三子也无可奈何地笑了笑，道：“我相信这不是谎言！”

哈鲁日赞眉头紧锁，无奈地道：“那你们可知蔡公子去了哪里？”

“公子行事总是出乎人意料，我们也猜不准他的行踪。不如众位先进来坐坐，喝几杯热茶，暖暖身子如何?”三子极为客气地解释道。

哈鲁日赞想了想，道：“既然蔡公子不在，找你也是一样，我想问一下，你可曾看到舍妹哈凤来过这里?”

“啊，哈姑娘失踪了吗?”三子立刻明白哈鲁日赞的来意，有些吃惊地问道。

“不错，那丫头留下一封信就一个人偷偷溜了，说是前来找蔡公子，让我们先回国。我还以为她会与你们在一起。”哈鲁日赞有些气恼，更有许多焦虑地道。

三子与无名五等诸位葛家庄兄弟禁不住全都愕然，哪想到竟会出现这种情况，但却不约而同地道：“哈姑娘真的没有来过我们这里。”

哈鲁日赞目光扫过众人，知道这些人不会说谎，脸上霎时布满了阴云，那股失望之情溢于言表。

三子也不禁暗怪哈凤太过任性，同时对哈鲁日赞这个做哥哥的不免多了几分同情，不由得道：“中原我们比你们熟悉，若有什么需要帮助，只要说一声，我们定当全力以赴!”

哈鲁日赞脸上露出一丝感激的神色，道：“先谢谢你们的好意了。”

“对了，不知如何与你们联系，只要一有哈姑娘的消息，我们就立刻通知你们，但要是哈姑娘真的来了我们这里，你放心好了，无论是作为朋友还是什么，我们都会确保哈姑娘的安全。若有其他的决定，待阿风回来后，相信他定会作更妥当的安排。”三子想到尔朱兆的阴险，暗自决定，定要把哈鲁日赞这批人拉笼来，免得让尔朱家族的人在域外又多了一批力量。因此，他才会说得这么肯定和诚挚。

哈鲁日赞果然面显感激之情，此刻的他，的确有些麻烦，尔朱兆被蔡风败得一塌糊涂，伤疲之下，自然无法亲自招待哈鲁日赞，只是让尔朱家族的一些下人负责他们的起居食饮，出了问题，却无法解决。葛家庄和哈鲁日赞虽然没有很深的关系，但蔡风那么信任他，此刻三子又说出一番如此诚恳的话，倒的确将哈鲁日赞当朋友看待了。

"我这一路去找舍妹，大家都在行动，只怕想联系我不容易……"

"哦，那没关系，我相信一定会有方法跟你联系的，到时候我会找到你的。"三子打断哈鲁日赞的话道。

"那样最好。"哈鲁日赞喜道。

三子想了想，决定暂时不将尔朱兆嫁祸哈鲁日赞劫持元定芳一事说出来，那样便像是挑弄是非，哈鲁日赞定然不悦。

"那我们先告辞了，一切便拜托了。"哈鲁日赞道。

"好，恕不远送！"三子客气地道。

蔡风禁不住再一次怒意横生，虽然叔孙怒雷与他扯不上什么关系，甚至是敌对的立场，可是，此刻却仍忍不住向这不可理喻的女子动怒。

叔孙怒雷心中也大为感慨，他没有想到，蔡风会说出这样一番话，不由忖道："若换了长虹，相信他绝不会像蔡风这般胸怀博大，两人的心性和胸怀的确难以同日而语，即使长虹面对这丑陋女子，也绝对不会像蔡风这般心生怜悯，这是一种不可能相比的差距。"

"那我只好不客气了。"蔡风声音变冷，再次涌出一丝淡淡的杀机。

神秘女子怪笑一声，急退两步，与蔡风冷冷对视，似乎并不怕蔡风对她采取什么措施。

蔡风眼角闪过一丝惊异，是因为这神秘女子身上透出一股邪异莫测的死气，就像是自冥界逃出的冤鬼，没有一点活气。

整个雪原，霎时笼罩了一层阴气。灌木和树顶上的雪团不知是因为寒风的扫过，抑或是被阴气所逼，竟然瑟瑟而落。

叔孙怒雷却禁不住有些吃惊地问道："'意绝九冥'？意绝的独门武学?!"

"哼，算你还有眼光!"神秘女子笑了笑，微微有些得意地道。

"琼飞当年是被意绝所救?"叔孙怒雷似乎失去了所有力气地问道。

蔡风并没有为神秘女子邪异的气势所慑，但暗自却在想："冥宗的武功真是邪异的紧，居然有人可以练出这等气势，的确难以想象。"

神秘女子微微有些痛恨地道："不错，当年正是意绝师伯救了我师父，并以‘意绝九冥’将我师父体内的寒意化去。那时候我师父失去了七成功力，在冰雪中受到寒风冷雪摧残七个时辰，加之内心的痛苦焦熬不堪，整个人的心力已达油尽灯枯之境，而你的家人反而要趁我师父正在危难之时杀死她，好让你这负心的男人去与那贱女人成双成对。当时我师父毫无反抗之力，正在最危急之时，意绝师伯赶到，将你那没有半点人性的叔父宰了，可是意绝师伯为了挽救我师父的性命，耗去三成功力，以‘意绝九冥’真气贯通我师父全身经脉。那时候，圣主已逐师父出了冥宗，即表明冥宗的任何人都不能再与我师父来往。可意绝师伯一直深爱着我师父。”说到这里，那神秘女子的语调转为苍凉：

“二十多年的青梅竹马，二十多年的相濡以沫，意绝师伯心中早已将师父作为他这一生的目标，可是苍天不公，让他拥有一张丑脸，一个崎形的身体，让他所有的爱慕全都包藏在自卑的阴影之中。他从来不敢向师父说一个有逾礼义的字，更不敢表白出心中的爱意。可是他一直在默默地关心着师父，他也想让自己从自卑的阴影之中走出来，所以拼命练功，总想有一天能跻身冥王宝座。终于，他创出了‘意绝九冥’这门神奇的武学。这门武学足以媲美列代冥王所创的武学，按理他有机会成为新一代冥王之一，可是却有圣主的出现，使他的名字进不了宗籍，也便使他的自卑始终占着主导地位。圣主要走出桃园，师父跟着一起出来了，所以意绝师伯才会离开桃源。只要他不出桃源，那么此刻定已成为了新一代冥王之一。可他放弃了冥王的位置，一直追随在师父左右，成为圣主四大杀手之首。”

说到这里，神秘女子顿了顿，又道：“你的出现，便是另一场悲剧的开始。我师父竟然爱上了你这负心之人，从一开始，意绝师伯就知道你们之间的感情发展，但他没有做出任何举措，因为他认为，只要能够让我师父开心，那就已经足够。可他心中的苦涩又有谁知道？又有谁能够理解，你们的笑声却是他痛苦的根源。也就从那时候开始，他心中产生了杀戮，无穷无尽的杀戮，这或许就是他唯一能够平息痛苦的方法。可是他在每一次杀人之后，都要呕吐三天，然后再大醉一场。没有人知道他这是为什么，他也从来都不对人说起。所有的人都说他变了，我师父也不例外。他不作任何解释，他也不想作任何解释，那一切都似乎是多余的。那次师父向圣主下毒，自一开始，意绝师伯便知道，因此，圣主才会只消减了三成功力，否则，任凭圣主功力再高，也无计可施。圣主没有杀我师父，不仅仅是圣主顾及旧情，更因为意绝师伯，可师父最后选择投向你，让他们伤透了心，他们多想原谅师父，可是根本找不到半点借口，只好忍痛逐师父出冥宗，废其七成功力。这已经是做了最大的宽容，意绝师伯在向师父行刑之时，没有人看见他滑落的眼泪，那带着微咸的热泪却滴在了我师父脸上，那一刻，我师父似乎隐隐明白了些什么，但却没有了回头之路。师父的武功废了七成，其实意绝师伯已手下留情，那七成功力完全可以通过修炼‘意绝九冥’恢复。他用心之良苦，师父终于也明白了，是以她断然拒绝再做一次对不起冥宗的事。”说到这里，神秘女子深深吁了口气，冷冷地望着叔孙怒雷。

叔孙怒雷脸上的肌肉似乎在扭曲，万般痛苦地喃喃道：“难怪自她回到我身边后，神情就一反往常，总是恍惚不定，我以为是她功力失去了七成留下的后遗症，原来却是这样……”

蔡风不禁有些慨然，这又是一段无法弥补的凄美爱情，抑或根本不叫爱情，只是一个悲剧，一个让人伤感的悲剧。一切的一切却只为了一个情字，也不知是谁的悲哀。

“意绝师伯再也不想去找师父，他是不想再去承担那份痛苦，虽然他的武功盖世，可是每个人都有自己的脆弱之处，像圣主赶走花如梦那样，不是人人都可以做到的。那段时间师伯每天都要醉一次，后来江湖之中传说你要结婚了，师伯那天意外地没有喝酒，虽然他极力让自己忘掉师父，可是那是根本不可能的，绝对不可能！因此他决定再去看师父最后一眼，哪怕真的只是最后一眼。他以为你的新娘是我师父，还准备了一份礼物。他无法给师父幸福，但只要师父能够真正获得幸福，他也就心满意足了。他的行动是瞒着圣主的，可是他想错了，那个新娘竟是一个他从来没有见过面的女人。那时候，你并不在大厅之中，否则，他一定会出手，要问你这是怎么回事？当时，他头脑一片混乱，也找不到你的人，当他发现你的时候，师父已经昏倒在你的怀中，而你也被人拉开，师伯没有时间找你算账，他只能跟在你那位叔父身后，等他避过重重关卡时，却发现你那叔父正要击杀我师父，因此他便出手杀了你叔父，而救走我师父。”

顿了顿，又望着叔孙怒雷，她接着道：“后来师伯将我师父安顿在一个农户的家中，传她‘意绝九冥’，想让师父恢复功力，而他却要回到冥宗。在那半个月中，师伯每天都花七八个时辰守在师父身边，那也是他最幸福的一段日子。我师父如何还会不明白师伯的情意？可是她被你这负心之人害得心若死灰，也无法接受师伯那一份情感。后来等师父身体有了好转，开始学习‘意绝九冥’，也开始接受师伯之时，又赶上了天下最可怕的一役。师伯败在天痴尊者的剑下，而圣主因损失三成功力，也败在烦难的手中。师伯临终前让天痴将一封信转交给我师父，这是一封很长很长的信，竟然密密麻麻写了一百三十七页。上面记载着的全都是师伯心中痛苦的印迹，他直到临终前的那一刻方表达对我师父的情意。天痴尊者依言将信交给了我师父……”神秘女子说到这里，语调中显出深沉的悲切。

“我师父看完这封信之后，竟立刻昏死过去。天痴当时便在屋外，后来是他救醒师父的，自信中，他得知了师父昏死的原因，那就是一个字——情。师伯的死，对师父的打击太大，竟使师父体内真气走岔，错乱不堪，虽然天痴挽救及时，仍免不了落个下身偏瘫。天痴有感这般真情，他将师父送至长城之畔的白于山，让师父住在他的一位道友道观中，以治疗伤势。后来，师父便在白于山的一家尼姑庵中出家，可是此刻她却发现自己竟怀有身孕，而这个孩子却是你的！”

“什么？琼飞怀有身孕？是我的孩子？”叔孙怒雷如被雷击，竟然奇迹般地站起身来。

“扑通！”虽然站了起来，但又不支地跌坐于地，神情变得呆痴。

蔡风也不知道该说些什么，就像吃下了千万只毛虫，心中特别不舒服，他不明白，为何命运会如此不公，让一个弱女子遭遇如此悲惨的命运，苍天也的确太过刻薄了。

“师父这一生之中，只有一个男人，一个让她伤透了心的男人，那个男人就是你这负心的家伙叔孙怒雷！师父因为受了那晚寒意的侵袭，又以‘意绝九冥’功力疗伤，更习练过‘意绝九冥’，同时又受过天痴尊者那道家正宗的‘太乙天罡’通脉，竟影响了腹中的胎儿，使师父怀胎达两年之久。这两年之中，庵中的师太专门为她搭了一间草房，并安排两人照顾师父，终于在怀胎二十二个月之后，师父产下一个男孩，这男孩竟比普通婴儿重一倍。这其中，若非天痴尊者再次重游白于山，只怕师父早在产婴时就已死去。在生死的边缘，是天痴尊者以道家圣药保住了师父的心脉和元气，再以道家正气为师父调理身体，竟然就这样保住了师父的性命。而那男婴因无法在庵中照料，也便被天痴尊者带走……”

“你是说这个婴儿后来成了天痴尊者的弟子？”蔡风惊诧莫名地打断神秘女子的话道。

“是不是天痴尊者的弟子我不知道，也可能是。后来师父便再也没有见过她的儿子，但她始终记得那婴儿的肚脐边有三块梅花红痣，那是天生就有的，天下间大概也不会再有人能够长出此等奇痣！”神秘女子淡漠地道。

叔孙怒雷的脸色阴晴不定，也不知是在想些什么，但那本来无比深邃锐利的目光竟变得浑浊一片，眸子之中更隐显泪光。只是他一句话也未曾说出，或许他根本就不知道应该如何说起，也无话可说。想到琼飞这一生的凄苦，却全是他一手造成的，他恨不得将自己的心挖出来交到琼飞的手中，可是琼飞能够知道，能够原谅他吗？

蔡风的脸色更显得无比阴冷，也像是隐藏有无限的心事，那神秘女子的话就像是一柄柄铁锤捶在他的心头。

“你师父可还活在世上？”叔孙怒雷有些软弱地问道，整个人似乎一下子苍老了十年。

神秘女子冷冷地望了叔孙怒雷一眼，以极为冰冷的声音道：“这次，我就是要挖出你这负心人的心肝，以祭我师父在天之灵！”

天地似乎在这一刹那间完全静止，但很快便被一声悲怆而凄惨的笑声给撕裂。

叔孙怒雷竟然笑了，沙哑的笑声，比哭还难听，虽然是在笑，可那声音中的异样情感，便像刀子一般将蔡风的心绞得粉碎。

神秘女子也禁不住为之震撼，那死一般的气焰竟然弱了下来。

笑声转低，回荡于天地之间，却成了幽幽的哭声。

不，是号啕！泪水自叔孙怒雷的眼角大串大串地滴落。

突然，哭声一停，叔孙怒雷双眼一闭，切断眼帘中滑落的泪珠，竟以平静得出奇的声音道："我有一个要求，希望你能为我办到。"

蔡风一愣，禁不住问道："是我？"

"不，是她！"叔孙怒雷没有睁开眼睛，平静地道。

"我？你有什么要求？"神秘女子似乎极为意外地问道。

"我希望你能在挖出我的心肝之后，将我的残躯火化，然后把我的骨灰埋在琼的墓边，或者是撒在琼的坟墓周围。"叔孙怒雷无比平静地道。

"啊！"神秘女子和蔡风一样，掩饰不住内心的惊愕，都几乎不敢相信自己的耳朵。

蔡风对这垂暮的老人竟多了一份同情和怜悯，这种感情的确是一种悲哀。

"好，我答应你！受死吧！"神秘女子似乎是个脾气急躁之人，说着探手向叔孙怒雷的胸口抓去。

"砰！"两道劲气犹如飓风狂卷而起，神秘女子禁不住连退三大步。

出手之人是蔡风！

"哼，我还没有答应，你干吗这么急？"蔡风冷冷地道，那深邃的眸子之中闪过一丝不经意的狡黠之色，更多了几分冰冷的战意。

"你想阻止我？"神秘女子怒问道。

"我不是想，而是一定要！事实证明我正在进行着我的决定。"蔡风的话没有半丝犹豫。

"蔡公子，多谢你的好意，但我心意已决，琼既已死，对我来说这个世上也没有什么可以留恋的了，背负几十年的歉疚，也该找一个偿还的机会了。"叔孙怒雷平静地道，此刻他似乎一下子看破了所有的一切，对死亡根本浑不在意。

“我也并非存心救你，只是我看不惯有些人那嚣张的气焰。别忘了，你还欠我一场决斗，如果你就这样死了，我又到哪里去找你这样的对手呢?”蔡风并不想领会叔孙怒雷的意思，更不买神秘女子的账。

“好你个不知死活的家伙，别以为自己的武功就是天下无敌了，哼!本姑娘就让你见识见识‘意绝九冥’的威力吧!”说完，神秘女子双臂一张，竟有一团混沌般的黑气在两臂之间产生，并形成一个球状。

“想不到你的‘意绝九冥’竟能达到七成火候，真是难得。”叔孙怒雷赞道。

神秘女子一震，瞪了叔孙怒雷一眼，显然证实叔孙怒雷没有说错。

“还以为你老眼昏花，想不到竟然这般敏锐!”神秘女子叱道。

蔡风还是第一次听说过“意绝九冥”这种武功，虽然四十多年前意绝曾与天痴尊者决斗，他知道这武功的可怕，但正道人物真正接触过“意绝九冥”的人却并不多，而这些人不是死在意绝手中，就是已经病死，天痴更白日飞升荣登仙界，自然无法向别人陈述这一切。叔孙怒雷是经过当初那一役活下来的少数高手之一，又自琼飞口中听说过意绝的独门功夫。此刻他的武功已深不可测，自然一眼就可看出对方的火候。

蔡风依然气定神闲地道：“你打不过我的，就算你的‘意绝九宗’练至十成!”

“哼，本姑娘要让你亲眼看到，你所说的全是狗屁!”神秘女子怒叱道。

“女人不应该说这些粗话，你让我很难想象是琼飞前辈的弟子。”蔡风毫不避讳地道。

“你!”

“我什么?琼飞前辈当初虽然有过血腥的杀戮，但本性却温柔善良。可对于你，我却根本找不到与温柔善良相近的词来形容。更何况，你既然说琼飞前辈后来在白于山削发为尼，能够在那种环境之中待上数十年，又怎会有不被佛性感化之理?既然琼飞前辈心存佛念，就不可能教出你这种只知杀戮，脾性暴虐的弟子。在你的身上，能找的只有阴暗与死亡，尽管上苍给你的待遇有些不公，可这不是你变成魔鬼的理由！”蔡风娓娓道来，竟自有一种不可辩驳的道理。

叔孙怒雷也禁不住有点动摇，心道：“难道这个女子真的不是琼的弟子？但对于我们之间的事，她怎会知道得如此清楚？而且，那只翡翠蝴蝶也在她的手中，这的确让人有些难解。”

“哼，多管闲事，你去死吧！”神秘女子双手一推，那个黑色气团若陨石般朝蔡风飞撞而至。

地上的雪狂舞而动，若被一条巨龙牵引而起，织成一道狂野无伦的旋风。

本来尚有些耀眼的天空，在刹那间，竟变得十分昏暗，像是被乌云笼罩，吞吐明灭之间，更幻化出两头凶恶至极的凶兽。

蔡风心头大愕，暗忖道：“这是什么武功？世间哪有这种打法的道理。”不禁大感奇怪，但他却没有什么考虑的时间，因为那两头凶恶的厉兽已经迎头扑到。

蔡风没有出刀，也没有动剑，那似乎没有什么必要，他只是出指了。

若万点兰花在灿烂的群星中绽放，缤纷而内含难以解说的玄机。

缕缕透明的气劲带着撕毁性的力量蹿入乌云之中，直击两头恶兽。

“轰轰轰……”一串炸响，乌云未散，却爆成昏暗阴沉的浓雾，紧罩着蔡风所在的空间，那神秘女子也完全消失于烟雾之中。

一道滑腻的东西竟缠上了蔡风的手腕，冰凉冰凉的，悄无声息，竟吓了蔡风一跳。

“嗞！”蔡风手腕上的真气一发，竟将那滑腻冰凉的活物震成数截。

“锵！”一声龙啸风吟，天空之中陡然一亮，若一道夺目的彩虹横空而出，破开迷雾，破开黑暗，以森寒霸烈的气劲割破那沉闷的死亡气息。

蔡风出剑，确有惊天动地之感。

身化苍龙，破霄而出，裂云破雾，长啸声中，满天星雨洒落而下。

森森剑气，缕缕寒芒，激扬飞雪，蔡风再次被吞没，像沉沦的劫数。

“叮叮叮……”细碎而密集的交击声过后，雾散云消，天开雪映，整个天地除了那微微扬起的薄薄雪花，一切都变得那么宁静，那么安详。死气、杀气若过眼烟云，随风而逝，随风而散。

蔡风静立着，直若标枪，整个身形透着剑的锋芒，但又是那么安详而恬静，像是一柄沉睡的剑。

蔡风的剑不在手中，不在背上，没有人看见它去向何方，就像没有人知道它来自何方一样，这是一种无法理喻的神秘。

神秘女子头上的头篷黑纱依然是那么自然地在风中轻摆，唯有剧烈起伏的胸部，让人知道刚才狂风暴雨般的杀机是多么沉重和可怕。

“你能逼我出剑，应该感到自豪了。”蔡风狂傲地道，他对这个狠毒的女人总有一种莫名其妙的恨意，或许是因为对方那伤了他自尊的话语在他心中产生的作用吧。

雪地之上，竟有数十截火红的蛇尸，蛇血、白雪相映成一种恶心的凄惨。

神秘女子心中怒极，蔡风如此轻蔑的语调，似乎说她根本就不配让他拔剑一般，这的确让她心生杀机。

“哼，你的剑也没有什么了不起的，又能将本姑娘如何?”神秘女子反唇相讥道。

蔡风心头暗暗吃惊，刚才对方竟可趁乱将毒蛇缠在他的手腕之上，若非出剑，应该算是输了一招，可见对方的“意绝九冥”的确可怕得紧，更何况对方只不过才练到七成，若是大功告成，那还了得?

“哼，只要你能接下我十剑，今日之事，我就袖手不管，也再不会为难你。”蔡风充满自信地道，神态之间，那狂傲的本性展露无遗。

叔孙怒雷心中暗惊，面前两人的武功的确可以说是江湖中少有，更都列入了顶级高手之流，刚才神秘女子可能是因为大意，毫无防备之下，才被蔡风扣住脉门而失去反抗之力，此刻她已加强戒备，小心谨慎，要擒住她倒也不是件容易之事。何况这女子的武功传于冥宗，极杂极诡，对付起来并不会如想象那么简单。

蔡风也知道眼前这神秘女子绝对不好缠，再加那层出不穷的毒物！但值得庆幸的，就是蔡风现在的身体已根本就不惧任何毒物。

“我从来都没有见过像你这么狂的人，大言不惭！”神秘女子的声音极为阴冷地淡然道，她似乎完全有信心蔡风在十招之内根本就不可能胜得了她。

要知道“意绝九冥”的可怕已经达到了冥宗冥王之境，可以和列代冥王所创的绝世武功相媲美，在四十多年前就可挑战天痴尊者，可谓江湖中的一大奇功，即使以叔孙怒雷之高明，也不敢自夸拥有比这更为玄奇的武学，这神秘女子能够修至七重“意绝九冥”，的确已经不错了。

蔡风也反唇相讥道：“我也从来没有见过比你更狠毒的女人，今天我们各自长了一点见识，难道你不觉得是这样吗？”

神秘女子大怒，但就在此刻，她看见了一点亮星，似从遥远的天际缓缓游弋而至，又像是游星冲破云雾，擦亮虚空，向她的面门冲至。

那是一个生命，更是一个活物，一点点亮星似乎充盈着异样的邪异，竟然越来越大。

神秘女子竟发现自己似乎无法移开目光，视线显得呆滞而朦胧。

亮星扩散、狂涨，霎时竟亮成一幕璀璨的烟花，辉耀天空。

在吞噬整个虚空的一刹那，神秘女子骤然惊醒，像是受伤的野猫般狂号一声，以一种奇快无比的速度疾退。

蔡风的表情全被烟花所笼罩。

烟花，并非烟花，叔孙怒雷作为一个旁观者，更作为一个绝顶高手，他的目光可将这漫天烟花剖析为一柄柄致命的剑。

剑，蔡风的剑！

快捷无伦，狠辣无比，剑气飞旋，空气撕裂的声音是那么刺耳，剑光之中更凝聚着一种让世人惊悚的震撼。所以，这一剑就成了一个活物，一个可以让你着魔的物体。

神秘女子的心神出现了瞬间的呆痴，也是被这充满异样魔力的一剑所吸引，但是她很快自震撼中惊醒过来，并以最快的速度疾退。

蔡风的剑光再绽，若整个春天的花朵一齐在虚空中绽放，占据了神秘女子所有的视线。

“叮叮……”那神秘女子一退再退，当她袖口中的两柄短刃击出之时，身形不免有些狼狈，蔡风的功力之强横的确胜过她许多，她无法抗拒地一退再退。而蔡风的剑绝对没有半丝间竭，更步步紧逼。纯粹是以快制快的手法和攻势，绝对不给神秘女子半点喘息的机会。

剑网出现破绽之时，是在第七招，也正是蔡风体内的经脉抽搐之时，一种被抽空了血液的感觉，使蔡风差点晕眩过去。

他用劲过猛，体内的隐患却在这要命的时刻发作，甚至一点心理准备都没有。

蔡风不知道怎么会这样，但事实上却不容他考虑太多。

神秘女子似乎呆了一呆，她并没有抓住这个破绽进击，自然也不明白蔡风为什么会出现这种异况。刚才那么凶猛无可匹敌的攻势，在刹那之间竟然出现这样一个破绽，她以为蔡风故布陷阱，自然不敢贸然出击，更何况她对蔡风早有先入为主的看法，哪里会当这是个破绽?

蔡风差点吓出了一身冷汗，若是对方趁机进袭，那将会是怎样一种后果呢?他有些不敢想象，这几次体内经脉紊乱，似乎一次比一次强烈，他本以为自己克制一下功力，应该没事。可是，在这一次所发出的功力比上次弱时，仍然无法控制地产生痛苦，那就是说，体内的隐患对他的功力限制越来越死，若这样下去，他的战斗力只怕会消耗干净。

“难道这是毒人留下的后遗症?为什么会这样?”蔡风不得不如此思索。

蔡风突然撤招，整个身躯如一株枯树般静立着，四周旋动的风也跟着一敛，在他周围半丈空间，呈现出一种死寂的宁静。

在雪光的映射下，蔡风的脸色有些苍白，额角微微渗出一层细密的汗珠，眸子中的神光竟有些散乱，胸口剧烈地起伏着。

神秘女子和叔孙怒雷同时吃了一惊，神秘女子也跟着停下手来，根本就不敢贸然进攻，在没有弄清楚对方虚实之前，唯有采取静观其变的方式来对付这个比她想象中更为可怕的人。

叔孙怒雷在刚才蔡风的剑式中出现一个破绽时，便觉有些不对劲。作为一个旁观者，他已将那个破绽分析得极为清楚，因为他根本就不必有任何顾忌。

蔡风的那个破绽出现得太过突然，更不合常理，若此时是自己与蔡风交手，他完全有把握以五成功力将蔡风击成重伤。而那个破绽之中并无很可怕的后手杀招，也就说明那并不是蔡风故意留下的破绽，而此刻蔡风突然收招，表现出这般状态，自然与那个突然而生的破绽有关。

“难道蔡风也中了毒，只是一直强以功力压制着?”叔孙怒雷暗自忖道。

“哼，还有三招，看你如何败我!”神秘女子隐隐感觉到事情有些意外，出言相激道。

蔡风没有回答，只是在深深地喘息着，那苍白的脸上更隐隐泛出一丝一缕的紫气，若隐若现。

“你中了毒?”叔孙怒雷再无怀疑地惊问道。

蔡风没有回答，他只做了一件事情，一件让眼前二人感到极为意外的事情。

蔡风退，退得有些仓皇，他不再理会叔孙怒雷的生死，身形若飞一般向他来时的方向狂掠，但却好像是折了翼的鸟儿，身形有些踉跄。

“想逃?”神秘女子立刻明白是怎么回事，在叔孙怒雷惊呼出声的一刹那间，她就已经清楚这究竟是怎样一回事了，但蔡风转身就逃，倒也出乎她的意料之外。

蔡风后掠之势的确很快，只可惜神秘女子比他更快。毕竟，蔡风有伤在身，轻功自然无法与神秘女子相比。

叔孙怒雷也感到惊讶，蔡风竟然想到逃走，这的确有些出乎他的意料，心中暗想:“难道是我看错了人?”

蔡风掠出三丈远的时候，神秘女子已经到了他的背后，两柄短刃直刺向蔡风的背门大穴，招式之狠辣，根本就不留任何余地。她绝不能让蔡风活着离开此地，如果蔡风没有中毒，抑或没有打她一个耳光和掀开面纱的话，那还有可能会放过他。

可这三件事偏偏在蔡风与她之间发生了，中毒的蔡风，她根本就不会怕。她甚至有些后悔刚才那个破绽为什么不把握住。

正思忖间，蔡风突然刹住身子，似乎根本就未曾动过一般，显得十分突然，更出乎人的意料，那是一种超出惯性概念的刹身。

这种刹身方式，只有一个可能，那就是故意为之。

蔡风的确是故意的，的确是！

蔡风的动作其实不仅仅在于此，在刹住身形的同时，他蓦然转身！

一道残虹拖起耀眼的亮芒，以玄奇而绝美的弧迹划出。

刀！破开虚空的刀，是蔡风的！

神秘女子大惊，连叔孙怒雷都感到有些惊讶。

这似简却繁的一刀，竟然可对所有人的思维能够想象到的方位进行攻击，天地之间的精华完完全全凝于这一刀上。

破空、劈风、碎气，暴射的杀机带着火热的气劲奇迹般地与那两柄短刀相击。

这，并不是让神秘女子大惊的原因，让神秘女子大惊的原因，是蔡风那已换至左手的长剑！

在刀的神芒之中，剑破空，若一点魅影，刺穿了一切可以刺穿的气网，以一种无法想象的速度刺向神秘女子的咽喉。

“当……当——不可！”叔孙怒雷的呼声几乎与兵刃相击之声一起传到。

神秘女子身形暴退，借蔡风刀身的震力如一缕轻风般倒翻，在虚空中卷起一团虚幻的迷雾。

叔孙怒雷长长吁了口气，神秘女子并没有死，蔡风没有杀她，但是她败了。

她败了！

待一切都恢复平静的时候，蔡风说了一句话：“你败了！”

神秘女子没有动，她也不敢动。

动！那是对生命的一种挑战，也是对蔡风的一种挑衅，说得直接一些应该是对剑的一种挑衅。

她不敢，人有情，剑却无情。

剑，轻轻地抵在她的咽喉处，另一头却握于蔡风手中。

她回飞的动作的确够快，可是蔡风比她更快，而且绝对没有刚才那若鸟儿折翅般的表现。

蔡风额角的汗珠已经变干，那苍白的脸上转显淡淡的红润，再无大口喘息的痨病之状。

刚才的一切，都是装出来的。

“你卑鄙！”神秘女子极为不服气地道。

“如果你是个小孩，可以这么说。但兵不厌诈，武学之道，不仅要讲究武技的高低，更要斗智。我说过，要在十剑之中败你，但我并没有说不可以用诈。”蔡风以胜利者的姿态，优雅地道。

“你……”

“哎，不要乱动，虽然叔孙前辈让我不要杀你，但如果是你自己找死的我就没有办法负这个责任啰。”蔡风有些顽皮地道，剑尖也随手挑了挑，更似是在向神秘女子挑衅。

第一百三十四章　邪手缠风

叔孙怒雷心头释然，暗责自己刚才小看了蔡风。江湖中曾传说蔡风只为几个战友，数次单身杀入敌人的军营之中，浴血连场，这种人岂会舍弃自己的原则而独自偷生呢？那的确是对他的一种污辱。同时也暗赞蔡风心计之高，难怪他年纪轻轻，于短短的时间内使名声在江湖上却如日中天，更屡战不败，那么多的厉害人物都一个个败在他的手中。更暗自叹息道："长虹与此子相比的确是难以相提并论，也许都怪我太过放纵他了。"但也值得欣慰，那便是此刻蔡风至少将他当成了朋友，而非敌人，如果拥有这样一个敌人的确是个隐患。想到此处，叔孙怒雷心中暗作决定："一定要与此子的关系调整过来，不能再让他成为自己家族的敌人。"

叔孙怒雷哪里知道蔡风的苦处，蔡风若非到了不得已之时，绝对不会对一个女流之辈用这种诡计。他是实在没办法，才不得不如此。叔孙怒雷却将蔡风所露的破绽当成了是他故意引敌上当，从而一举挫败对方的布局。

其实，刚才的一段戏，蔡风也并不全是装出来的，如果那神秘女子在他露出破绽之时便果断进攻，那败的只可能是蔡风。可是神秘女子对蔡风心存顾忌，不敢贸然进攻。蔡风就是看出了这一点，才会赌上一赌，他甚至算准对方不敢进攻。而他便利用这一点空当回气平复体内错乱的经脉，是以，刚开始他的确渗出了一排细密的汗珠，脸色苍白。

蔡风知道，若不以奇兵制胜，只怕今日会落个惨死的下场，他并不是武功比对方差，而是体内那潜伏的隐患在作祟。否则，就是两个与对方同样的高手，他都懒得在意。但此一时彼一时，今日的形势不同于寻常，他不得不用诡计。

叔孙怒雷也微感有些奇怪，他不清楚今日的蔡风怎会需要施展诡计来挫败对方，以眼前这神秘女子的武功，与当日的绝情相比，那之间的距离便不是一两筹的问题了。虽然眼前神秘女子的武功绝对可以在江湖上拔尖，但充其量也不过是个一流高手，而蔡风的武功早已越过宗师之级，达到意和神相结合的境界，又岂是这神秘女子所能比拟的？虽然他感到奇怪，却想到蔡风可能也中了与自己一样的混毒，才使他的功力大打折扣，根本就无法发挥出平日的威力。

“要杀就杀，哼！本姑娘不受任何威胁！”神秘女子极为倔犟地道。

“真想不通，你的脾气怎么比山贼强盗还火暴，开口就是杀呀杀的，一听就知道不是个好人，来世最好投胎做个男人，男人说点粗话还无伤大雅，而女人粗声粗气的，便显得有失脸面了。你连这点都不明白，不知你师父是怎么教你的，真想代你师父教训你一顿。”蔡风讥讽道。

神秘女子气得全身打战，但却拿蔡风无可奈何，只得怒道：“今日本姑娘若是不死，他日一定会让你后悔，要你生不如死！”

蔡风哂然一笑，道：“哎哟，这个风水可也转得真快，刚才我说的话，转眼就被你捡去了，真是有趣，也不知道你有没有我这么幸运，这么快便将我给予你的‘好处’还给我！”

神秘女子扭过头去不再理会蔡风，却也无可奈何。

蔡风指劲一透，连封神秘女子身上数大穴位，这才收剑而立，极为悠闲地问道：“你叫什么名字？”

神秘女子不答。

蔡风邪邪一笑，道：“噢，我知道了，定叫鸡不叫，狗不跳，或阿猫阿鼠之类，所以才不敢说出来。”

“你才是鸡不叫，狗不跳呢！”神秘女子怒道。

蔡风似乎终于胜了一局似的，这才转入正题问道：“你是不是将药物下在了菜中？”

“是又怎么样？”神秘女子爱理不理地道。她根本就不相信蔡风能够解开她所下的混毒，是以也不怕告诉蔡风将药下于何处。

叔孙怒雷一惊，这菜可是他命人亲自下厨做的，怎会被下了这种可怕的混毒？那就是说不是那炒菜人干的，而是这女子对他的行踪了若指掌。这的确有些可怕，以他的武功和警觉，被人跟踪了竟茫然不知，那这跟踪之人的确有些手段。

蔡风悠然一笑，伸手一招，却招来那油腻的乳猪屁股，邪邪地笑道：“算你走运，让你吃到乳猪屁股。本想给你两根骨头啃啃，但想到你乃一介女流，虽不怎么像个女人，但总还算沾了点女人的腥气，就不羞辱你好了。”说着准确无比地隔着头篷点中神秘女子的断交穴，将乳猪那已冷且沾满油腻的屁股塞进对方嘴中。

“呜呜……”神秘女子咽得直翻白眼，但却怎么也无法咽下乳猪屁股，且因断交穴被点，嘴一直张着，又不能活动，如何可以吞下乳猪屁股？只差点没气昏过去。

“实在不好意思，我本不想用这种粗野的方法来对付你，可是你这张嘴巴实在太可恶，怎么都不肯老实交代，只好将它堵住了。”蔡风似乎有些阴谋得逞的感觉，再次露出那邪邪的笑容。

“呜呜呜……”

蔡风冷冷地望了那神秘女子一眼，淡淡地道：“除非你肯解毒，否则，你就在这里慢慢消化好了！”

叔孙怒雷倒是第一次看到这种逼刑的方法，虽然他心中有很多问题要问，可是却知道，若要自这个女人口中问出东西来，简直是拿磨子出气。而自这女人那张恐怖的脸上更看不出什么端倪，唯一有效之法，就是想办法逼对方开口。

让蔡风用别的残酷刑法，他大概不会，否则，蔡风也不会去揭开对方面纱之后杀意大减，这个方法也只有蔡风想得出来。神秘女子死也死不了，咽也咽不下，嘴巴里总包着个冰冷的东西，的确有些不好受，这样虽然十分恐怖，但却有些像小孩子在玩游戏。

蔡风转身向叔孙怒雷道：“我来助你运功逼毒。”

“谢谢蔡公子美意，老朽乃一具残躯，已失去了生存的意义，你不用费心了。”叔孙怒雷拒绝道。

“如你这样的人，我本也懒得救你，你的确是个薄情的家伙，你们家族中没有一人是有情有义的，顽固不化的脑子，什么狗屁门当户对，什么狗屁高人一等，什么狗屁正与邪……奶奶个儿子，要是我蔡风，早就不理一切世俗浅薄的伦理，去做自己喜欢做的事。男子汉大丈夫，做事只须无愧于心……唉，不说了，越说越气，说也是白说!”蔡风倒似乎有些极为恼火，他本是个十分洒脱的人，敢爱敢恨，我行我素，直到闻听叔孙怒雷、琼飞和意绝三人的情感悲剧时，心中的感慨更多，更为这些悲剧性的人物而惋惜。

“蔡公子说得好，老朽的确是该死，这一生七十多年来算是白活了。”叔孙怒雷深深吁了口气，伤感地道。

蔡风也拿他没办法，苦笑着摇了摇头，道：“聚气，我来为你逼毒。”

“蔡公子，不必了，我心已死，唯一未了之心愿就是无法让我死在琼的墓前……”

“难道你连自己的亲生儿子也不想见上一见吗?”蔡风有些不耐地道。

“你知道我儿子在哪里?”叔孙怒雷一惊，喜问道。

蔡风微微黯然，吸了口气道：“我也不知道他现在何方，但我想应该还活在这个世上。”

“你一定知道他是谁，快告诉我，他是谁?”叔孙怒雷拉着蔡风的手，颤巍巍地立了起来，急切地问道。

“告诉你又有何用，你不是要死吗?难道你想变鬼去找他?”蔡风并不说出对方是谁，但心中却在盘算着，自己所知道的情况应不应该说出来，但他自己也不敢肯定所知之人就是叔孙怒雷的儿子。

叔孙怒雷听说与琼飞所生的儿子仍活在世上，整个人的精神立刻大振。这些年来，他的几个儿子相继阵亡，唯留下侄子和孙子，叔孙长虹便是他亲生儿子所生之子，所以最得他钟爱。哪里想到，在这垂暮之年，竟然得知与自己一生最爱的人还有一子存留于世，这种欣喜，又岂是外人所能形容的？虽然心中对爱人充满愧悔之意，但那种身为人父的情怀却更使他感到激动。

神秘女子仍在“呜呜呜……”地叫个不停，蔡风不理叔孙怒雷，向神秘女子笑道：“想来你是胃口大开，一块不够吃。”

“呜呜呜……”神秘女子的身子不能动弹，脑袋也无法摇摆，眼睛更掩在黑巾之中，想表达什么意思，全然不可能。

蔡风大感好笑，隔空解开对方的断交穴。

“噗！”那女子忙吐出那块猪屁股，气得大骂。

“你再骂，我将那块东西捡起来，再塞到你嘴中，信不信？”蔡风威胁道。

神秘女子果然不敢再骂，但却极为不服气地道：“欺负一个女流之辈算什么好汉？”

“我有说过自己是好汉吗？我问你，你叫什么名字？”蔡风淡然道。

神秘女子本不想回答，但看了看蔡风那邪邪的笑意，而且目光又落在乳猪屁股上，不由得慌忙答道：“哼，告诉你也无妨，本姑娘姓唐名艳！”

“唐艳，这个名字似乎不是很坏，马马虎虎，将就着过得去。”蔡风调谑道。

“我再问你，这毒怎么个解法？”蔡风问道。

“你杀了我也没有用，因为解药我也没有。”唐艳有些惧意地道。

“你骗人！难道这毒不是你下的？”蔡风厉声道。

“不错，毒是我下的，解药也有，可是这些解药并不在我身上，你信也罢不信也罢，总之我现在是解不了他身上的毒！”唐艳道。

“奶奶个儿子，岂有此理，那解药在谁手中？”蔡风恼问道。

“要想知道解药在哪里，倒不如问问我。”一声平和而冷傲的声音传了过来。

蔡风和叔孙怒雷同时吃了一惊，这人竟然在他们毫不知觉中进入了警戒范围之内，更自那平和而冷峻的声音中听出了那种超然的气派。

蔡风目光扭了过去，与对方四目相对，竟然在虚空中交缠起来。

蔡风吃了一惊，心道："好可怕的眼神！好深厚的功力！"

"刚入中原，便听说中原年轻一辈中的第一人要数蔡风，今日一见，果然没让我失望！"来人以一种与他年龄极不相称的语气缓和地道。那种高高在上的姿态，就像是一个长辈在训斥晚辈一般。

蔡风更惊，在他的印象中的确不存在这个不速之客，但来者的一举一动，一言一行莫不透着让人难以揣测的神秘。就连蔡风如此自信的人，面对这个年龄比他大不了多少的人，也禁不住心中没有底。

"你是什么人？"蔡风冷冷地望着那一身宝气、俊雅无比却又透着一种粗犷气息的年轻人，淡漠地问道。

"若不告诉你我的名字，大概是对你的不敬，这样吧，你就叫我叶虚，树叶的叶，虚伪的虚。"那年轻人手中捏着一柄描金玉扇，有种道不尽的潇洒，连蔡风也不能否认。

"叶虚？"蔡风微微皱眉，口中叨念着这个陌生的名字。

"你是吐谷浑人？"叔孙怒雷突然道。

叶虚眸子中射出一缕淡淡的讶然之色，笑了笑道："你的眼力真好。"

蔡风神色再变，却并非因为叶虚是吐谷浑人，而是因为叶虚的身后竟又出现了一个人，那人居然是哈凤。

"哈凤什么时候与叶虚在一起的？那哈鲁日赞与巴颜古呢？他们是不是也与叶虚在一起？"蔡风心中想着。

哈凤有些怯生生地向蔡风望了一眼，却避开蔡风的目光，似乎害怕蔡风责备一般，神情极为不自然。

"长虹！"叔孙怒雷更惊，他竟然看见了被绑成粽子一般的叔孙长虹，正被叶虚身后一名高大的汉子如提小鸡一般提着，面无人色。

蔡风却为另一个人而骇异，更是完全出乎他意料之外，那人竟然是尔朱兆！

尔朱兆竟然也和叔孙长虹享受着同等待遇，被捆成了粽子，表情古怪至极，更满含愤愤，似乎是受了极大的委屈。

蔡风想笑，他还从来没见过尔朱兆居然也会这般窝囊，想他平日那趾高气昂的样子，不由得打趣道：“尔朱公子，咱们又见面了，真是幸会幸会，真想不到今日的你这般威风，难得呀难得！”

哈凤禁不住想笑，但却忍住了，虽然她任性，但却知道尔朱兆不能太过得罪。

“蔡公子还真会说话。”叶虚伸手一揽哈凤的小蛮腰，淡笑道。

蔡风心中涌起一股莫名的醋意，不知怎的他竟然嫉妒起叶虚来，甚至心里有些责怪哈凤。他心中明白，叶虚是故意在他面前这么做的，目的是想损他面子。

“哈哈，哪里哪里，今日只不过是见到了几个故人，兴致所至，不免就变得幽默了些，至于说笑嘛，还是叶公子厉害一点。”蔡风耸耸肩，一声轻笑道。

众人都是一愣，哪想到蔡风竟然回敬了对方这样一番话，还自称自己幽默，这种语气倒也很少见，哈凤真的是忍不住笑了起来。

叶虚脸色一沉，蔡风似是说笑，实是在贬他，怎不叫他心中暗怒？但也不得不收起轻视之心，蔡风竟然如此快便进行了口头上的反击，的确是应变神速，心道：“中原江湖将蔡风说得那么神化，看来并非虚假，对付这种人绝对不能掉以轻心！”

叔孙怒雷也是惊骇莫名，这叶虚竟然能够同时擒下叔孙长虹和尔朱兆两人，那的确是个极为可怕的对手。又望了望叶虚身后那四名肌肉虬结的大汉，心道：“这群人没有一个是好惹的，只看那气定神闲之态，绝对可算是江湖中的一流高手，更可怕的是那叶虚，竟然让人看不出他的深浅，看来需得小心提防！”

“噢，你的内劲真不错，这么快就已冲破了两处大穴，真是了不起！”蔡风飞速伸指再点唐艳身上八处大穴，并封死其功力，笑道。

唐艳身子一颤，她没有想到蔡风竟会如此机警，仅凭她的呼吸之声，就知道已冲破了两大要穴，这一下子，她可真没辙了。

叶虚神色也微微变了变，他本来想以话语惹蔡风分心，好让唐艳有时间运功冲穴，可蔡风的机警让他的计划全部泡汤。

“叶公子可真是厉害，刚一进入中原，就将这两位花花阔少做成粽子了。不知叶公子抓这两位花花阔少的手法是不是和今天一样呢？”蔡风讥讽道。

叶虚强压心中的火气，故作洒脱地笑了笑，道：“是不是，你可以问一下我身边这位大美人呀。”说着极为放肆地将哈凤一搂。

蔡风眸子中寒芒暴射，扫过哈凤脸上之时，她便像是一只受伤的小猫，畏怯地避开蔡风的目光，低着头在叶虚的怀中挣了一下，可是又怎么能够抗拒叶虚的力量？

“你好哇，哈姑娘，怎没见你哥和国师呢？”蔡风努力使自己心平气和地问道，心中却在暗自奇怪：“难道我也爱上了她？否则怎会如此生气，如此在意？”

“我……我……我本来是来……来找你……”

“对，本来是来找你，只可惜，孤身一人却遇上了这位花花阔少！”叶虚打断哈凤那结结巴巴的话，指了指叔孙长虹道。

哈凤点了点头，证实叶虚所说没错。

“这位花花阔少大概是见色起心，竟然出手相抢，美人儿自不是他的对手，但当这花花阔少得手之时，尔朱世子却赶到了，双方便为美人儿大打出手，这位叔孙家族的花花阔少可也真是脓包，十招之中就被尔朱世子杀败，更让叔孙家族那些草包卫士丧命不少。而我适逢其会，这位尔朱世子也还不算太过脓包，能够抗我一招半式才被绑成粽子，已经够不错的了，那些脓包卫士们，自然一个不留。美人儿感激我出手，便心甘情愿地跟我走了。”叶虚傲气逼人地道。

哈凤将头扭向一边，不敢与蔡风的目光正视，看来叶虚所说多半不假。

蔡风心中除了有些不舒服之外，更多了一些惊骇，以尔朱兆的武功，竟只能抵抗对方一招半式，那这叶虚的武功是多么强霸，就可想而知了，即使在自己完全恢复正常的情况下，也顶多只能与之战个平手。而此际自己体内存在隐患，如何能够抗拒对方这么多高手的攻击？自己人单势孤不说，还要保护叔孙怒雷，那样只怕真的只有败亡一途了。想到此处，蔡风心头禁不住变得无比沉重。

“蔡公子，来者不善，你不用管我，先离开此地再说，不便硬拼。”叔孙怒雷低声道。

蔡风自然知道叔孙怒雷的好意，他又岂会不明白眼前的形势？这个居心难测的叶虚突然出现，而且在暗中下毒，很明显是针对他和叔孙怒雷而来，而针对叔孙怒雷的可能性会更大一些。因为对方既然是在菜肴中下毒，定然跟踪了叔孙怒雷很久，自然对付叔孙怒雷的成分可能性要大一些；当然不排除对方早知道叔孙怒雷一定会来找他的可能性。如果是后者，那这个叶虚的可怕程度又要上升一级，这是不可否认的。

蔡风绝对不是鲁莽之人，如果自己体内不曾有那潜在的隐患，那还有一战的希望，可是此刻根本不用试，只看这唐艳都受叶虚指使，便知道叶虚比唐艳更为可怕。而他能败唐艳，全凭计策，那对付这个叶虚却绝对难以行通。因此，此战不战便已知结果，眼下唯一值得庆幸的是对方并不知道自己体内所存在的隐患，所以才会一直没有动手。

蔡风想到了退，至少先得离开这个危险的地方，可他根本就没有把握可以自叶虚的眼皮之下溜掉。

蔡风经历过大大小小的战斗也不下百次，可唯有这次没有半点把握，或许是因为叶虚的深沉和神秘莫测。

任何人面对叶虚，都不可能有十足的信心，那是叶虚最可怕的地方，可蔡风也不是好惹的，至少在中原，蔡风被列入了难缠的角色之中。

“叶公子千里迢迢来到中原，就是为了美人儿吗？”蔡风邪邪地笑了笑，淡然问道。

叶虚也大感好笑，轻轻拍了拍哈凤的丰臀，也不理会哈凤的反感，有些自认风流地道：“美人儿虽然足以让任何男人动心，但这个世界上又岂只有美人儿才值得男人去奋斗呢？当然，美人自然是不能少的，就像是人不能不吃饭一般。”

蔡风心中暗怒，对方似乎知道哈凤对他的情意，是以一而再地借羞辱哈凤来激怒他，叶虚的心计之深沉，的确让人心寒，那种似乎根本不为美色所动的人性更是让人心惊。

“那唐姑娘也是叶公子的属下喽?”蔡风意味深长地道。

“唐姑娘怎会是我的属下?唐姑娘乃是我叶虚的上宾，也是叶某的朋友，蔡公子这般说法，实是对唐姑娘的不敬。当然，不知者无罪。”叶虚语气极为假惺惺地道。

“噢，这样就很好办了，不知叶公子可否珍惜你朋友的生命?”蔡风又多了一丝希望地问道。

“这个还用说，自然珍惜我朋友的生命，人生之中，又有多少个朋友值得去珍惜呢?我当然会珍惜!”叶虚依然是那般轻闲而优雅，声调也柔和至极。

“我便用她的命换他的命，如何?”蔡风一指叔孙怒雷问道。

“我并没有说要他的命呀?”叶虚故作糊涂地反问道。

“只要解药，其他的一切并不用你操心。”蔡风冷冷地道，他知道，完全没有必要与对方虚与委蛇，因为对方打一开始就在菜肴中下毒，绝对没安好心。

“哦，只换解药?这点小事，划算划算，那就请蔡公子来拿吧。”叶虚爽快地确出乎人意料之外。

叔孙怒雷隐隐感觉到有些不妥，但他却完全猜不透这个叶虚是在打什么算盘，更无法看透叶虚的心思。毕竟，叶虚这个突然出现的敌人对于他与蔡风来说，是完全陌生的，此刻的处境可算是敌暗我明。

蔡风想了想，冷冷地道:“那就将解药送过来吧。”

“好说好说，真不知道怎么会弄成这个样子，叶某本来很想跟蔡公子交个朋友，却没想到，朋友没交成，倒先引起了你的误会，真是糟糕。”叶虚似乎一脸无辜之状。

蔡风不屑地冷笑问道:“难道叶公子今日不是来对付我的吗?”

叶虚摊了摊手，道:“本来的确有人托我来帮他抓你，可是当我见到你之后，就打消了这个念头。如果蔡公子刻意要如此的话，我也是无可奈何。不过，我们有许多利益是相同的，今次前来中原，叶某就是想找一些志同道合的人来完成这共同的利益，因此，叶某实不想与蔡公子为敌。”

蔡风见对方语意诚恳，并不似在说谎，不由得神情微微有些疑惑，他弄不清楚叶虚的意图。

“那么是谁让你来抓我的呢？”蔡风不经意地问道。

“莫折念生！”叶虚并不隐瞒，很坦然地道。

蔡风一惊，忖道：“叶虚如果来自吐谷浑，那与莫折念生有交情也很正常，吐谷浑的经济命脉与西部的羌人氐人是息息相系的，莫折念生身为羌人氐人的义军统领，自然会与吐谷浑有来往，说不定莫折念生的起义与吐谷浑的支持是脱不开关系的。”想到此处，蔡风目光一移，淡笑道：“叶公子的坦白倒让蔡风有些受宠若惊了。”

叶虚志得意满地笑了笑，道：“我们全都没有必要说这些，这的确可算是一种极为见外的话题。”说着自怀中掏出一颗药丸，轻轻一弹，若一道电流，破空而过向蔡风射至。

蔡风冷哼一声，出掌如电，平推而出，当药丸即将接近手掌时，腕部一扭，一股回旋的力道将药丸的冲劲化为无形，这才轻轻握于掌中。

“好掌法！”叶虚拍了拍手赞道。

“叶公子的指法也神妙得紧呀。”蔡风悠然说了一句，再将药丸放在鼻子前嗅了嗅，问道，“不知道叶公子所用的是何种混毒？”

“这个嘛，乃是叶某独门之秘，不好向外人道出。蔡公子既然知道是混毒，自然不是外行之人。如果我说出这是什么混毒，那这种毒以后就难成独门之秘了。”叶虚毫不客气地道。

“那叶公子最好是再拿一颗解药来。”蔡风道。

叶虚也不吝啬，顺手再给蔡风一颗药丸，蔡风却把其中一颗塞入唐艳的口中。

半晌，唐艳没有什么不良的反应，蔡风这才将药丸交给叔孙怒雷。

叔孙怒雷一咬牙，将药丸吞入腹中。他知道，今日不吃这药丸定会一败涂地，甚至性命不保，吃了药丸还可赌上一赌，因此，他不再犹豫。

蔡风没有放开唐艳的意思，他必须等叔孙怒雷调息完毕之后再放人，也必须证实这药丸的效果。而他却在利用这段时间飞速思考，如何应付眼前的局面。

“叔孙怒雷伤好之后，定要救出叔孙长虹，那时候与叶虚的冲突是在所难免的。自己也无法去控制这个局面，除非叶虚无条件将叔孙长虹放了。”蔡风这么想着，他对叔孙长虹的确有太多的鄙薄，甚至根本就瞧不起这个花花阔少，像这样的人整天被娇惯着，又能有什么大的出息？除了花天酒地、争风吃醋之外就是欺压百姓，横行不法。说到聪明才智，那是不入流的，这种败类留在世上只是多余的。

当然，叔孙怒雷绝不会这么想，无论叔孙长虹怎么不好，毕竟还是他的孙子，一脉相承，亲情是不可磨灭的，血浓于水就是这个道理。虽然他为叔孙长虹的不争气而大伤脑筋，可如今见孙子吃了苦头，不禁心又软了。更令叔孙怒雷恼怒的，却是叔孙长虹竟与尔朱兆打了起来，如此岂会不伤了四大家族之间的情谊？

北魏四大家族可谓同气连枝，虽然各家暗中有些私心，可是却绝不能成为一种表面化的杀戮，这的确让叔孙怒雷有些愤怒，但此刻的他，已经不能再去管那么多，必须尽快恢复功力。

叶虚态度极为自然而潇洒，他似乎并不在意下一刻将会发生什么事情，抑或是对任何可能发生的事情早已胸有成竹。

叶虚身后的四人，就像是一株株枯树，没有半点表情和动静，冷静得让人吃惊。

蔡风心中有些矛盾：“如果叔孙怒雷待会儿与叶虚冲突起来，自己是不是应该出手呢？”蔡风与叔孙怒雷并没有什么交情，何况所救之人又是那讨厌的叔孙长虹，他实在不想出手，犯不着惹上叶虚这个大敌。可是叔孙怒雷与他又有些渊源，这的确不好处理，看来如今也只能走一步算一步了。不过以叔孙怒雷的武功，即使不能力敌，逃走总还是没有问题的，所以也不是很值得担心，眼下让蔡风心头直冒鬼火的是哈凤，哈凤是怎样离开哈鲁日赞和巴颜古而独自跑出来的？并还说是出来找他，也的确太任性了。此刻哈凤落在叶虚的手中，蔡风也觉自己多少要负些责任，而且很明显可以看出，叶虚根本就不在意哈凤的存在，只是将她视为工具和玩物，他自然不能坐视。更何况，蔡风的心底深处并非对哈凤无情，虽然他在心底暗怪自己太过多情，可感情这东西真是难以捉摸，也是人完全无法抗拒的。

哈凤的神情有些木然，对叶虚的亲热反应十分平淡，但却在尽量回避蔡风的目光，像是一个做错了事的小孩子。

哈凤并不是个傻子，叶虚刚才那一番话的确让她无法接受，再怎么说她也是一国的公主，高车虽然没有吐谷浑那么兵强马壮，但也绝对不是个弱小的民族，即使凶如柔然阿那壤，对高车也是没有办法可想。皆因高车的每个人都是能征善战的骁将，任何一队人的组合，都凶过普通马贼，这也是为何高车一直横行塞外而不灭的根本原因。

叶虚的武功虽然可怕，更是俊逸潇洒，比之蔡风甚至有过之而无不及，可是在性格和行事的原则上，却比蔡风少了那份人性化的感情。

初见叶虚，他那绝世武技，那超凡脱俗的俊雅和潇洒，以及傲然之态，的确让哈凤倾倒，甚至能令她短暂地忘记蔡风，可是当哈凤再次重见蔡风时，她才发现，叶虚与蔡风二人之间有着绝然不同的气质、风格和神态。

蔡风的傲是自骨子里透出来的，自然若清风拂面，潇洒如雨后秋阳。那是一种极为贴近自然又赏心悦目的傲气和性格，蔡风的傲甚至可让人心服，让人甘愿接受，而叶虚却不同。

叶虚的傲写于脸上，一举一动，一言一行，无不像是高人一等，志得自满的样子，虽然其内心也沉稳如山，但却少了蔡风那种自然淳朴的亲切感，少了那种含而不露的深邃。

哈凤此刻竟能将两人的性格和给人的感觉分得极为清楚。

与叶虚在一起绝对没有那种踏实而安全的感觉，似乎任何一刻，你都有可能成为沧海之中的一叶弃舟，独自在风浪中挣扎，可蔡风给人的感觉却是绝然不同的。

在蔡风的身边，你总会感觉到他的关心、体贴和善解人意，甚至每一个表情，每一个动作，每一个眼神都自然表露出他记得你的存在，重视你的存在。哪怕只是普通的朋友，他都是那般尊重和关心你。在蔡风的身上，你可以找到大丈夫那鄙夷万里江山的盖世豪情，也可找到男女间的情意绵绵、柔情似水的感觉。这是一种很微妙的感觉，尽管让人心动的，并不是蔡风的外表，而是那狡黠幽默的作风，但它会让你常常享受到意外的情调，时刻保持着一种积极的心态。是以哈凤在此刻，内心中竟极为排斥叶虚，只是她根本就无法抗拒叶虚的力量。

叶虚的可怕，使哈凤对蔡风也没有了信心，是以只得回避蔡风的目光。

蔡风似乎理解哈凤此刻的心境，其实，在哈凤的脸上已将她的心事表露无遗。蔡风本来就极善于观察任何人的表情神态，此刻自然一眼就看出了哈凤的心事。但他也无可奈何，如果他体内并无隐患，以他与叔孙怒雷联手的实力，大概可以让叶虚大败一场，可是他这时的功力只能发挥到平日的五六成左右，若再提劲，就会使经脉混乱。是以，此刻他根本就没有把握战胜对方。

若是所对付的只是一般高手，那还没有问题，可对方几人全都是绝顶高手，更不知附近是否留下了他们的援兵，隐伏着更为可怕的高手。若是那样，今日能否逃出此地尚未可知，又怎能为哈凤的事出力？

想到这里，蔡风禁不住深深吸了口气。

葛荣的神色并没有多大的变化，他认为这一切全是没有必要的，也根本没有什么事情可以让他变色。

何五却没有葛荣那份气定神闲的神态，毕竟，一场战争并不是儿戏。

鲜于修礼行军真是好快，他似乎完全捕捉到葛荣行军的路线，更知道葛荣的所有部署。是以，竟能以迅雷不及掩耳之势扑至定州城下，甚至冲过了所有的防线。

何礼生不得不佩服鲜于修礼运兵之奇，实是出乎常人的意料之外。

薛三的神情有些愤怒，气得直想大骂一通，可是满堂都是军中将领，虽然他身份极尊，可也不敢放肆。

“大王，让属下领军去将他杀个落花流水，他妈的忘恩负义的家伙，竟敢来找我们的麻烦!”说话者是葛荣军中的十大骁将之一——怀德，其人在军中地位仅次于何礼生，排名第四。在衡水一战中立过极大功劳。

此人身高七尺，紫赤唐色的脸配着极为有神的眼睛，自有一股逼人的威仪。

葛荣望了怀德一眼，并没有答复，反向其他众人问道：“各位兄弟可有别的建议和看法?”

“鲜于修礼也的确逼人太甚了，当初若非我们支持，他如何能够顺利起军？此刻却恩将仇报，举兵来犯，如果我们不去杀杀他的威风，他还会当我们好欺负!”何五也有些气愤地道。

“何大将军所说甚是，若不灭他锐气，只怕鲜于修礼会更加目中无人!”白傲附和道。

白傲本是杜洛周部下的猛将，但后来跟何五一起降于葛荣，成为葛荣部中极为厉害的人物，将燕铁心的部将完全接收，与何五组成一支举足轻重的实力。

“属下不这么认为，鲜于修礼当然要对付，但却并不是现在。义军刚刚起步，若是此际便对他下手，不仅有伤我们的元气，更会助长官兵的气焰，对我们的战局有害无利，更何况，我们根本就未曾部署好如何对付鲜于修礼的计划，这样即使能够打败鲜于修礼之军，也会付出了极为惨重的代价，这实不划算!”余花侠在军中的地位仅次于怀德，他说话的分量也极重。

葛荣淡淡一笑，悠然道：“各位将军所说的都有道理，对鲜于修礼的部署并不是一朝一夕的事情，他的野心我十分清楚。我现在有一个决定，不知几位将军有何高见?”

“大王有何决定，我们无不应命!”何五率先道。

“是呀，原来大王早已成竹在胸。”众人附和道。

“我准备撤军定州!”葛荣破石天惊地道。

“撤军定州?”众人都以为自己听错了，忍不住惊问道。

“不错，我准备将所有的人马全部撤离定州，现已传书高傲曹，让他率三万人马在寨西接应，而泰斗在城东牵制元融的兵马。如此我们有足够的时间撤出定州城！”葛荣的声音极为平静，似乎根本不是在谈军国大事，而是评书聊天，但他刚刚将话说完，众人的脸色全变了。

“为什么要这样？我们在定州可控制唐河流域，更是我们夺下博野的重要水道，也是我们控制整个河北北部的要塞，只要倚定州，守唐河，控制沙河，西有北太行相护，我们完全可以一统东北部，属下不明白大王的意思！”白傲极为不解，不由有些着急地道。

“是呀，难道大王不想攻下博野，为我们通向勃海的要塞再多一重保障吗？博野的元融势力已经威胁到滹沱河、牙河，对我们海盐帮的兄弟自海上运货入内有很大阻碍，如果大王这样就放弃定州，的确让众兄弟难服！”何五向来都极为听从葛荣的话，身为葛家庄十杰之五，自然对葛荣敬若神明，但葛荣的决断实是太出他的意料之外了，连他也无法接受。

葛荣微微一笑，并没有再作表示，只是静静地听着众人的意见。

“是呀，大王，我们夺下定州所花的代价不小，可是此刻让我们突然退出定州，对军心的影响也很难说了。”余花侠也吸了口气道。

“怀德有什么意见？”葛荣向怀德望了一眼，问道。

怀德紫赤唐色的脸上虽然有些不忿，但仍无可奈何地道：“怀德听从大王的吩咐，你让俺打，俺便打；你让俺退，俺就退。打仗俺在行，至于如何算计敌人俺就不太懂了。”

葛荣对怀德的话极为满意，吸了口气道：“本王绝不是说放弃定州，而是说暂时撤退。”

“可这和放弃又有何区别呢？”白傲极急地道。

葛荣知道白傲的性子火暴，也不理他，只是继续道：“这之中自然有很大的区别。要知道，定州是军事要地，但凡兵家，若想在东北部有所发展，就不能不占。可是我们占了定州，立刻将成为众矢之的，朝中的官兵，我们根本不惧，但鲜于修礼的义军我们却不能与之冲突太烈。”

“我们的兵力难道还怕一个小小的鲜于修礼？给属下三万兵马，定能让鲜于修礼举军皆灭！”何五自信地道。

第一百三十五章　老谋深算

葛荣笑了笑，道：“我相信老五你的实力，以你的三万兵马，若再加个定州城，即使鲜于修礼十万大军也讨不了半点便宜，可是这并不是我所想。”

众人又是一呆，全都不明白葛荣究竟有何用意，不过，他们却知道，葛荣一定会说清楚。

“我不想鲜于修礼这么快被灭，是因为在鲜于修礼身后更有另外一股势力的支持，那就是包家庄。虽然包家庄这些年来一向极为低调，但是其财力之足，天下间只怕也唯有我葛家庄及四大家族能与之相比了，或许他们的财力比四大家族更加充足。十年前，包向天消除了他的死敌无敌庄，而包家庄、无敌庄与本庄在十年前并称为北国三庄，财力之雄已是天下少有。包向天扫平无敌庄后，将关汉平的所有财产充为己有，其财力足可用富可敌国来形容，可是这十多年来一直十分低调，因此包家庄定已积累了许多财物，而鲜于修礼正是包向天的亲内侄，说什么包向天也会支持他，如果我们此刻铲除了鲜于修礼，就等于扼杀了一批强大的军费，更使包向天的势力外投，那时一个不好，我们的压力就会大增，而此刻东北部若只有我这一路义军，势必会承受所有的压力。如让朝中官兵全力对付我们，那与北方的交易定会阻碍重重，绝对不划算。而若有鲜于修礼在中间分散一下朝廷的注意力，那我们就可以干很多事情。这一段时间，我们只顾着攻城略地，但已经得到的势力和地盘却没能好好巩固，我们的确应该分些精力去巩固已占有的其他城池重镇。”葛荣分析道。

“可是我们只要将攻势转为守势，也同样有足够的时间对所获之地进行整顿和治理呀，完全没有必要退出定州城嘛。”余花侠插口道。

“那样的话，我们的人力投入也未免过大了，何况久战必疲，我们的将士此刻锐气未灭，若是转攻为守，那他们的锋芒锐气必挫，将来再次攻则又得从头开始，而且那时候周围的城防加严，攻起来又难了。我决定退出定州，只是想让鲜于修礼在这里顶着，与元融耗上一段时间。否则，鲜于修礼在其他地方与我们争夺地盘，必是惨战连场。如果我们能让元融这个可怕的对手将他缠住，他就无法分出更多的精力在别的地方来与我们相争了，甚至还可以趁机将他的实力转化，我们要对付鲜于修礼，就必须先将内丘的包向天拔除，而鲜于修礼这个人其实不难对付，只要时机一成熟，不仅定州城会再次回到我们的手中，而且鲜于修礼的兵士也会全都归顺于我！”葛荣自信地道。

众人见葛荣那信心十足的样子，知道他早已成竹在胸，可是到此刻众人仍有些云里雾里，不明其中奥妙之处。

葛荣笑了笑，道：“若我们继续占领定州，对唐县定然产生威胁，鲜于修礼绝难甘休；若我们退出定州，鲜于修礼在短期之内，绝对不会与我们为敌，至少在他的实力没有强过我之前。退出定州，可减少两方大敌，元融为北朝少有的猛将，在二十多年前与我师兄一起被称为北朝两虎将，虽然军事才能可能不及我师兄，但战场之上也鲜有敌手，其武功之高，传说已是元家第一高手，真正实力不会比尔朱荣和我师兄逊色。只是此人一直在军中，江湖中人并不太知晓而已。以我们此刻的实力要败此人，攻下博野实是不可能，倒不如退出求其次。等我们有了足够的实力，再给以雷霆一击，那才是正理，我们目前的实力虽然已经极强，但要想与朝庭正面硬撼，那还有许多不足。因此，如果我要发展实力，就必须退避难关，从敌人的弱点进攻，打击他们的信心，待对方士气一弱，再回头对付那些硬手！”葛荣分析道。

众人一想，葛荣所说并不是没有道理，可是让他们放弃已得的战果，的确有些不舍。

“我们所谓的退出定州，只是一种由明转暗的过程，绝非真正放弃整座城池，我们必须留下一批人在城中，以期他日为我们重新控制定州作准备，这一点绝对不能马虎！”葛荣再次解释道。

众人这才心中微微释然，心道：“我们的大军虽然撤出定州，但是却潜留下极厉害的杀招，表面放弃了定州城，可暗中仍被自己控制主动，这才是正理，也是用兵之道。”

“鲜于修礼也不是傻子，如果我们这样退出定州城，他岂会有不怀疑之理？”何五担心道。

“他当然会有所怀疑，因此我们不能将定州双手奉送给他，我要让元融的大军与他的义军几乎同时出现在城下，那时候，他就根本没有时间去理会其他，必全力出击，之后他肯定元气大伤，也便无法查出什么，这是可以肯定的。而我们更可落井下石，对元融进行打击，让鲜于修礼形成错觉，以为我们的计划便是坐收渔翁之利，相信他定会中计！”葛荣莫测高深地笑了笑道。

“大王的计划果然高明至极，属下心服了！”余花侠由衷地道。

“传我命令，迅速准备撤出定州，能带走的东西全部带走！”葛荣洪声下令道。

叔孙怒雷那颓丧的精神一扫而空，显然是身上的毒素尽解。

“好些了吗？”蔡风淡然问道。

“嗯，已经无大碍了。”叔孙怒雷活动了一下筋骨道。

“既然这样，那就请放了我的朋友吧？”叶虚淡淡地道。

“好说，我蔡风也不是个不尊重信诺之人。”说着伸指连点，以极快的速度解开了唐艳身上的穴道。

“你可以走了！”蔡风冷冷地道。

“哼，蔡风，你给我记着，今日之仇，我一定会加倍奉还！”唐艳充满煞气地道。

蔡风不屑地笑了笑，道：“我没恨你，你倒恨起我来了，真是岂有此理，好像你受了莫大的污辱一般，天下间居然有你这样的女人，真让人不明白。”

叔孙怒雷禁不住大感好笑，看蔡风的样子似是大发感叹，倒也有趣。

唐艳狠狠盯了蔡风一眼，就向叶虚行去，叔孙怒雷恢复了功力，她自然不能再自讨没趣。

“蔡公子可有雅兴与我共饮几杯?”叶虚客气地相邀道。

蔡风眉头一皱，道：“我可不胜酒力，看来还是免了吧，今日是叔孙前辈约我出来，都弄成这个样子了，也不知道这次约会还需不需要继续下去。”

“今日之事全仗蔡公子援手，叔孙怒雷岂是恩将仇报之辈?自不敢再与公子相战，今后我们的恩怨一笔勾销，若有用得着叔孙家族之处，尽管直说!”叔孙怒雷意态诚恳地道。

“爷爷!”被绑的叔孙长虹可就大急，本来还指望叔孙怒雷为他出口恶气，可是这下子竟然与蔡风和好，那他以前所受的冤气岂不白受了?

“你这不成气的小畜生，以后再不知轻重，我定以家法伺候，绝不辜息!”叔孙怒雷真的有些发怒了，叔孙长虹的所作所为也的确太让他失望。

蔡风禁不住心中生出颇多感慨，想当初在成安城中与田禄、田福两兄弟一起胡闹时发出宏愿，要让战狗咬烂叔孙长虹的屁股，那时候叔孙长虹给人的感觉是遥不可及，可是此刻却与叔孙家族的老祖宗共同进退，世事之变化可真是出乎人意料之外。

叔孙长虹从来都未曾被家中任何人这样骂过，今日竟遭一向宠爱他的爷爷大骂，心中那种滋味只让他将蔡风恨得咬牙切齿。

叶虚也好笑地打趣道：“此刻你并没有发言的权利，因为你仍是我的阶下之囚。”

叔孙长虹更怒，忍不住骂道：“你这小杂种……啪……呀!”

叶虚身后的一名汉子一记巴掌将叔孙长虹要说的所有全都打入了喉底，更打得鼻血直流，将舌头都咬破了。

尔朱兆幸灾乐祸地望了叔孙长虹一眼，心中暗叫痛快，忖道：“若不是这小子，今日我也不会落到如此下场，打死了最好！”

“叶虚，你想怎样？”叔孙怒雷怒问道，虽然他骂了叔孙长虹，可是别人打叔孙长虹却是痛在他的心头，毕竟叔孙长虹是他的亲孙子。

“蔡公子既然不想与我喝几杯，那今日之事，叶某也希望蔡公子不要插手其中，可好？”叶虚向蔡风客气地道。

没有谁敢小看蔡风的实力，叶虚也不敢，他前来中原之前就对蔡风的一切做过调查，自然明白蔡风的可怕之处，因此他并不想多加蔡风这个敌人，抑或是他暂时并不想对付蔡风。

“哦，今日之事还没完吗？”蔡风笑着反问道。

“蔡公子是个明白人，今日的事自然没完。”叶虚也不再装糊涂。

蔡风不由得向叔孙怒雷望了一眼。

“蔡公子不要插手此事，你先回去，这里由老夫独自处理已经足矣！”叔孙怒雷自信地道。

权衡利害，蔡风知道今日之事对方的确是冲着叔孙怒雷而来，他实在不宜插手其中。虽然他对叶虚并没有好感，可也犯不着为叔孙长虹这样的垃圾去冒险拼命，那根本没有任何必要。

“好吧，今日之事，看起来我的确像是个局外人，实在犯不着多管闲事，我看还是回去做春秋大梦为好。”蔡风耸耸肩道。

“多谢蔡兄赏脸。”叶虚微绽出一丝笑意道。

“也不必谢什么，我这只是叫临阵脱逃而已。”蔡风有些自嘲地道，说着向哈凤望了一眼，竟意外地看到她眼中的一丝期盼，似乎是在期待着一些什么。

“蔡风，你要走？”哈凤有些着急地问道。

“难道我还要留在这里看他们打打杀杀不成？”蔡风心中暗叹了口气，知道哈凤要跟他一起走，但他知道，叶虚又怎肯放过到手的肥肉？而他更是心有余而力不足，只得强装欢颜地道。

“带美人儿去马车中休息。”叶虚也看出了哈凤有些不对劲，正如蔡风所想，如此美人儿，他又怎肯放手？更不想白白便宜了蔡风！

“我不要休息，我要走！”哈凤用力挣开一名汉子的手，急声道。

“美人儿想走到哪里去？你不是说过要跟着本公子吗？”叶虚冷冷地道。

“我不要，我要回我的族中！”哈凤求救似的望着蔡风嚷道。

“那好说，待这里事了后，我亲自送你返回漠外，去见你的父皇和族人。”叶虚手一拂，将哈凤轻托而起。

黑影一闪，却是不远处马车之上的一名车夫，若大鹏般掠出，速度惊人至极。在哈凤身子即将摔在地上之时，准确而又及时地接住了她的躯体，再电射一般掠回马车。

蔡风吃了一惊，没想到一个车夫竟然会有如此武功，这个叶虚可真是来头不小，但他能坐视哈凤受辱而不理吗？至少从良心上说不过去，而且哈凤一直当他是朋友。

“叶公子，十分抱歉，在下仍有一事相求。”蔡风不得不出言道。

“哦，蔡公子是为了美人儿？”叶虚似乎并不感到意外。

“不错，哈姑娘是因为出来找我才会如此，既然她想回家，我就有责任还他哥哥一个完好无损的人，无论出于道义还是与她的交情，在下都得保证她的绝对完全……”

“蔡公子何不直说让叶某将美人儿双手奉送给你不就得了？”叶虚打断蔡风的话，冷笑道。

“蔡风，救我……呜，你这个坏人……”哈凤怒急，她自小娇贵而任性，哪里受过别人这种气，可此刻叫天天不应、叫地地不灵之时，唯有呼叫蔡风了。

“叶公子明白就好，若叶公子能将哈姑娘让在下带走，蔡风定感激不尽。他日必会还叶公子今日的人情！”蔡风认真地道。

“哼，如果我以美人儿为交换条件让你去杀一个人，你能做到吗？”叶虚寸步不让地逼道。他心中实在有些恼怒，今日对蔡风已经够客气了，以他那高傲的脾性，能够如此忍让实在难得，此刻自然再难忍下去。

“杀谁？”蔡风目中精芒一闪，问道。

哈凤听到蔡风要为她杀人，心中又喜又惊。

“杀他!”叶虚向叔孙长虹一指，冷冷地道。

叔孙怒雷、蔡风及叔孙长虹的脸色同时变得极为难看，蔡风怎么也没有想到自己要杀的人竟是个毫无还手之力的阶下之囚。

叶虚这招真狠，如此一来，自然就逼得蔡风与叔孙怒雷反目，更为蔡风树下叔孙家族这个大敌。

若是在这之前，蔡风会毫不犹豫地答应，可是此刻他与叔孙怒雷已和好，又岂能再当着他的面杀死其孙子?那样的话，他所做的一切都会前功尽弃，甚至更中了叶虚的圈套。而叶虚的居心显而易见，一直在挑拨他和叔孙怒雷两人，更可怕的是他根本就不知道对方的目的是什么，这就是蔡风对于今次之事心中没有一点底的原因。

“哼，你休想借此来挑拨离间我们!”叔孙怒雷怒道。

“哈哈，挑拨离间?反正蔡公子与叔孙小子之间根本就不可能和好，倒不如在他们之间分出一个生死好了。”叶虚有些微微得意地笑道。

“哦，你的眼睛倒是挺亮的，居然能够看得这么清楚。”蔡风淡然道。

“你答不答应?”叶虚并不回答，只是冷冷地问道。

“我这个人有个很坏的毛病，不知道叶公子可想知道?”蔡风语气一改，淡然道。

“愿闻其详!”叶虚并不怎么急着要对付任何人，十分轻闲地道。

“我这人呢，极不喜欢接受别人开出的条件，总觉得那样是被人捏着鼻子走!”蔡风道。

“坏习惯并不是只有某些人有，我也有个坏习惯，那就是从不勉强别人跟我成交，更不喜作出让步。”叶虚冷峻地道。

“那就没有办法了!”蔡风习惯性地摊了摊手，无可奈何地道。

“的确没有办法，今日之事就要看蔡公子的决断了。”叶虚抬头仰望着那似乎压得很低的天空，冷然道。

叔孙怒雷也知道，叶虚已经失去了那份耐心，不想再做一些毫无意义的事情来浪费时间。

“哈姑娘我是一定要带走的!”蔡风也不想再拐弯抹角。

哈风虽然在马车之中，但听蔡风这般一说，心头大喜，蔡风至少已经将她当成了好朋友。

“没有考虑的余地?”叶虚再次淡漠地问道。

“没有!”蔡风斩钉截铁地道。

“既然如此，我也没有什么话好说，我并不是一个肯让步之人，今日对你我已让了一步，可是你仍是执意要如此，也就怪不得我了。”叶虚吁了口气，淡漠地道。

“你完全没有必要如此，蔡风是一个明知山有虎、偏向虎山行之人。”蔡风毫不领情地道。

“明知山有虎，偏向虎山行，好！说得好!”叔孙怒雷赞道。

“我本不想与你为难，就是在莫折念生请我为他擒下你时，我都推托了。可是你太令我失望，我只好向莫折念生送上一点礼物了。”叶虚依然只是说而不动手。

“或许是你将我估得太高，这样自然会失望，你最好再给我重新定位。”蔡风笑道。

“你会后悔的，任何我叶虚的敌人都会后悔!”叶虚自信地道。

“我一定会是个例外!”蔡风更为自信。

叶虚露出一丝神秘莫测的笑容，似乎是在笑蔡风不自量力，也似乎是在为自己的某一件事而高兴。

蔡风感觉有些不妥，就是因为叶虚那神秘莫测的笑容，使他的心头蒙上了一层挥之不去的阴影。

叶虚的笑的确有些莫测高深，更让人觉得他胸有成竹，早已将一切都算计好了。

唐艳退后几步，扭头向蔡风望了一眼，若非那黑斗篷挡住了目光，定会让人发现那一缕幸灾乐祸的表情。

蔡风不知道他们弄什么鬼，叔孙怒雷也不知道，他唯一知道的，就是叶虚绝对不好惹，另外便是一定要夺回叔孙长虹，至于尔朱兆却只能听天由命了。

“是时候了，天色昏暗，风寒意冷，还是早点结束为妙！”叶虚似在自言自语，又像是在催促属下，加速战斗的逼临。

蔡风大步向叶虚靠去，他必须在气势上压过对方，在他身边的是叔孙怒雷。

叶虚无惧，丝毫无惧，就像是对眼前的两大绝世高手视而不见一般，那种镇定，那种优雅，就像他手中那把描金玉扇上的山水图。

叔孙怒雷的气势和蔡风的气势几乎是配合无间，相互助长，几若高山大海，汹涌澎湃的气劲扬起地面上的雪花若腾飞狂乱的苍龙。

“你不怕我杀了他？”叶虚有些好笑地问道。

“他死了你陪葬，绝无回转！”叔孙怒雷声音冷绝异常。

叔孙怒雷不仅仅是个高手，更是个军人，曾领兵东征西战，其作风绝对保持军人的那种果断。

叶虚身后的四人移动了一下身形，只那么一下，于瞬息间就立在了叶虚的身前。

一字排开的四人，气机相接，更像是毫无破绽的海，任是铺天盖地的气势也无法自他们的身边袭进。

他们的脸色平静得像铁板，冰冷的铁板，不带丝毫表情，更不沾半点人情味，那冰凉的目光望向蔡风和叔孙怒雷，似乎在看两个死物。

叶虚合上玉扇，以扇头在叔孙长虹那愤怒的脸上拍了拍，调笑道：“花花阔少，眼睛睁大一点，就有好戏看了！”

“呸，死到临头还不知觉！”叔孙长虹怒骂道。

叶虚禁不住发出一阵狂笑，似乎听到了最好笑的笑话，更放肆得目空一切，毫无顾忌。

叔孙怒雷脸色大变，蔡风也有所觉，因为他感觉到叔孙怒雷的气势如被捅破的气球，迅速消散于无形。

正当蔡风不解之时，叔孙怒雷“哇”地喷出一口鲜血，如一摊没有骨头的物体一般，瘫于地上，脸色泛起一阵青绿。

“爷爷！”叔孙长虹大惊道。

“你怎么了?”蔡风惊骇之余仍然问了一个明知故问的问题。

“我中了毒!”叔孙怒雷虚弱地道。

蔡风立刻明白是怎么回事，抬眼向唐艳望去。

唐艳意外地发出一声娇笑，语调有些讽刺地道：“我刚吃了解药!”

“叶虚，你卑鄙!”蔡风体内的怒火如潮般汹涌澎湃，所有经脉似乎在怒火的充斥之下变得畅通无阻。

“你只叫我给他解药，我答应了。可我并没有说不再对他下毒呀?”叶虚淡然一笑，那俊逸的脸上绽放出一种让人心头发寒的表情。

“可你给了解药吗?”蔡风冷杀地问道。

“他吃的当然是解药，只是在解药之中我又加了另一种毒物而已。刚开始的时候，我就说过你会后悔的，你却不信，其实现在回头还来得及!”

“没有人能让我后悔，我也绝对不会走回头路！叶虚，你会为不守信诺而付出惨重代价的!”蔡风杀机狂涨，怒火汹涌澎湃，功力竟出奇地推至到巅峰，而体内的经脉并无混乱抽搐的现象。

“我真的很想见识一下被誉为中原第一年轻高手的武功，究竟已达到怎样一种境界，但只怕你连我的四个护卫都应付不了。蔡风，希望你不要令我失望，只要你闯过了叶某四位护卫这一关，我在马车上等你!”说完这句话，叶虚人已在马车之上，那动作之快，简直骇人听闻。

“不可能，不可能!”叔孙怒雷的自言自语蔡风并没有听到，因为蔡风已经出手了。

薛三有些不解，在大堂之上坐满了军中之人时，他并没有提出疑问，可是出了大堂，他便忍不住问道：“庄主，我们真的有把握可以顺利夺回定州城吗?”

此刻仍叫葛荣为庄主的人不多，在军中，葛荣就是元真王，在人少之地，仍有那么几个人称呼葛荣为庄主。这是葛荣允许的，他总觉得庄主这个称呼是在激励着他，告诉他大业并未完成，还待努力。而叫他庄主的只有那么几个人，薛三就是其中一个!

葛荣自信且莫测高深地笑了笑，道：“我从来不做没有把握的事，更不会做亏本的生意，定州城乃我囊中之物，此刻只是借给别人暂用一下，如果我们要它归还的话，他们必会无条件地顺从。”

“属下有些不懂，如果包家庄倾力支持鲜于修礼，到时候无论是他们的兵力，还是江湖上的实力都会大增。在得到定州城之时，虽然要面对元融这个可怕的对手，但也使他们声威大振，那时候归顺鲜于修礼的人便更多，这样岂不是有些……”说到这里，薛三却打住了。

“有些什么？弄巧成拙吗？哈哈，这个你就不懂了，兵家之争就像商家之争，商家之争是不择手段的，只要你将自己的原则保持好，诚、信不泯。而对你的敌人可用一切办法。并不只是以高价排斥对方，更可以让对方尝些甜头，再在他们失去戒心之时，再让他们到手的东西一下子变得一文不值，或是全都转入自己的囊中。鲜于修礼就是我们储存价值物品的人，风险由他担当，我们只赚甜头。最后，我会让他死得不明不白。”葛荣眸子之中闪过一丝狠辣之色。

薛三知道葛荣早有部署，他太了解葛荣了，葛荣的确是个从不做亏本生意之人，也没有哪个对手能够让他亏本，薛三对葛荣的信心，似乎是与生俱来的。

“老四那边有什么情况？”葛荣冷冷地问道。

“对了，四弟派人回来通报，最近江湖中出了一个极为厉害的年轻高手，来历不明，擅用一柄黑木刀，此人似乎是那些自西域来的喇嘛们的死敌，曾独闯包家庄，竟然仍能活着出来。而且他还暗杀了包家庄十九名好手，伤了庄内三老之一的魔眼晏京。”薛三说道。

“啊，有这样一个年轻人？居然能伤魔眼晏京，看来其武功的确不容小觑。”葛荣眼中闪过一缕奇光道。

“游四弟说，喇嘛之中又来了几个高手，专门是为了对付这年轻人的，他们还曾将这个年轻人困在六合四象阵中，可却被他所破，当时与他并肩对敌的，尚有一个功力奇高的老者，喇嘛教出动了几十名苦行者，和黄、赤两位尊者，可是仍未能擒下这个年轻刀手，游四弟以乱箭相助，使这一老一少两人脱险。”薛三又道。

“做得好，让老四想办法与这年轻人搭上关系，若是能将这人收归己用那是最好，只要是包家庄的敌人，就是葛家庄的朋友。”葛荣欣慰地道。

“属下明白！”薛三肃穆道。

“明白就好，跟我一起去安排撤兵！”葛荣说着大步向屋外行去。

狂舞的雪花，只因蔡风出手一掌。

掌并非掌，而是刀！一柄清晰可见的气刀，淡淡的锋芒，竟延伸达一丈多长，成为蔡风的锋锐至极，而蔡风便若此刀的刀柄！

“好刀！”叔孙怒雷与叶虚同时赞道。

这的确是一柄好刀，一柄别具一格的巨刀。

那四名护卫在突然之间，呈一条直线而列，让一人面对那可怕的刀，而另外三人则双掌抵住前面一人，四人首尾相接，这才推出一掌。

一团强烈无比的气劲，如一个巨大的球团向那柄巨刀撞去。

“轰！”响声的确可算是惊天动地，雪花若狂龙般直卷而上，竟成三丈多高的雪柱，然后“哗”然塌下，声势之惊人犹如天崩地裂。

那团巨大的气团竟被剖成两半。

“叮！”一声脆响，抵住蔡风手掌的是一柄戒刀，而蔡风那疯狂的一刀也便至此为止。

蔡风的身子倒翻而回，在虚空中打了几个旋，根本就不曾落地，他踏着一根自空中落下的枯枝再一次向那四人俯冲而下，如扑食的猎鹰，快得如一道幻影。

唐艳手心在冒着冷汗，此刻她才知道，蔡风与她交手时根本就未曾用全力，不由忖道：“如果蔡风一上来就以这种攻势进攻我的话，只怕我别说七招，就是三招也得受伤不可。”

唐艳心中本以为蔡风以诡计擒她而不服气，更当蔡风的武功仅是比她略略高明一些而已，此刻才知道自己大错而特错。她当然不知蔡风在与她交手之时，一直担心隐患的问题，只能发挥出平时的五成功力，而越是这样，体内的隐患就越容易发作，这时他被叶虚的诡计所激怒，在怒火狂升之时，功力也顺利突破，使体内抽动的经脉得以暂时修复，才会将自己的功力完完全全发挥出来。

叶虚看得眸子之中奇光暴射，更似乎手痒得很，不停地将描金玉扇捏来捏去。

叔孙怒雷也为之心惊，蔡风的刀境的确已达登峰造极之地步，而那四人的武功也让人心惊，竟可挡住蔡风这么厉害的一刀。

叔孙长虹和尔朱兆都惊得说不出话来，蔡风如此可怕，难怪能屡战不死，他们很有自知之明，知道与蔡风之间相差很远。

“果然不愧为中原第一年轻高手！”叶虚的这句话倒是发自内心。

蔡风再次面对的，却是四人，八柄戒刀如天罗地网一般，更像是一口极大而且向蔡风张开的锅。

锅的中心生有一股强大的吸力。

蔡风的身子在接近刀锅之时，化成了一道旋转的陀螺，向锅的中心旋去。

“轰！”锅破，四人一分即合，却将蔡风围在中间。

蔡风一惊，当他向四人的中心一站之时，四周的压力似乎陡然增强数倍，连他都感觉到有些气闷。

蔡风不惧，也根本没有什么好惧的，脚下一扭，双掌化刀，以无坚不摧之势疾劈而出。

无论是角度，抑或力度都无可挑剔，唯一的遗憾却是两掌扑了个空。

蔡风大吃一惊，没想到对方四人的旋动如此灵活，竟然能将他算无遗漏的两掌尽数避过。

在蔡风两掌斩空之时，立刻有两道劲风自腋下袭到，锐利的刀气似乎早已透过了衣衫，直袭入体。

蔡风一声冷哼，错步出剑！

剑若一缕幽暗的鬼火，寂灭于虚空。

“叮叮！”两声脆响，利剑跳出之处，正是两柄戒刀的刀锋。

剑式未止，剑尖若灵蛇一般，滑过戒刀的平面，向握住刀柄的两只手上斩去。

“啪啪！”两柄横里扫过的戒刀，平削蔡风之手，对方配合之默契，同样是无可挑剔。

蔡风的后腰再次感到劲风袭体，当然又是戒刀来犯，他心中一惊，对方来速好快，而且时间方位都把握得天衣无缝。

蔡风唯有跃起，如风中之柳，以一种怪异的弧度斜射而起。

在此同时，四柄戒刀却如影随形地直追而上，似乎定要将蔡风大卸八块一般。

蔡风一声长啸，声震九天，裂云破雾。

在众人惊骇无比的同时，蔡风若跃过龙门的红鲤，在空中陡地一个翻身，头下脚上，然后整个人消失了。

消失在一片星雨之中，是剑雨，闪烁若夕阳投落湖中的残斑，凄美、惨烈。

星雨直泻而下，不仅吞噬了蔡风，更吞噬了四柄戒刀，也吞噬了立在下面的两名刀手。

在星雨最盛的一刹那间，另外两名刀手也飞身撞入了星雨之中。

星雨散落，一抹残虹般的光亮横划虚空。

“叮叮……”蔡风翻身疾退，他必须突出这四人的合围之局，四人的排列并不是一般的方位，而是一种变化莫测的阵势。若是在这阵式中相斗，必须要付出双倍的精力才能够闯过难关，蔡风不想浪费时间，也不想浪费体力，对方真正可怕的对手是叶虚。他更不能让叶虚知道他武功的底细，否则最后落败可能便是他。

那四人竟在蔡风那一剑之下并无损伤，反而穷追不舍。

“来吧！”蔡风的身子在空中顿住，如被一根绳子悬于高空，显得怪异莫名。

众人一愣之时，地上的雪花，全都似着了魔似的向蔡风射去，方圆三丈的地面，没有一点零碎的杂物存留于地。

远远的叔孙怒雷也感到那股强大的吸力在撕扯着他的肌肤。

大雪冲天而起，蔡风的身子冉冉再升五尺，竟在虚空中结成了一片巨大昏暗的云。

天空变得一片黑暗，至少在这四人的上空是一片黑暗。

蔡风深陷入黑云之中。

“这是什么武功?”叶虚也禁不住暗暗心惊，自语道。

叔孙怒雷也有些难以想象地望着这奇迹般的景象，忽觉身子一麻，再一轻，整个人就不由自主地飞了起来。

“吼!”一声惊天暴喝，紧接“轰”的一声猛炸而开。

一片巨大的黑云，变成无数剑雨，如水银泻地般狂洒而下。

割体的劲气，带着摧毁性的劲道，似从无数个角度渗出、激射，不断地撕扯着那四名护卫的每一寸肌肤，像是要将所有的生命都撕成绝不完整的碎片。

最让人惊骇欲绝的，却是那四人的每一寸肌肤上所承受的力道都以螺旋之势，向体内疯狂的蹿动不休。

叶虚真正为之变色了，蔡风这一招的威力的确可怕至极，竟能够将地面三丈方圆的雪花吸得一点不剩，单凭这种威势，就已无可想象了。

这正是黄海的三大杀招中最为可怕的一招“暗云吞日”!两年前蔡风的功力根本无法与今日相比，在邯郸元府中仅能将前两大杀招使出，但那时已让敌人尸首异处。今日功力已达绝顶，再施展出三大杀招之中的最厉害一招，自然有着难以想象的可怕。

满耳都是劲气撞地的“噗噗”之声，再无其他。天地之间似乎除此之外，连马的惊嘶声也全都不入人耳，尽被这充满神奇力量的声音所掩盖。

天地再静之时，地上已无雪，潮湿的泥土变得蓬松，却下陷了一尺之深，几点血花，在四周白皙的雪光和黑褐色的泥土陪衬下，显得那般生动，鲜艳夺目。

蔡风的胸部在剧烈起伏着，但眸子之中依然闪着狂热而野性的光彩，他傲然而立，剑尖斜指左侧的地面，脸色泛出一阵潮红的彩光。

那四名刀手拄刀跪地，衣衫褴褛如最可怜的乞丐，剑气使他们的衣衫变成一块块碎布，露在风中的肌肉泛起一种异样的红色，若被火灼之印。

蔡风胜了，没有人知道他那一剑是怎样收手和击出的，更没有人敢想象那是怎样的一剑。

拖住马车的两匹健马由于有叶虚的真气相护，并没有躁动不安，而另外几匹马身却在出血，是蔡风那一剑残余的剑气射破了那些马的皮肉。

那四人并没有死，的确是个奇迹。

“叶虚，轮到你了!”蔡风深深吸了口气，平息了心中翻涌的气劲，傲然道。

“你体力消耗太多，连他们四人你都没有力气再杀，如何再与我……咦?”说到这里，叶虚突然一惊，向蔡风身后望去。

“叔孙怒雷呢?”唐艳急问道。

蔡风一惊，扭头一望，果然不见叔孙怒雷的踪影。

正当蔡风一惊之时，唐艳的身形已掠过蔡风，到达叔孙怒雷方才所在之地，那里的雪地只留下一道坐过的痕迹，哪有叔孙怒雷的影子？地面上连个脚印也没有。

“好高明的轻功!”蔡风心中也禁不住暗赞，他知道，叔孙怒雷绝对不会是自己走开的，以他的伤势，又岂会在地上不留足印之理？更何况他绝对不是个临阵脱逃之人，蔡风虽然与叔孙怒雷相识不久，但这一点却可以肯定。

“是谁带走了叔孙怒雷？是敌还是友呢?”蔡风想着，抬头望了望叶虚，见他眉头紧皱，知道并不是他所为，但除了叶虚还会有谁能做到这般轻巧利落、不留一个足印呢？更何况自这么多高手的眼皮底下将人带走。

“蔡风，想不到我还是失算了，你的确可怕，把你的朋友叫出来吧!”叶虚突然开口道。

“我的朋友?”蔡风丈二和尚摸不着头脑，根本不知道叶虚其意何指，但想来叶虚定是怀疑他还带有伏兵，一直在暗处寻机待发。

“哼，难道不是你的人带走叔孙怒雷的吗?”叶虚怒问道。

“你也没见过那人的身影吗?”蔡风反唇相讥道。

“你……你以为吸引了我们的注意力，就可以瞒天过海吗？……”

“我完全没有必要，即使是我的人带走了叔孙怒雷又如何，至少不像你那么卑鄙!”蔡风反唇相讥，打断叶虚的话道。

“我本不想杀你，可是你太让我失望了!”叶虚仰头淡然道，竟在刹那之间变得无比平静，更似在身上笼罩了一层邪异的雾气，若整团燃烧的魔焰。

第一百三十六章　冥宗绝学

蔡风暗自心惊，唯有强打精神，刚才与那四名护卫相斗损耗功力的确极巨，即使唐艳此刻出手，他也不是对手，更何况是叶虚？

那四名护卫的武功完全超出了蔡风的想象，而且结阵之后，其威力更是提升数倍，斗志极为顽强，蔡风使出“暗云吞日”，的确极损功力。

“蔡风，受死吧！”叶虚缓缓伸出一只手，在手臂伸直的过程中，蔡风看到了那只手掌转换了五种颜色：红——蓝——紫——黄——黑！

黑如墨，抑或像是被天狗吞噬的月亮，阴森森的有着一种无法描述的邪异魔力。

蔡风的目光竟因这样一只手而有些呆痴。

手掌似乎在漫无边际地扩大，整个天，整个地，就像全都变成了这样一只黑手，一只黑得让人有些心寒的魔手。

天空失去了应有的色彩，只有黑暗，粗如擎天之柱的五指在张狂、幻化。

在蔡风的眼中，那五个手指粗如天柱，不能掩饰的惊惧在他的眼角显露出来。

天地突然一亮，黑暗的天幕，突地出现了一团彩球，五彩缤纷，绚丽无比。

叶虚的眼角浮出一丝不屑，似乎是为自己的出手而不屑，但他看蔡风的目光有些怜悯，就像是在看一只小猫小狗，抑或一只被猫抓住的耗子。

唐艳似乎有些惊异，虽然她的心神也被那团彩球所吸，但仍可以思考，她难以相信刚才那般可怕的蔡风，在叶虚这样一只手掌之下竟然如此软弱，似乎根本不知道反抗，那呆痴的目光哪里还有半分灵气和傲气？十足的一个白痴，她无法想象叶虚这一掌的魔力。

叶虚对这一掌太自信了，比对他自己的自信更甚，抑或他的自信就是来源于这一只手掌。

自信当然好，但过度的自信却只能是骄傲，是一种不负责任的表现。

叶虚便有点过度自信，抑或是他太小看了对手，小看了对手就要付出代价！

叶虚的确小看了对手，而且小看了一个可怕的对手，所以，他脸色变了，变得有些难看。

叶虚变了脸色只有一个原因，那就是蔡风的刀！

蔡风一直都没有出刀，包括对付那四名护卫，他都没有动过刀子。最多也只是出剑，并击出那最凌厉的一剑。

那一剑的确是震撼人心的，更有着惊天地、泣鬼神之威，但是叶虚却忘记了，蔡风最可怕的，不是剑，而是刀！

因为他是北魏第一刀蔡伤的儿子，因此，刀才是他致命而狠绝的杀招。

叶虚的那一只手的确很可怕，那种邪异无边的魔力似乎可以钳制人的心神，让人完全失去斗志，失去灵魂，但叶虚的对手是蔡风，一个身兼佛道两家绝学的蔡风。

佛道两家所讲的都是修精养心，培元炼神，其心志之坚，意念之强，绝对不是一般高手所能比的，绝对不是！

蔡风不得不承认叶虚的魔功厉害，以他的心灵修为，在刚开始时，竟然也有短时间被夺心神，但却很快恢复了过来。

演戏对于蔡风来说太简单了，一个顽皮开朗的人，往往最会演戏，蔡风将计就计，而在最关键的时刻，蔡风终于还是出刀了。

无首无尾的一刀，不知道出自何方，也不知道将去何方，但这一刀却有着一种奇妙的生命力，这股生命力乃是应叶虚而生，似乎叶虚的每一个动作都可以引起这柄刀一千种不同的变化。

刀是活的，注入了蔡风全部心神的一刀！

叶虚躲不开，其实叶虚并没有躲几次。当叶虚闪过了七次仍无法摆脱这柄刀的纠缠之时，他便放弃了躲避，他并不习惯躲躲闪闪的方式，他总觉得那完全没有必要，甚至是对生命的一种污辱，是以他硬受了这一刀。

“轰！”五彩气团重重击在蔡风的身上。

蔡风惨号一声，但却没有退，他的刀已经切入了叶虚的肌肤。

不深，只有一寸，但是却被叶虚赶上来的两指钳住，若两道山壁一般，紧夹着刀锋，再难寸进。

蔡风大骇，他没想到叶虚竟如此可怕，他的刀在破入对方的护体真气之后，力道已经所剩无几，再加上被叶虚那一记狂击，力道再减，刀的余劲顶多只能切入叶虚肌肉三寸，但叶虚在刀切入自己一寸肌肤时就已夹住了刀锋，那种速度的确让蔡风心惊。

叶虚也为之心惊，蔡风的动作也绝对不慢，竟在对方掌击其胸口的一刹那间，一柄剑已无声无息地横挡在胸前。

当然，剑是蔡风的。

剑已被击得粉碎，但蔡风的伤却要不了他的命，想要蔡风的命，那一掌的确无法做到。

蔡风的胸口染满了鲜血，那被击碎的断剑碎片全都嵌在他胸前的肉中，更有几片被叶虚的掌劲轰入体内。

叶虚眸子中的杀机犹如闪烁之鬼火，那么实在，竟似可以看到形状，十分像剑。

蔡风身子狂震，狂喷了一口鲜血，点点血珠犹如一柄柄利剑的锋芒向叶虚脸上射去。

“哗……”张开的是叶虚手中的描金玉扇。

蔡风的身形如飞般倒跌而出，刀也断成了八截，整个人更被描金玉扇刮起的强劲掀了几个跟斗。

与那四名护卫之战，蔡风损耗功力的确太多，疲惫不堪之下，根本就不是叶虚的对手。

或许是叶虚的武功的确太过可怕。

蓬松的泥土上，像蜂窝一般出现了不少孔洞，微微的红斑成了小孔洞一道独特风景，这是蔡风以内劲逼出的鲜血所造成的，叶虚以手中玉扇发出的引力将蔡风喷出的鲜血引向一旁，才会造成这种结果。如果这口鲜血喷在脸上，不让人满脸成马蜂窝才怪。

蔡风所受的内伤似乎极重，叶虚那震断长刀的劲气，无情地摧伤了他的少阴三焦经，这是蔡风自己的感觉。

叶虚怒极，是因为蔡风不仅伤了他，还弄脏了他的描金玉扇。

描金玉扇上那幅清淡自然的山水画，沾了数滴蔡风的血液，大大破坏了那山水间的情调，怎叫他不怒？

“蔡风？……”哈凤在马车之中看得一清二楚，禁不住惊呼出声，她的确很担心蔡风，毕竟蔡风是她喜欢的男人，而且为她而力战且受伤。

“叶虚，你卑鄙，竟然施展出车轮战术，即使赢了也不光彩，若有本事，你让他养好伤，再打不迟！”哈凤情急，什么也顾不了乱嚷起来。

叶虚一顿，转身向哈凤怒视一眼，杀机却收敛了不少。他本是心高气傲之人，蔡风被誉为中原第一年轻高手，而他更自信唯有自己才配称为天下第一年轻高手。自视甚高的人，往往会心高气傲，他们面对自认为可作为对手的人，绝不想以不择手段之法去对付，而要以征服的手段臣服对手，也只有从征服中得到的快感才是那般真实而又让人心动。

蔡风与他相斗，是在身受重伤、元气大损之时，这是不可否认的，即使这样杀死了蔡风也是毫没乐趣。何况，又有美人儿言语相激，更增了他要臣服蔡风之心。

“哼，以你今日之罪，已经当死，但本公子知道此刻杀了你，你心中一定不服，再说这样做也不并是本公子的作风，因此，本公子给你一个公平决斗的机会。到时候，本公子要你输得心服口服，死得无怨无悔！”叶虚狠声道。

蔡风以手撑地，半跪于地，咳出几口鲜血，冷眼望向叶虚，目光之中充满了嘲弄之意，有些气喘地道："你会后悔的!"

"本公子做事从来都不会后悔，别以为凭你现在的武功就可以天下无敌了，待你伤好之后，我仍要让你败得很惨!"叶虚不屑地道。

蔡风笑了，笑得十分轻松，十分自在，双目之中更有一种狂热的自信在燃烧，只要给他机会，他就一定会好好把握。

"你说吧，什么时候，什么地点?"蔡风冷然道。

"二月惊蛰，在泰山玉皇顶!"叶虚望了蔡风一眼，淡漠地道。

"好，二月惊蛰，泰山玉皇顶，不见不散!"蔡风斩钉截铁地道。

"如果那一天你没有到，她就会成为牺牲品!"叶虚向哈凤一指，杀气腾腾地道。

哈凤一惊，吓得向马车中缩了缩，骇然道："你敢伤我，父皇绝不会饶你!"

"哈哈哈……我叶虚向来说到做到，还从来都没有不敢惹的人，即使是尔朱家族、叔孙家族和刘家，在我眼中也不过是一群小角色而已，又岂怕你一个小小的高车国?"叶虚狂笑道。

"我们之间的决斗关哈姑娘什么事?"蔡风冷问道。

"我们之间的恩怨本就因她而起，自然需要她承担。总之，在这期间，我会保证她完好无损，但惊蛰一过，你若败了，她就是我的；反之她便由你带走。如果你迟到一个时辰，那就等着收她的尸!"叶虚冷硬地道。

蔡风望了哈凤一眼，面对着哈凤那惊悚的眼神，心中一阵怜惜，更涌起了无限豪情，朗声道："即使是死，我也会在那一天让人将我的尸体抬上玉皇顶，希望你遵守诺言!"

"好，今日之事到此为止，就此别过，不送了!"叶虚冷冷地道。

蔡风伸手抹去嘴角的鲜血，惨然一笑，再向哈凤望了一眼，这才拖着沉重的步子蹒跚而去。

叶虚望了望那沾血的描金玉扇，心中极为不快，但蔡风那蹒跚的样子却使他傲气更甚，心道："什么中原第一年轻高手，我叶虚一定要成为天下间第一年轻高手，甚至第一高手!"想着那美好的未来，叶虚禁不住有些兴奋。

唐艳的话却打断了叶虚的思路。

“叶公子，看，那带走叔孙怒雷的人，一定是从这树顶掠走的!”

叶虚一惊，却发现唐艳若一只纸鸢般立在一棵松树上，他飞身掠起，只见松树之顶那蓬松的雪面之上留着一个细小的脚印。

“是个女人，对，一定是自树顶掠走的!”叶虚也断言道。

唐艳一颤，脚下一滑，踩落一团雪花。仔细看了看那脚印，的确是个女人的脚印。

“脚尖内扣，后跟斜插，力道却是在后跟，这人真是个轻功高手!”叶虚仔细分析着那个看似极为普通的脚印道。

“叶公子怎知力道在后跟?”唐艳的声音有些奇怪。

“看这脚印后深前浅，但脚印凝而不化，似结成冰状，其人的内劲应属阴寒之类。”叶虚解释道。

“难道真的是她？她怎么也会跟来呢?”

“是谁?”叶虚奇声问道。

唐艳有些失魂落魄地应了声：“我师妹!”

“你师妹?”叶虚也禁不住一惊。

“不错，叶公子刚才所说的，正是我师父的独门轻功‘燕双飞’，而我师妹所学正是‘意绝九冥’，本来我就已经怀疑可能是她，经叶公子一证实，那就再也不会错了。”唐艳有些魂不守舍地道。

“唐姑娘是怕你师父叫她前来抓你回去?”叶虚飘然落地，有些不屑地道。

“我不知道!”唐艳也有些茫然地飘落于地上，回应道。

“唐姑娘放心，只要有我在，没人敢向你撒野，既然你肯定叔孙怒雷是被你师妹救走，我今日就放过他们，走吧!”叶虚自信地道。

唐艳感激地望了叶虚一眼，跟着向马车走去。

蔡风的归来，几乎所有人都为之愕然。

的确很出人意料之外，蔡风竟然拖着伤疲不堪的身子归来，这对三子和元定芳来说简直是一种打击。

天下间竟然有如此厉害的高手，能让蔡风也重伤而归，这不能不让人感到惊讶。

在元定芳和三子的调护之下，蔡风将这之中的事情经过讲了一遍，众人全都听得目瞪口呆，但却没有一个人知道叶虚究竟是什么人。

“哈鲁日赞曾来找过你。”三子向蔡风道。

“最好通知他不要轻举妄动，他们根本就不是叶虚的对手，去了也是白去，反而会赔上性命！”蔡风涩然一笑道。

“阿风，你真的决定要去玉皇顶？”三子有些犹豫地道。

“那个当然，我既然已经答应了人家就得去，更何况不去又怎么向哈鲁日赞交代？至少他已将我当成了朋友。”蔡风坚决地道。

三子默然，元定芳却对蔡风充满自信地道：“风，你一定能胜，一定能！”

蔡风禁不住握紧元定芳的手，凝望着她的眸子，禁不住有些感动，更是涌起无限的豪情，肯定道：“对，我一定能胜，一定能！”

元定芳无限温柔地自背后揽住蔡风的脖子，也不顾三子等人是否在身边，便在蔡风的脸上亲吻了一口，没有半点羞涩之态。

蔡风胸前的衣衫尽被血染，那些长剑的碎片也一块块拔了下来，唯有被叶虚掌劲轰入体内的碎片有些麻烦，也是最痛的，哪怕稍稍动一下都会牵动伤口，痛得蔡风龇牙咧嘴。

“奇怪，我怎会感觉到如此疼痛？”蔡风自语般地道。

“这碎片切入了公子的肌肉之中，疼痛自然是难免的，如果他掌劲再大一些，这些碎片只怕会透体而入，刺穿心脏了，这小子下手也够狠！”无名五气愤地插话道。

“不是这样的，自我变成毒人绝情之后，体质大变，肌理内层的疼痛感已经十分迟钝，不仅疼痛减少，而且伤口很快也会自行愈合，可是此刻伤口竟这么长时间没有半点动静，真是奇怪。”蔡风极为不解地道。

“可是你现在已经不是毒人了呀？”三子和元定芳同时道。

“不对，应该是什么地方出现了问题，虽然我不是毒人，但我的躯体并没有变，只不过以金针刺穴解开了我心头的禁制，其他的一切并没有多大的改变，按理我的躯体依然拥有毒人的力量和潜力。”

三子想了想，觉得也对，同时也骇然色变。

“你怎么了？”蔡风奇问道。

“我想起了一件事。”三子似乎有些害怕说出口。

“什么事？”元定芳倒先急了，问道。

“阿风，当时在神池堡中金蛊贼魔曾经讲过，如果他死了，你也只有三个月好活这句话吗？”三子道。

蔡风蓦然一呆，像泥人木雕般一句话也说不出来，心头涌起了一种毫无来由的恐惧感。

“风，你没事吧？”元定芳担心地望着蔡风那变了色的脸，问道。

蔡风深深吸了口气，却不知道该说些什么好，心中忖道：“田新球的这句话究竟是什么意思呢？难道他在我体内另外置入了一种什么可怕的药物，可以在他死后再让我跟着他死？而我最近体内经脉出现了异常混乱之象，难道与他有关？”想到这里，全身禁不住起了一层疙瘩。

三子和元定芳诸人见蔡风脸色变幻无定，又突然冒出冷汗，禁不住担心地望着蔡风，唯恐有变。

“你说，田新球会不会在我身上种下了蛊毒，而天下间也只有蛊毒才能控制如此精确的时间，而且与施行蛊毒者本身能够配合默契？”蔡风突然开口问道。

“蛊毒？阿风怀疑田新球在炼制你这个毒人之时，也同时种下了蛊毒？”三子惊问道。

“不错，除了蛊毒之外，田新球还能够以怎样一种形式在他死后三个月让我死亡呢？”蔡风肯定地道。

“也许他只不过是说来骗骗你罢了。”元定芳出言道。

“那种时候，他根本没有必要也没有理由骗我，何况他若施以蛊毒，那并不是毫无可能之事，他以蛊毒而成名，要种下蛊毒自然轻而易举。”蔡风吸了口气道。

“阿风，你为什么如此坚持以为田新球在你体内有种下蛊毒的可能性呢?”三子有些不解地问道。

蔡风涩然一笑，道：“因为我这几天感觉到经脉有些异样，似乎是中了一种奇怪的毒，但又不似毒，时发时不发，更在功力催至一定境界之时，就很可能突然发作，而且有越来越严重的趋势。而我自成毒人之躯时，就已百毒不侵，不惧任何外来的毒物，可是仍有中毒之象，如此情况唯一可以解释的，就只有一个可能，便是田新球在炼制毒人之时种下的毒蛊!”

“啊，竟有这回事?”三子吃惊地望着蔡风的脸色，唯有一片苍白，其他的什么也找不到。

“我一直在探找原因，可仍是无法明白这究竟是什么原因造成的，但有一点可以肯定，那就是破除毒人之后，我体内已经留下了后遗症。”蔡风肯定地道。

“可惜，陶老神仙不在，否则他一定能知道这是什么原因。”三子感到有些遗憾地道。

“是呀，天下间也唯有他才能够破解毒人之毒，相信他对毒人的了解绝对不会比田新球少。”蔡风叹道。

“那我们这就去南朝寻找老神仙，让他给公子看看，早一点治好就多一分取胜叶虚的把握了。”无名五插话道。

蔡风苦笑道：“想见老神仙也不是一件容易的事，天下间能找到他隐居的地方之人不多。虽然我也知道在积金，可并不知其具体地址，唯有我爹和黄叔叔知道，另外萧衍等有限的几人知道，我就是有心去见老神仙，也得先找到这些人中的一个才行。萧衍当然不用提，那就必须找到我爹，要么是黄叔叔，否则急也没有用。”

元定芳一呆，她没想到见一个陶弘景也这么难，不由得担心地问道：“那我们该怎么办?”

“先回葛家庄!”蔡风道。

“回葛家庄，再到积金，然后是玉皇顶，可是如今的时间全部加起来也只有两个月，恐怕根本就不够用，而且这一路奔波，你如何养伤？如何能够安心行功？这对你于玉皇顶之战绝对不利!”三子急道。

“我们先得回葛家庄，至于去不去找老神仙，那是另外一回事。至少，我先得在葛家庄养好伤，也许我师叔能有办法。或者，我爹也在葛家庄中，到时候由他们去想办法，相信一定能行。”蔡风认真地道。

“那也只好这样了。”三子无可奈何地道。

“我们必须走一步算一步，但绝对不能失了分寸，一步步得走稳。回葛家庄是没有办法中的办法，至少，在那里我能够安心养伤!”蔡风无可奈何地道。

“那我们什么时候起程？”无名五问道。

“越快越好，我们吃了午饭，就立刻起程!”蔡风道。

元宵节，春节的最后余韵。

花灯四悬，天色其实也并没有暗下来。

今日的天气极好，雪化冰消，白天的阳光极暖，晚上的风虽然冷了些，可是阻不住人们追逐花灯的兴致。

当然，能够享受花灯挂满街巷的只有那些未被战火烧及的地方。

建康，南朝最为繁荣之地。

天下重镇之中，也只有北朝之都洛阳才能与建康相比拟。

建康城最近出了一桩大事情，那就是平北侯府被封，仆奴等人尽数被斩，闹得满城沸沸扬扬，但却不掩节日的喜气。

萧衍终于临朝，这使文武百官心定了不少。此刻的萧衍比之往日似乎更多了一份深沉，望之令人心寒生畏。

萧衍近日来并不怎么高兴，萧正德的日子也不是很好过，对付那毫无头绪的魔门的确不是一件容易之事，而昌义之诸人更精得像沙漠中的豺狼，一点风吹草动就消失得无影无踪，他所作的监视和安排全都无效。

彭连虎等六大护卫回京，只有少数几个人知道，他们的样子都有些狼狈。

石中天没能追到，早在萧衍的意料之中，可是他仍然禁不住大发雷霆，将彭连虎诸人狠狠训了一顿，然后才听他们的细述。

彭连虎诸人听说萧衍差点被石中天的计划给害死，心头都捏了一把冷汗，能让萧衍大骂一顿也好，至少说明已不再追究他们的罪责，于是一个个将经过详细述说了一遍。

原来，那天黄海和尔朱荣再战，竟战了个两日两夜方休，各自都累得吐血，战到最后竟然半个时辰才出一招，有时候时间更长。抑或是两人最后已招不成招，所有的招式都用完了，唯有临场创招，绞尽脑汁相斗。

两日之间，那个异域武痴达摩只是在一旁静静地观战，看着两大绝世高手那惊天动地的比斗，最后实在忍不住手痒，硬要与彭连虎比斗。

彭连虎眼观高手相斗，领悟颇多，就与达摩切磋起来，可是三十招不到，就被对方击落三次刀。于是黄锐、追风、逐月三人也加入了战团，以四敌一，竟仍然处于劣势，更被达摩攻得节节败退。

达摩直呼不过瘾，竟在攻击彭连虎四人的同时，又向尔朱情与尔朱仇攻去。

几人逼得没法，只好六人联手攻击达摩一人，这才勉强战成平手。

达摩武功之高的确出乎彭连虎诸人的意料之外，奇招怪式迭出不穷，竟让他们应接不暇，而且达摩的武学大异于中土武学，一种他们从来都未曾见识过的模式，使得彭连虎诸人一时反应不过来。不过正是因为如此，彭连虎诸人才能更好地将这两日来所领悟的武学意境运用得自然纯熟，但他们的悟性与达摩相比，似乎相差了很大一截，达摩更在与几人相斗之中愈斗愈勇，竟将尔朱荣与黄海相斗时领悟出来的中土武学与天竺武学融于一体，更是奇招怪出。斗到后来，抗天也加入了战团，七人斗一人，才敌住达摩。

此时尔朱荣和黄海也斗得难分难解，两人出招变缓，时而冥思苦想，时而比手画脚击出一招。

达摩这般乱打一气，最后对这种比斗方式失去了兴趣，开始注意尔朱荣和黄海，实在忍不住时，竟也加入了尔朱荣和黄海两人的比斗之中，开始冥思苦想，在两人演出一招之时，他也出招。

尔朱荣和黄海都大惊，虽然三人的招式没有相互接触，可是他们很清楚地感觉到，这位异域武痴达摩所想的招式竟然可以同时将两人的招式化解。

彭连虎诸人也都看得如痴如醉，这三大绝世高手，各凭心思，在比斗中创出绝世新招奇学。玄奥无伦的招式，也只有如彭连虎这般高手才能够明白其中的神奇所在。

尔朱荣和黄海诸人斗到筋疲力尽之后，就不再是生死搏斗，反而变成了切磋，相互学习精进。

达摩的武学来自异域天竺，所施展出来的招式更让人耳目为之一新，使所有武人的视野都似乎开阔了很多。

这两天两夜之中，所有人都不眠不休，不吃不喝，浑然忘记时间在不知不觉中流失。直到后来，尔朱荣、黄海和达摩都绞尽心智吐出鲜血才大笑住手。

“想不到中原的武学如此深奥莫测，今日真是痛快，痛快之至!”达摩再咳出一小口鲜血，大笑道。

彭连虎心头大惊，心知这种比试绝对不会较之真刀真枪轻松，甚至会令人耗尽心力，油尽灯枯而亡，三人这一场比试，全都受了内伤。

黄海和尔朱荣伤得比达摩更重，他们在这之前便已经受了伤，再加上这一场心智与功力的相斗，更是伤上加伤。

“大和尚好武功，原以为只有中土才有登峰造极的武功，却没想到你这大和尚也如此厉害，佩服佩服!”黄海擦了擦嘴角渗出的鲜血，笑道。

尔朱荣神情虽然委顿，但似乎极为兴奋，今日之斗虽然让他受伤，可这对他的武学修为肯定又上了一个新台阶。

“黄海，你和蔡伤谁要略胜一筹?”尔朱荣有些好奇地问道，想到当年黄海甘心做蔡伤的家将，想来蔡伤的武功定比黄海更强。

黄海想了想，吸了口气道：“二十二年前，他在第一千三百七十六招上胜过我，我们交换兵刃后再战，他却在一千一百四十三招上胜我。二十多年的修行，他很少再出手，但我却知道，在这隐居的十九年中，他的武功早已突破了人体的极限，不可否认，他武功的进展比我快。此刻的他，在一千招之内必能败我，或许更少!”

“啊!”尔朱荣的目光极为深沉地望着黄海，似乎想自黄海的眸子之中发现一些什么。

黄海并没有半丝回避之意，尔朱荣知道黄海绝对不是在说谎，那是完全没有必要的。

“中原还有人比你们的武功更好?”达摩似乎表现得更为兴奋，一种跃跃欲战的情绪表露无遗。

“或许可以算是。”尔朱荣道。

“那人是谁呢?”达摩急问道。

黄海眉头一皱，道：“大和尚似乎太过于心急了吧，这让我无法将大和尚与出家人联系在一起。”

达摩不以为耻，反而傻傻一笑，道：“贫僧就是因为性子太急，屡犯佛戒，才被师父遣入中土寻找佛缘的。”

“寻找佛缘?”尔朱荣和黄海同时愕然道。

“不错，我师父乃是天竺国大雷音寺第一高僧，说贫僧今生有十九大劫，要想闯过这十九大劫的话，唯有足行东方寻找佛缘。”达摩诚恳地道。

“佛缘又是个什么东西?”尔朱荣问出了黄海想要问的问题。

“佛缘并非什么东西，而是一种缘分，我们佛家所讲的便是一个‘缘’字，因果轮回，皆由缘起。当年我师伯佛陀便东渡而寻找佛缘。师父心有所感，在前年清明之时，突感苍天召唤，知我师伯登入天道，就让我东来寻缘。”达摩并没有隐瞒什么。

“什么，佛陀大师是你的师伯?”黄海一惊，问道。

“那自然是，师伯东渡中土已有数十年之久，在天竺国之时，其佛学修为就已少有人能比，东来中土终突破佛限登入天道，此乃正是一种

‘缘’的造化。”

黄海再没说什么，对于佛陀，他所知不多，只是在北台顶之上见过一面，而后就再没见过，对佛陀的了解，蔡伤知道的就多了，烦难大师与佛陀相处数十年，一起参研佛学，而蔡伤更在少林寺待过一段时间，自然对佛陀了解比较深了。

“你不是很想知道那位高手究竟是谁吗？”尔朱荣似乎想为蔡伤找点麻烦，蔡伤是他的生平夙敌，能让敌人多一点麻烦自然是好事。

黄海没有作声，他并不想说什么。

“那人是谁？”达摩的眼中闪烁着异样的光芒。

“那人就是有天下第一刀之称的蔡伤！”尔朱荣似乎捕捉到了达摩那好战的本性。

“天下第一刀？蔡伤？”达摩也有些惊异，心中暗想：“能称为天下第一刀的人，当然是可怕的人物了，我倒要见识见识这究竟是怎样一个人！”

“大和尚，你去找他算是找对人了。”黄海插口道。

尔朱荣也为之一愣，他不明白，为什么黄海附加这么一句话，忖道：“难道黄海与蔡伤之间也有矛盾不成？”

“阿弥陀佛，是吗？那我一定要去会会这样一个人，居然敢称天下第一刀。”达摩有些不太服气地道。

“他不仅是一个武学宗师，而在另一个方面对大和尚你也一定有所帮助。”黄海接着道。

“什么方面？”达摩好奇地问道。

“他还对佛学有所精研，相信与你所寻找的佛缘也有些了解。”黄海道。

“阿弥陀佛，如此那就更好了。”达摩喜道。

“当初佛陀升入天道，与之一起的还有两人，其中一个就是蔡伤的授业恩师烦难大师，他在少林寺与佛陀共研佛学数十载，之后才与道家第一人共同升入天道。因此，我相信蔡伤就是与你佛缘有关的‘因’，至于‘果’嘛，那就必须靠你自己去创造了。”黄海真诚地道。

“阿弥陀佛，善哉善哉，原来这天下第一刀也是我佛门中的弟子，那太好了。黄施主既然对升天之事知道得这么清楚，可否告知，我师伯究竟于何处升入天道吗?”达摩悠然神往地道。

尔朱荣心神一动，想到被誉为上代神话的几人登入天道，也神往不已，忖道：“他们升入天道，岂会不留下绝世武技供后人瞻仰？如果能知道三人的升天之地，或许能找到一些出人意料的东西，得到一些出人意料的收获也说不定。”

黄海一笑，道：“此事还是由大和尚亲自去问蔡伤为好，你可以去少林寺看看，再则就是冀州葛家庄。这段时间，他只会在这两个地方。”

尔朱荣心下一阵失望。

达摩却大喜，如果黄海不告诉他，他在这个陌生的神州大地，去寻找一个神龙见首不见尾的人，那的确不是一件容易之事，心中不由得对黄海多了一份感激。

“贫僧在这里先谢过黄施主了!”达摩由衷地道。

“不用客气，我只希望大和尚早日找到佛缘，弘扬佛学，光大正道，能为天下苍生谋幸福，如果大和尚将来不幸轮入魔道，我也照样会与你为敌的。”黄海认真地道。

“黄施主的善心贫僧心领了，贫僧虽好武成痴，却也非善恶不分之辈。阿弥陀佛，倒是黄施主心牵苍生，贫僧深感心服，若能为苍生出力，黄施主但请吩咐贫僧就是。”达摩所说极为认真。

黄海心中微感欣慰，眼下这大和尚只要心术不坏，那就是正道之福，以达摩的武功，魔道看来应该有难了。“看上去达摩似乎傻里傻气，敌我不分，可其内心却包含着仁心侠骨，实为佛门一大幸事呀。”黄海心中有些感慨。

“今日就此别过，他日有缘再找两位施主切磋武功!”达摩说着摇晃着起身走了。

“咕……”彭连虎的肚子中犹如有只青蛙在叫。

众人先是一愣，然后全都大笑起来，想到两天两夜未吃东西，的确是饿得慌了。

“我去抓鱼来吃。”彭连虎起身便向水潭中走去……

“后来他们有没有继续再战?”萧衍听着彭连虎说了如此多，忍不住问道。

“没有，他们各自所受的伤似乎都很重，属下本想趁机将黄海擒回来，但有感他对属下的救命之恩，是以便没有下手，请皇上原谅。”彭连虎无可奈何地道。

萧衍淡然一笑，道：“黄海之事你不用操心，眼下魔门猖獗，我们多一份力量总会好些，有黄海的存在，魔门就多一份顾忌!”

“属下明白。”黄锐等几人沉声应道。

“尔朱荣的武功似乎比我们想象之中有所差距，以属下之见，他似乎有些藏私。”抗天怀疑道。

“何有此种想法?”萧衍奇问道。

“传说尔朱荣是北魏第一剑，甚至比蔡伤更厉害，可是今日却只能跟黄海战个平手，这岂不是有点名过其实吗?如果不是名过其实，就必定藏有杀招并未施展出来。”抗天分析道。

“连虎有什么看法呢?”萧衍淡然问道。

“以属下之见，尔朱荣并没有藏私，像这种比斗，他根本就不可能藏私，我看那大和尚达摩的武学修为之高，中原能胜他的人大概不多，也许没有。若说蔡伤和石中天还有一点点可能，以他和黄海的武功，即使尔朱荣藏私，他们岂有不知之理?而且尔朱荣根本就没有必要宁可身受重伤也不使出绝招，如果他能杀了黄海岂不是一了百了?”彭连虎分析道。

“嗯，连虎所讲的确有理，尔朱荣的武功名过其实并不值得奇怪，想那鲜卑人对外族的排挤，他们又岂能让汉人的风头盖过他们?蔡伤的武功再好，也只不过是个汉人，但尔朱荣却不同，他是鲜卑的大支系契胡族酋长。虽然尔朱荣的武功比蔡伤可能要差些，可是鲜卑人宁可去传诵尔朱荣，抬高尔朱荣的身价。蔡伤与尔朱荣从来都没有交过手，只是因为他们的身份所限，在北魏虽然宣称尔朱荣是天下第一，可是江湖人的心目之中，蔡伤却绝对是第一。他们两人分别代表刀、剑两个极端，没有正式交手，武功高低自然很难评断。如果照你们所言，尔朱荣的武功的确有些名过其实。”萧衍分析道。

“属下也是如此想的。”彭连虎道。

“虽然尔朱荣的武功名过其实，但绝对不能小觑，因为黄海的武功绝对不能小看，任何小看黄海的人都会吃亏，甚至赔上性命！”萧衍沉声道。

第一百三十七章　神刃破尊

彭连虎和诸位护卫完全肯定萧衍的看法，黄海被称为天下第二剑客，在江湖中的名声仅次于蔡伤和尔朱荣，其可怕之处，自然是绝不容小觑的。能与黄海战个平手，至少也可跻身于天下有数高手之列。

“属下感到奇怪，怎的江湖中所出现的高手越来越多，而且一个比一个可怕，先有石中天，再有达摩，以后还不知出现多少人，而那从不出江湖的尔朱荣竟然也突然出现，看来北朝之乱是真的到了。”追风突然插口道。

“不仅是北朝之乱，一个不好，也许还会影响我朝。特别是身藏暗处的魔门，更是可虑，我们做任何事情都要小心，石中天余孽未清，在宫中定还有许多他的人，我们必须一步步清理方是上策！”萧衍吸了口气，有些忧心忡忡地道。

“属下明白。”几人同时应声道。

“连虎就不用回府了，这几日就住在宫内，宫内护卫就由你亲自统领，负责禁宫的安全之责。至于宗子羽林，我会另外派人全权负责。”萧衍吩咐道。

“谢皇上！”彭连虎忙跪下接令。

大街上极为热闹，街灯的颜色，有红有黄有绿，各种形状的花灯，让人看得眼花缭乱。

建康更多的是文人墨客，因此，到处都是灯谜让人竞猜，节日的气氛极浓。

热闹的地方总能够吸引人，凑热闹是人的本性，一年之中，难得有这么一个好日子。

玄武湖面各种纸船灯笼，大大小小地浮满了整个水面，彩光流转，映着波光粼粼的水光，犹如幻境一般，美妙至极。

偶尔有小舟荡过，划过一道水纹，荡漾着一圈圈美丽的涟漪。

幽曲的小桥自玄武门与樱洲相连，却有一种浪漫的情调。

“你看那花灯真的好美呀。”说话者是一脸兴奋的萧灵。

“嗯!”凌通有些心不在焉地应了一声，甚至连脑袋都没有扭一下，似乎对那些花灯毫无兴致。

“通哥哥，你怎么了?难道那些花灯不漂亮吗?”萧灵奇怪地问道。

“漂亮，当然漂亮!”凌通毫不在意地附和道。

“你知道我说的是哪只花灯?”萧灵突然一脸严肃地问道。

凌通一呆，只得扭头看了看，却不知萧灵所指，不由得苦笑道：“所有花灯都漂亮。”

萧灵愣了愣，禁不住笑得直打战，似为凌通终于露馅而大感好笑。

“有这么好笑吗?”凌通问道，一带马缰，停在大道中心。

萧灵忙策马靠了过去，有些心虚地问道：“你不高兴吗?是灵儿说错了话吗?”

凌通看了看萧灵那若犯了错的小孩子般的神态，心头禁不住一软，歉然道：“灵儿没错，是我不好。”

“通哥哥似有心事，何不对灵儿说说呢?”萧灵温顺地问道。

凌通叹了口气，道：“不知我爹娘是怎么过元宵节的，还有乔三叔!”

萧灵也变得默然无语，凌通离开家也有两个月了，想家总是难免的，毕竟他还是一个大孩子，也是第一次出这么远的门，佳节思亲更是正常之事。

“明天，我就让王叔派人去将大伯和大婶接过来，大家住在一起。”萧灵善解人意地道。

“也好！”凌通心情微畅。

“老板，这只花灯多少钱？”一名护卫来到萧灵所说的花灯前向卖主问道。

“官爷，这只花灯是不卖的，谁要是能猜出上面这个谜的谜底，就送给谁。”卖主笑着道。

“哦？”那护卫一愣，向花灯之上所悬的谜语望了一眼，眉头不禁皱了起来。

“通哥哥，我们去猜谜，好吗？”萧灵兴奋地道。

“猜谜？”凌通望了望那只花灯。

花灯不大，灯底若一朵盛开的莲花，粉红底色，而灯身却是一只跃起的红鲤，的确极为别致而新颖。在灯光的映衬下，透着一种朦胧而柔和的红光，竟似可见鲤鱼那发光的鳞片。

“果然是美极了。”凌通忍不住赞道。

“什么谜语？让本郡主来猜猜。”萧灵策马而上，凑热闹道。

“啊，是郡主凤驾，小人有眼不识泰山。”卖主一惊道。

“一粒红皮谷，半两还不足，堂前摆一支，光满一间屋。”念完谜语，萧灵禁不住也皱了皱眉头。

“这是什么玩意儿？什么红皮谷，半两不足……”凌通嘀咕道。

“有几次机会可猜？”萧灵问道。

“如果郡主喜欢，小人就将这灯笼送给郡主好了，能得郡主赏识是小人的福气。”卖主恭敬地道。

“本郡主不想要你白送，没猜出谜底，我才懒得要呢。”萧灵自信地道。

“是，是，郡主天资聪慧，定能猜出谜底。”

“哦，我知道了，这个谜语简直太简单了。光满一间屋，那自然是光啰，一支半两都不到的红皮谷，除了烛还有什么？这个谜底是烛火，对不对？”凌通突然道。

“啊，这位公子真是思维敏捷，如此快就想到了谜底，这只灯笼就是你们的了。”卖主对凌通立刻另眼相看道。

“通哥哥你真聪明。”萧灵喜道，那几个护卫也附和几声马屁。

“这个谜语太过简单，没有什么值得稀奇的，配不上这么好的灯笼。”凌通淡然道。

卖主一听，笑道：“其实这只灯笼的谜是另一个，只是那谜底却一直没人猜得出来，我以为它难了一些，才换了这个。”

“哦，不知那个是什么谜语？说来听听。”凌通问道。

“那灯谜是这样的：小时包包扎扎，大时披头散发，风来摇摇摆摆，雨来稀里哗啦。”卖主摇头晃恼地道。

“哦，这似乎还有一点意思。”凌通想了想道。

“天下间有这个东西吗？”萧灵瞪大眼睛问道。

“是呀，这是个什么东西？”众护卫你看我，我看你，都不明白那谜底究竟是何物。

“当然有，而且这个东西还经常见到，只是大家没有留意罢了。不管这个谜底能否猜出，这只花灯也是你们的。”卖主客气地道。

凌通皱眉深思。

“好谜，好谜！”凌通恍然道。

“噗！”一声闷响，当一名护卫伸手去摘花灯之时，花灯竟然爆裂而开。

“呀！”一阵火浪和热气犹如毒蛇般蹿过那位护卫的面门，直冲向沉思的萧灵。

那位被火舌蹿过面门的护卫捂住眼睛倒地惨号不已。

凌通大惊，萧灵身后的护卫也都大惊，当萧灵被惨叫之声惊醒之时，火舌已经蹿至面门三尺不到。

卖主惊呼，旁观者也惊呼起来，甚至连凌通等人坐下的健马也似乎受到惊吓一般显得躁动不安。

凌通和萧灵本靠得很近，可是这毒蛇般的火舌似乎夹着凌厉的劲气，根本就无法抵挡。

凌通没有去挡，萧灵却以手掩面，她慌得根本不知如何是好，突然觉得身子一轻，却是凌通一把抓起她的衣领，横带过来。

“呼……”一股强劲而森寒的劲气自一个暗角以快得无可比拟的速度撞向凌通。

劲气袭体，凌通涌起了一种极为熟悉的感觉，那沉沉的死气，就像是来自腐尸口中的冤气。

萧灵再飞，却是身不由已地向后抛落。

“呼……”那火舌自萧灵的脚底穿过，并未能烧着她，而一名护卫在此时已伸手接住了萧灵，同时呼道：“保护郡主和公子，擒下这刺客！”

八名护卫之中，有一人未出手就已被熏伤了眼，只剩下了七人，立刻有三人奋不顾身地向那自暗处扑来的敌人攻去。

凌通强压住心头的震骇，他知道来人是谁，因此必须处处小心，否则只会是死路一条。

凌通出剑，就像是那一溜弧火般，在幽暗的花灯灯光之下，似乎给夜空洒上了一层迷茫的雾色。

“噗！”这一剑堪堪挡住那攻来的一只手。

一只枯骨般干瘦，却又似泛着金属光泽的手，像是自坟墓中爬出来的僵尸，散发着一种妖异的邪气。

凌通的身子狂震，所有未能承载的力道全都由坐下的骏马承受。

“希聿聿……”骏马只发出最后一声长嘶，然后便颓然瘫倒在地，口鼻喷血。

凌通的屠魔宝剑竟然斩不断对方的手。

其实，凌通也并不感到奇怪，这似是他早已料到的结果。

凌通飞退，对方那蓄势一击的确不是他所能抵抗的，虽然他平添了数十年功力，却是事出意外，根本无法运气还击。

凌通退，但那道身影却如鬼魅一般穷追不舍，在火光的映衬下，所有人都看到了对方的黑袍之上，绘有一只鲜艳的火鸟图案。

来人正是邪宗的两大尊者之一——不死尊者！

“噗噗！”两柄钝刀毫无阻隔地斩在不死尊者的双肩上，但却并没有阻止他的冲势，反而两手探爪自下疾掏。

“刺他的眼睛!”萧灵也认出了来人，对那晚的战局仍然记忆犹新，知道这是一个刀枪不入的可怕对手。

另外一名护卫本要斩对方的腰部，但萧灵这么一喊，他又立刻改变攻击方位，刀斜掠而上，向不死尊者的双目间划去。

“呀呀!”那两名刀手被不死尊者抓住抛飞而出，腹部鲜血狂喷，竟差一点儿被掏出了肾脏。

“叮!”不死尊者并不是不想掏出对手的贤脏，而是他不得不回手挡开那划向他眼睛的一刀。

任何护体神功都无法让眼睛也刀枪不入，眼睛是人体最为脆弱的部分之一，是以他伸指点向那斜掠而上的刀锋，同时在虚空之中，他踢出了一脚。

凌通大惊，顾不得查看那受伤的两名兄弟，他必须出手解救另外三名护卫的危机。

“嗞……”一道黑蛇划破虚空，凌通双足在身后马首上一点，袖中滑出一根软索。

索身的杂毛根根竖起，犹如一根木棍，标刺而出。

而凌通的身子更若陀螺一般旋撞而出。

“啪!”一溜旗花冲天而起，四下顿时一片混乱。

不死尊者一惊，没想到仅仅一个月时间，凌通的武功增长如此迅速，无论是功力抑或是动作方面，都与上次交手时不可同日而语。

那名斩击不死尊者的护卫，身形倒翻，不死尊者的那致命一脚在他的胸前点了一下，但力道却不足以让他受伤，只不过将他吓了一大跳，惊出了一身冷汗。

不死尊者并不是一个喜欢手下留情之人，他的脚上力道，只是被凌通那根软索缠住，在最要命的时刻，软索救了那护卫一命。

不死尊者若受伤的孤雁般重重坠落，脚下一绷。

“啪!”那软索竟然断成两截，而凌通的身子和剑也在这一刻袭至他面前。

“哼，小儿之戏!”不死尊者极为不屑地说了一声，也便在此时，双掌以快得不可思议的速度上滑。在千钧一发之时，竟然夹住了凌通的剑身，两股强霸的劲气自他手中送出，沿着剑身袭向凌通。

凌通不惊反喜，露出一丝狡黠的笑意。

不死尊者在捕捉到凌通那狡黠的笑意之时，一股温热的气流自凌通口中拂在他的面门之上，顿时只觉头脑一昏。

“轰!”凌通的脚已重重踢在不死尊者的胸口上。

不死尊者一声闷哼，竟控制不住身形，被迫松开钳住的剑身，倒退几步撞得地摊四散。

惊呼之声不绝于耳。

凌通的手臂发麻，不死尊者自剑身传过来的劲气几乎让他有些受不了，但不死尊者还是上了他的当。

“他中毒了，大伙儿一起上，缠住他!”凌通呼喝道。

众人精神一振，迅速提刀扑上，凌通更是不想放过这个机会，痛打落水狗的事正是他所喜欢的。

不远处，官兵呼喝着向这边奔来，凌通诸人心头大喜。

“好卑鄙的小子!”不死尊者一声怒吼，伸掌击开凌通的剑，身子一个倒翻。

“轰!”一声巨响，不死尊者竟然撞塌身后的房子，顿时尘土四射，残砖断瓦飞溅。

凌通一呆，想不到对方说走就走，而且采取这种形式逸走。但却无可奈何，尘土之中，没有人敢贸然出击，谁也不能肯定不死尊者已没有了反击能力，皆因对手实在太可怕了，拿生命去冒险不值得。

“发生了什么事？发生了什么事？……”一队官兵疾奔而来。

“啊，平安郡主!”那官兵头目迅速跃下马来叩见。

“快抓刺客!”萧灵向那倒塌的屋子一指道。

“听到没有，还不快抓刺客!”官兵头目扭头朝众属下吩咐道，同时转头向萧灵讨好道："让郡主受惊了，小的定当将刺客抓到!"

"刺客武功极高，吩咐兄弟们小心一些，快带这三位靖康王府的兄弟去治伤。"凌通冷声提醒道。

那头目见地上受伤的三名护卫，忙呼喝几人，顺手找来几副担架迅速抬走。他对凌通却是有点敬畏的。

近日来凌通在建康城中可是名声大噪，更胜过那些王孙贵族，谁都知道这个大孩子不仅得靖康王的宠爱，更得皇上的恩宠，而且很快就会成为京城第一大赌坊的老板，这的确让人有些不可思议，但也没有人敢不服气。与凌通相斗，就是与皇上争斗，这是谁也不想发生的事情。

"请郡主和公子移驾后面，免得刺客趁乱伤了郡主和公子。"官兵头目恭敬地道。

凌通有些好笑，心中却暗叫好险，刚才若非以迷香喷在对方脸上，那后果只怕不堪设想，不由忖道："好险，这家伙的武功，连师父都不能取他性命，还让他带人趁机逃了。可见其武功的确比我高明很多，能够侥幸赶走他还真不易。"

"通哥哥，你没受伤吧?"萧灵关切地问道。

"没有，那贼乌龟真厉害，中了我的烈性迷药还能够逃走。"凌通擦了擦额头的冷汗道。

"通哥哥才是真厉害呢，居然能把那贼乌龟打跑。"萧灵笑道。

凌通一听，禁不住笑了起来，道："差点被贼乌龟要了命，还说我厉害，厉害个大头鬼呀。"

"通哥哥这么年轻，那贼乌龟的年纪已很大了，比起来自然是通哥哥厉害啰。"萧灵自四名护卫中间跳下来，拉住凌通的手笑道。

"算你说得有理，对了，刚才你怕不怕?"凌通笑问道。

"有一点慌，却不怕，这才有意思呢。"萧灵顽皮地道。

凌通不由得大感好笑，也为之愕然，他倒没想到是这么一个答案。

"大家不要靠近这里，免得伤及无辜。众官兵，挡住部分过往的行人!"凌通呼喝道。

“郡主和公子饶命呀，这不关小人的事，不关小人的事，小人根本就不知道这是怎么回事……”

“知道，量你也没这个胆子。放了他吧！”凌通打断那位卖花灯之人的话，向官兵头目吩咐道。

“是！”官兵头目恭敬地应了一声，冷冷地望着卖主，叱道：“还不谢谢郡主和公子，否则你就是十颗脑袋也不够斩！”

“谢谢郡主，谢谢公子，谢谢，谢谢……”卖主几乎是感激流涕，让凌通有些受不了。

“死罪可免，活罪难饶，明日给郡主送几只最好的花灯，就算是将功补过，听到没有？”凌通叱道。

卖主刚开始一听活罪难饶，心中就凉了半截，谁知活罪却只是做几只花灯而已，不由喜道：“一定，一定，明天我一定送去最好的花灯。”

萧灵和凌通不由得相视一笑。

花灯影摇，对明月，话凄凉，闹沸寒意东风不至。一壶烈酒，慨叹世间情仇，刀横心头，却染游子泪。

元宵节，喜气沸扬，但人世之间总有阴暗的一面，不可避免。

其实，在最热闹的地方，才能够找到最孤寂的人，才能享受到最落寞的心情。

最热闹的地方，当然是赌坊、青楼和酒楼。

青楼之中，在节日里醉生梦死的只有那些心中极度空虚之人，他们需要一种放纵，一种毫无顾忌的放纵。

赌坊之中的人，却是想借一种异样的刺激来解脱自己心头的空虚，甚至忘记自己的存在。也只有在这种情况下，他们才能不想尘世间之事，不想任何让人心烦的事。当然，赌坊、青楼中也并不全是这类人。

酒楼内孤寂的人，是想寻找一种异样的孤独，他们在品酒，但知情的人却知道他们是在品尝孤独，品尝寂寞。

临城，氐河之畔，南太行以东，与柏乡和内丘成犄角之势。

战争的烽火很快就可以烧到这里，葛荣的大军攻下了高邑、宁晋，城犄角包围柏乡，战局之紧，犹如箭在弦上。

临城并不稳定，就像是街头所悬的花灯。风吹过，影摇曳，也不知道会在什么时候倾覆。

北方的这个时候，风依然很寒，尖杀如刀，割肉生痛，夜不能眠的人很多，更有很多是自柏乡逃出的难民。毕竟，战争并不是一件好事。

战争的确不是一件好事，它犹如水火一般无情。

几百年来，没有宁日的百姓，厌战的情绪是不可否认的。自三国至两晋，至十六国，再至南北朝，数百年间烽火不息，从都没有让百姓真正过上一段安定的日子，这本身就是一种残酷。

风雨飘摇的临城，给人的只是一种衰败没落的印象。

几条街巷，都是那么凄凉，虽然花灯挂了很多，可是街头角落里偎缩的难民却使这种氛围破坏无遗。节日的情调也消失了很多，自街上穿过之人多半是土豪地主的公子哥，抑或是鲜卑族的外戚，趾高气昂，呼喝扬鞭，不可一世。与那些畏缩于寒风中发抖的难民却成了极为鲜明的对比。

酒楼依然不会很空荡，任何时候，人都不能不吃饭，有人认为，世间如果没有酒的话，男人也就不怎么像男人了。酒便像是女人的胭脂水粉，女人少不了胭脂水粉，男人少不了酒。有人把酒排在色之前，酒的重要有时候更甚于色。因此，只要你卖酒，不管好坏都会有人喝。

飞雪楼，在西街交叉之地，是东西与南北两街的中心，位置大概可算是临城最好的。

飞雪楼的位置是临城最好的，而飞雪楼的名气也是临城最大的，因此，飞雪楼的生意自然更是火暴。

其实，在临城并没有几座像样的酒楼。也许，是喝酒的人并不在意喝酒的地方吧，只要有酒，在哪里喝都是一样，除非是想品尝孤独的人。

飞雪楼中，有这样的人。

东北角，一个黑暗的角落，光线似乎很暗淡，但却并不影响任何人喝酒。

喝酒并不需要眼睛，只要用嘴巴和手配合就行。

那张桌子并不大，靠着一个以纸糊着的窗子，一个人坐着品酒的确还算清静。

这人的脸面有些模糊，或许是因为光线略显暗淡的原因吧。

喝酒的人身旁放着一顶竹笠，静静地端着碗，半天才喝上一大口，然后闭上眼睛细细地品尝着。这人所用的菜极为简单，一大盘熟牛肉，一大盘水花生，便如此而已。

“兄台，可借点光吗?”一个极为热情的声音让闭上眼睛品酒之人睁开了双眼。

“这里的光线并不是很好，借也借不去，坐吧。”那品酒者道。

“一个人喝酒不闷吗?”那人淡笑着问道，随手放在桌子上的，是一柄描金玉扇。那人这才拉开椅子大马金刀地坐下。

“是因为闷，才会一个人喝酒。”喝酒之人依然喝酒，答话也是爱理不理的。

“这种喝法，酒是苦的!”那手执描金玉扇的人并不介怀，淡然道。

“酒从来都没有酸的，至少，比毒药要好。”喝酒之人继续大口大口地喝，只是比刚才喝的急了一些。

“的确，酒从来都没有酸的，也比毒药更好喝。”手执描金玉扇之人低低应和道。

“错，花雕和女儿红就有酸味，而苗疆的五毒大补酒至少比这烧刀子要好喝!”一旁的一人突然接口大声道。

“哦，你喝过那些酒吗?”

“世间怎会有酸的酒呢?”

“五毒大补酒又是什么玩意儿……”

酒楼之中顿时热闹起来了。

东北角落里的两人同时张目向那说话的老者望了一眼。

“费兄，这是我们之间的事，请你不要插手。”那闷头喝酒之人道。

手执描金玉扇的人轻轻叹了口气，问道：“他是你的朋友?”

“不错，但这不关他的事。”那喝酒之人冷冷地道。

老者见闷头喝酒之人如此说，也就不再作声，只是继续喝自己的酒。

“我带了咱们大草原上特有的马奶酒，你可要尝一口。”手执描金玉扇之人说完自怀中掏出一个黑黑的酒囊，淡然道。

“我已经没有了与人共饮的习惯。”闷头喝酒之人不冷不热地道。

“你还在恨我?”那手执酒囊的人淡然问道。

“如果我还在恨你，就不会让你坐在这里，这不是我蔡宗的为人。”闷头喝酒的人道。

“那你为什么却摆出一副拒我于千里之外的样子?”那人有些意外地道。

“理由很多，但我却不想说，那似乎全没必要!”闷头喝酒的人正是慈魔蔡宗，而另外一人赫然就是莫测高深的叶虚。

蔡宗自斟自饮，并不理会叶虚。

叶虚再次叹了口气，深深望了蔡宗一眼，说道：“下月惊蛰，我要与中原第一年轻高手蔡风决战于泰山玉皇顶……”

“你为什么要跟我说?”蔡宗喝了口酒，冷然问道。

“因为我仍当你是朋友。”叶虚认真地道。

“你不会真正地拥有任何朋友，我太了解你了，你的朋友从来都是拿来出卖的。因此，我不想有你这个朋友。”蔡宗毫不客气地道。

叶虚的脸色一阵青一阵白，但是竟出奇地没有生气，只是望着蔡宗。

“你真的是这么看我的?”叶虚拔开酒囊的皮塞，灌了一大口马奶酒问道。

蔡宗并没有回答，他觉得那完全没有意义，也没有必要，他只是不停地喝酒。

叶虚讨了个没趣，却没有发作，这与他平日那种目空一切的高傲完全两样，对着蔡宗他竟能够有如此好的忍耐力，如果知道叶虚性格的人，定会感到大为不解，却没有人明白叶虚和蔡宗之间究竟是怎样一种关系。

“华轮在下个月可能会前来中土!”叶虚转换话道。

“他迟早总会来的，我们之间的一战根本就不可能避免，迟来不如早到。”蔡宗淡然道。

“可是你不觉得人单势孤吗？”叶虚反问道。

“我本来就是只身一人闯天涯！玛娜沙死了，这个世界上已经没有什么值得留恋。”蔡宗的神情似乎默淡了一些，只是继续喝着酒。

“吐蕃和吐谷浑准备联军……”叶虚说着，目光斜斜瞟了蔡宗一眼，似是在等待他的反应。

“那华轮也请你来对付我了？”蔡宗反问道。

“我叶虚再怎么不知好歹，也不会向自己的兄弟出手。何况，我还欠你一条人命。”叶虚涩然一笑道。

“难道今日你能找到我，不是黄尊者他们告诉你的吗？”蔡宗反问道。

“不错，是他们告诉我的，否则我怎么也不会想到你会在飞雪楼中喝酒。”

“人总是会改变的，有些事情也没有必要跟自己过不去。”蔡宗淡然道。

“这就是你为什么要离开大草原步入中土的原因吗？”叶虚喝了一口马奶酒，冷声问道。

“我不想回答这个问题，今日也不想思考太多，只想静静地一个人喝酒，不愿任何人来打扰我。如果你坐在这里喝酒我不反对，如若扰我喝酒，那我只好再去找个清静的地方了。”蔡宗毫不客气地道。

“就算我不打扰你，他们也不会让你安安静静喝酒的。”叶虚道。

“那为什么前来的人是你而不是他们？”蔡宗冷冷地笑了笑道。

叶虚似乎已经没有办法了，不得不改变话题道：“难道你想在中原做一辈子的浪子吗？要知道大草原才是你的生长之地！”

“生我者父母，养我者大地，没有必要非要强调生于哪里。如果你想杀我，就请动手，我知道不是你的对手；如果你还念着当初一丝情谊，就不要插手我与华轮、蓝日之间的事。”蔡宗十分坚决地道。

叶虚一呆，淡然道：“你根本不是蓝日的对手，即使华轮也有能力杀死你，如果你愿意与他们调解，我可以帮你出力。”

“不劳费心，我的事自己会解决，你走吧！”蔡宗冷冷地道。

“我还有最后一个问题。”叶虚吸了口气道。

蔡宗没有回答，只是轻咬着花生，低着头，自始至终他都没有看过叶虚一眼。

“赤尊者是不是你擒去的？”叶虚问道。

“不是，我只会杀他，而不会擒他！”蔡宗声音极为冰冷地道。

叶虚似乎对蔡宗的话极为相信，他不再说什么，只是望了望蔡宗，盖好酒囊纳入怀中，淡然道：“他们会上楼来找你的，你小心一点，希望你能活着去玉皇顶看我与蔡风的决斗！”

蔡宗依然没有抬头，也根本就不想回答叶虚的话，一个劲地自斟自饮。

叶虚转身大步向酒楼外走去，所过之处，众人都不禁心中怦然狂跳，似乎感受到了那种张狂的邪意。

“这小子好邪门！”望着叶虚行出酒楼之外，费天禁不住嘀咕道。

蔡宗再嚼了两块牛肉，淡淡吸了口气，道：“他叫叶虚，吐谷浑大王子！”

“哦，他跟你一样来自西域？”费天将他桌上的东西移了过来，语带惊疑地问道。

“嗯。”蔡宗不想说得太多。

“这小子的武功似乎深不可测，看来在你我之上，这种朋友你怎么不交？”费天大为不解地问道。

“有些事情根本不需要任何原因，太多的原因只会让一个人活得更累。”蔡宗漠然地解释道。

费天呆了一呆，望了蔡宗一眼，问道：“那几个大头和尚要是来了该怎么办？是不是要与他们大杀一场？奶奶的，老子这次定让他们好看！”

“如果包家庄的人也在其中，那就不好对付了，今晚是元宵节，我不想惹太多的事情……”

“今生是怨，来生是债，轮回之中，何来节日可谈？慈魔，你何用躲避？”一声洪钟般的喧响自门口传来。

蔡宗微微抬起头，目光如刀，划破虚空，射落在来人的面门之上。

正是喇嘛教的五大尊者之一的黄尊者与一群苦行者，更夹有包家庄的弟子。

“蔡宗，你杀了本庄的十九名弟子，更杀死碎天和矛无影，今日就让我苦心禅来会会你的刀吧！”一个光头汉子道。

“你们包家庄的秃头倒是很多啊。”蔡宗淡然道。

喝酒的众宾客本来心中有些胆寒，此刻却忍不住笑了。

“各位大爷，各位大爷，有话好好说，千万别闹事，今天是元宵节，有事好商量。”掌柜眼见形势不对，忙上前相劝。

“嗯……滚开！”苦心禅身后的是包家庄众弟子，其中一人极为不耐烦地将掌柜推至一边。

掌柜一阵跌撞，那些酒客一阵惊呼，忙把掌柜扶起。

掌柜的脸色一阵青一阵白，但仍不死心地求道：“各位大爷，请你们行行好，这里是做生意的地方，如果你们闹事叫我如何做生意呀，何况这些客爷们今天都是图个吉利……”

“啪！”一个响亮清脆的巴掌将掌柜的话打得咽了回去。

“妈的，我们来就不吉利吗？”那汉子怒叱道。

“哦，包家庄的人有这么霸道吗？以前我只看过流氓地痞使用这种手段，今日一见包家庄的人出手，竟找到了当年做地痞时的无赖感觉。哈哈哈……有趣有趣！”一个淡漠更带讥讽之意的声音在酒楼之中响了起来。

“是呀，包家庄果然名不虚传，今日一见，真是眼界大开，耳目一新呀！”一人笑着应和道。

苦心禅扭头向声音传出的地方望去，眸子中射出两缕冷电。

说话的是两个衣衫极为朴素，看上去普通得不能再普通的汉子，此刻正在悠闲地吃着菜。

苦心禅的目光，那两人当然感应到了，他们却没有回避，反而向苦心禅笑了笑，笑得那般轻松而自在。

“你们两个想找死吗?”那名出手打掌柜的汉子怒叱着就要向对方两人逼去。

“花蒙，别节外生枝。”苦心禅叱道。

苦心禅在江湖中的名头并不响，但听说过他逸事的人一定会知道他的厉害之处。十年前无敌庄一役中，他就是包向天大儿子的右先锋，一直杀进三重大门，无敌庄死于他手中的高手极多。

苦心禅本为东北一带横行的大盗，后投入佛门，因犯了色戒而被逐出佛门，也便再次操起旧业，声名盖过关东响马，后为包向天收服，成为其得力干将。苦心禅这些年已经很少在江湖中露面和出手，不过，他的眼力却绝对不坏，当他第一眼注意那两人之时，就知道对方绝不好惹，这才喝止那叫花蒙的汉子。

花蒙似乎极为不服气，狠狠瞪了对方一眼，却看到那两人眼中尽是嘲弄和不屑之色，忍不住气恼得又要发作。

掌柜捂着肿起的脸，神色比死了爹娘还难看。

有些酒客见形势不对，忙起身离席，害怕待会儿打斗起来，殃及池鱼可就不划算了。今天乃元宵佳节，谁也不想惹麻烦，虽然战争极为紧迫，战火更是烧在眉睫，可是能够来酒楼之中喝酒的人，也不是一穷二白之辈，谁不想留得命在?

当然，也有例外，例外的人并不在少数，酒楼之中几乎有大半客人兴意极浓，看热闹自然也不是一件让人讨厌的事情。

“慈魔，只要你交出我四师弟，或许我们可以对你从轻发落，我劝你还是放下屠刀，及早回头吧。”黄尊者道。

“叶虚没有告诉你我说的话吗?”蔡宗冷冷地反问道。

“告诉我们什么?”黄尊者一愣，问道。

“告诉你们，你们应该死了!”费天杀意狂涨地道，他可不是什么仁义之辈，本身就邪异得紧，自是极为不耐跟这些人啰唆。

苦心禅知道眼前这个老头子就是以石子挡住包向天指气的人，也是那天在包家庄外救走蔡宗的人，是以对他绝对没有半点轻视之心，也不敢心生轻视。费天能与赤尊者斗个两败俱伤，其武功甚至还在赤尊者之上。而他见识过赤尊者的武功，知道眼下老头的难缠并不下于慈魔蔡宗。

黄尊者脸色一变，他身后的几个苦行者手执戒刀，缓缓向蔡宗和费天逼至。

一时之间，酒楼之中气氛达到了剑拔弩张的紧张之局，杀气也越来越浓。

酒楼之中的所有人都变得紧张起来，掌柜的更是欲哭无泪，不再理会眼前之局，只是唤来一名小二，吩咐道："快去叫大爷来！"

"凤珍已经去了！"那店小二应道。

掌柜的缓缓舒了口气，嘀咕道："凤珍这丫头还算聪明……"掌柜犹未说完便听"哗"的一声爆响。

惊喝怒吼之声中夹杂着木片炸雷般的四射，掌柜的扭头一看，却发现费天的两只如铁般坚硬的手爪钳住两名苦行者的咽喉……

几乎便在同时，只见两道黑影如奔雷般分别撞向苦心禅和黄尊者，破空的闷响给人一种惊心动魄的震撼。

"轰轰！"依然是两声爆响，却是两张椅子被击得粉碎。

黄尊者刚刚击开座椅，一道凌厉无比的寒劲已如涛般汹涌而至。

"轰！"黄尊者左手一翻，硬挡住蔡宗这随之而出的一记猛击。

蔡宗的眸子中没有半点情绪，手腕一振之时，钝木刀自黄尊者腕上擦过，斜挑而起，动作利落至极，最简单的动作，以最快的速度击出，却有着不可想象的威力……

这边的费天吼声如厉鬼凶魔，双手一轮，那两名苦行者就成了两件最好的武器，已有三柄戒刀斩在两名苦行者的尸体之上。

费天的动作之快，出手之狠的确出乎众人意料之外，若是被他捏住了咽喉，就是万分之一的活命机会也没有了。

尸体再若两块巨石，直甩而出，巨大的冲击力，几乎将包家庄众弟子和苦行者们撞得溃不成军。

苦心禅的拳头自人缝中挤出，似是拖起了一溜火光，然后便已出现在费天的身前。

费天目光中闪过一点幽光，却是苦心禅那光秃秃的脑袋在泛着油光……

……

黄尊者大惊，不是因为蔡宗的刀，而是因为蔡宗的脚，无声无息，但却霸烈无比的一脚。

在刀之下，在碎木之后，在阴暗的角落，避无可避的一脚，硬生生踢在黄尊者的小腹之上，疯狂的劲气犹如狂泻的激流。

但蔡宗也跟着脸色变了，变得有些难看。

黄尊者的小腹就像是一个巨大的面团，在蔡宗的脚踢入之后变形收缩，却将蔡宗的脚紧紧裹住。

“瑜伽功！”蔡宗此刻才想到无著宗的瑜伽功，那是一种神奇得让人有些难以想象的奇学，几乎完全可以超出人体的限制，可以将身体的某一部分任意转变。

蓝日法王身聚龙树宗、无著宗和密宗三宗的精华于一身，学尽喇嘛教所有神功，才终成西域第一人，而黄尊者是蓝日法王身边五大尊者之一，名列第二，自然极有可能学得无著宗的瑜伽神功。

第一百三十八章　残缺之风

林间很静，雪野之中，一切都是那般苍茫，鸟雀很少，“扑哧哧……”的只是那些鸦鹊，这种世界格外静谧。

蔡风坐在地上喘着粗气，他真的想大笑一场，不过，他这时的笑或许会比哭更难看一些。从这里到客栈只不过十余里路，而此刻蔡风却行了半个时辰依然未走一半，还在途中休息了三次，若换成以前，那只是转眼间的路程。如此下去，他也不知什么时候能赶回客栈与三子会合，而让蔡风担心还不只这件事，他更担心叶虚，这个突然出现中土的神秘人物，也是一个超乎他想象的厉害角色。

蔡风的伤势的确很重，这是出乎意料之外的一场劫难，可冥冥之中自有主宰，想逃也逃不掉，让他一一遇上。

雪地之上，一长串深深的足迹延伸向远方，似乎像一条长长的尾巴悠然拖地。

蔡风有些无可奈何之感，此刻如果有人尾随着脚印追来，很快就可以追上几乎没有什么反抗之力的他。

叶虚的那一击的确太过可怕，几乎将他五内击得碎裂，不过，叶虚并没有杀他，也许，叶虚会后悔，当然，那只是蔡风的想法。每一个放过蔡风的敌人都会后悔，蔡风活着，那他的敌人就绝对不会得到安宁，这点已是不可改变的事实。

光秃秃的树杈被风吹得呜呜作响，天气仍然极寒，蔡风出道至今很少感觉到冷，今日却颇有些凉意。

蔡风的脑子在飞转着，他在考虑如果此刻有敌人追到，那该怎么办？现在即使一个普通的武林人物都有能力杀死他。这时，他只盼望自己留下的记号能让三子尽快找到，并尽快离开这个是非之地。

因为叶虚极有可能再派人前来追杀他，既然他们已经成为仇敌，叶虚又怎会让一个对他绝对有威胁感的敌人存在于世间呢？

何况叶虚并不是一个守诺诚信的君子，否则叔孙怒雷也不会再次中毒了。

想到叔孙怒雷，蔡风禁不住微微有些不解，叔孙怒雷究竟是谁救走了呢？

而这个人一直能够潜伏于他们的身边，即使连叶虚也未能发现，可见此人的功力和轻功之好绝对可以列入顶级，而江湖之中又有几人拥有那种身手？

那人救走叔孙怒雷的时机把握得如此之准，的确难得！

如果这人是叔孙怒雷的朋友，又为何不出手相助自己，至少此刻也得显身帮他一把呀。

“也许这人是惧怕叶虚的武功。”蔡风心里这么想着，他第一次感觉到一个对手的可怕，叶虚就是这样，其实叶虚的可怕并非全是因为他自己，而是因为他的属下皆是一等一的高手，与蔡风交手的四人尤其是如此，竟然能够在黄海所传的三大杀招之下仍能不死，这使蔡风不能不对他们四人重新进行估计。不过，那四人的厉害只是在他们的阵法配合之下，若无阵法相助，蔡风绝不会让他们活在世上，但阵法也不能不算手段，这是一种手段，杀人不一定得全凭武功，任何手段都可以用，他们以阵法对敌，自然是无可厚非的。

让蔡风感到头大的，却不知叶虚究竟还有多少像那四人一样的高手呢？

泰山之顶又将是怎样一种战局？

吐谷浑入主中土又是为何呢？

叶虚对付叔孙怒雷，难道就是因为唐艳为报琼飞之仇吗？

这似乎有些说不过去，而叶虚与唐艳又是什么关系？

他们为何会走到一起？

以叶虚的才智仪表，难道会为了哈风而战？

“不会，绝对不会！”蔡风心中肯定地否认道，叶虚绝对不会是那种重情重义之人，他虽然与叶虚只是初次见面，但似乎对叶虚极为了解。蔡风很自信自己看人的眼光，他总觉得叶虚不是感情用事的人，而是一个极富心机，也是极有野心的人物，更不会做对自己没有好处的事，蔡风相信自己的判断。

叔孙家族绝对不是好惹的，为了一个女人而与整个叔孙家族为敌，当然不是明智之举，甚至对吐谷浑国也是一种危害。除非叶虚自身本就想对付叔孙家族，否则他无论如何也需考虑一下那之中的后果。

叶虚在吐谷浑的身份绝对不低，甚至很可能是吐谷浑的王族中人。

蔡风深深地吸了口气，他体内的无相真气有自发的疗伤之效，每次坐下来休息片刻，体内便恢复一些真力。这当然是件好事，如果体内的无相真气也失去了作用，那可真是让他头大如斗了。

有一片干枯已久的叶子自树上掉落下来，这片叶子竟然在枯枝上奇迹般熬过了一个冬天，的确是一件值得称奇的事。这片林子之中松树并不多，不过在前面不远处倒是一片密密的松林，林中藤蔓相缠，蔡风记得自己是自那片林子穿过的。

枯叶飞，如一只瘦蝶，飞旋、卷舞，蔡风的脸色却因此而变得更为苍白。

“哧……”同时蔡风很自然地摆动着脖子，树叶翩然掠过蔡风的肩头，但却在他的肩头削下了一块皮肉。

一片叶子，杀人的武器，而凶手并未见到踪影，也许，那并不是一片叶子。

蔡风挣扎着站起身来，但却又歪坐在地上，他不仅没有能力避开那片枯片，甚至连站起来的力气都没有了，这的确是一种悲哀，一种沦为他人猎物的悲哀。

该来的人终还是来了，蔡风却似乎失去了先兆，或许是刚才想问题想得太过入神，抑或来者的武功已超凡入圣，但无论如何，这并不是一件好事。

不是件好事，蔡风的心有些发凉，那神秘的敌人藏身于哪个方位他也不知道，但能够以叶伤人的人绝对是此刻的蔡风所无法抗拒的。

血是热的，雪是冷的，冷热交替就像此刻蔡风的心。

“阁下有此等身手，为何仍要鬼鬼祟祟？要想取我蔡风的命，此时对阁下来说还不是轻而易举？”蔡风伸手轻捂肩头的伤口，有些漠视生死地道。

林间空寂，声音便若雪花一般轻悠，蔡风的话语有些虚弱，但如果有人置身林中，定能够清晰地听见。

“哧！”一根断枝如箭一般标射而至，直射蔡风的肩头。

蔡风“呀”地惨叫一声，他无法躲避，此刻似乎连动一个小指头的力气也没有了，也就只好眼睁睁地望着血花四溅，断枝无情地插入了肉中。

一阵“沙沙”之声传入蔡风的耳朵，他的眸子之中闪过一丝恨意，但更多的却是无奈。

“哈哈……想不到鼎鼎大名的蔡风，连根树枝也挡不了，如果传扬出去，定会让人笑掉大牙，真是有趣！”一阵极尽揶揄的笑声自蔡风的侧面传来。

雪层被踩得“吱嘎吱嘎”作响，对方并没有刻意显出他的功力。

蔡风怒极地扭头瞪了那人一眼，那是一名极为高硕的老者，竟是为叶虚赶车的车夫之一，也是接住哈风的那名车夫。

蔡风极力想站起身来，但却是心有余而力不足，只得缓缓地向后移退了两步，他似乎有些畏怯来者，想尽力拉开两人之间的距离。

车夫又笑了笑，笑得十分得意，似乎是为蔡风的表现而得意，抑或他极喜欢看人的狼狈样。

蔡风的模样的确够狼狈的，鲜血顺着树枝滑出，在树枝周围的衣衫上泛起一圈美丽的涟漪，加上肩头的血红，感觉就是一只受伤的野狗，特别是蔡风的目光。

那名赶车的车夫也有这种感觉，也许这就是他好笑的原因吧。

“什么中原年轻第一高手，只不过是一只落水狗而已！”那车夫有些轻蔑地望了蔡风一眼，鄙夷地笑道。

“阁下既然如此说，那咱们可是同路了，你是走狗，我是落水狗，都不是什么好东西！”蔡风脸上肌肉抽动了一下，依然故作淡然地笑道，他从来都不会在口头上输给别人。

那车夫大怒道：“你找死！”

“我就是不说也是死，难道被你羞辱一顿，就可以活下去吗？”蔡风好笑地反问道。

那车夫一愣，怒火反而平复了下来，他的确没有必要与一个将死的人去计较什么，那似乎有失身份。

“你说得很对，无论如何，等着你的只有一个结局，那就是死！”车夫狠声道。

蔡风苦涩地笑了笑，稍带侥幸的口气道：“我们似乎并没有深仇大恨！”

“那并不代表我不杀你！”车夫静静地立在蔡风一丈远处，那高硕的身材产生一股无形的压迫感，这比他坐在车辕之上时有气势多了。

“我早就知道叶虚并不是个守信之人。不过，他比我想象中更为虚伪，本还当他是个对手，看来是我高估了他的人格！”蔡风以进为退，激将道。

“你不用以言语相激，实话告诉你，杀你并非王子的主意！”车夫并不想隐瞒什么。

“王子？你说叶虚是吐谷浑的王子？”蔡风微微吃了一惊，问道。

“不错，他就是我吐谷浑的大王子，你也不必惊讶什么，这似乎并没有什么值得奇怪之处!”车夫傲然道。

“那你连王子之命也敢不听?”蔡风试探性地问道。

“哼，你别拿王子来压我，这次要杀你是国师的命令，王子并没有说一定要保你平安，如果你要死，他自也不会阻拦的。”车夫冷笑道。

蔡风算是死心了，可是仍有些不甘地道：“你们国师是怕我在泰山之巅杀了你们王子，这才要在上泰山之前将我除去，是吗?”

“呸，就凭你，也想胜我们王子？简直无稽之谈，痴人说梦而已！我们国师之所以要杀你，只是因为你杀了一个不该杀的人!”车夫似乎有些怜悯地道。

蔡风一愣，疑惑地问道：“我不该杀的一个人？那人是谁?”

“卫可孤！你当初如果不策划那什么大柳塔之战，老夫想以我们国师爱才惜才的性情，也许可以饶你一命也说不定!”车夫无可奈何地道。

“卫可孤和你们国师又是什么关系?”蔡风心中大惑。

“卫可孤的本名叫桑达也金，也是我们国师失散多年的亲弟弟！此刻你应该明白我为什么要杀你了吧?”车夫望着蔡风那似乎极为惊讶的表情，冷冷地道。

蔡风感到一阵无可奈何，他的确没有想到死了两年的卫可孤竟然还有个亲哥哥，而且偏偏在这个时候插上一脚，看来这个天地也的确太小了。

蔡风深深吸了口气，竟然笑了起来，笑声越来越大，只笑得那车夫莫名惊愕。

“你笑什么?”车夫有些不解地问道。

“咳咳……”蔡风笑到最后，终于咳出血来，他伤得的确太重。

笑声依然在林间飘荡，愈飘愈远，只是蔡风的脸色显得更为苍白了。

“我笑命运捉弄人，上苍要这样惩罚我，我也只好认命了。能告之你们国师叫什么名字吗？如果阴间真的有公堂，说不定真可以去告他一状，岂不有趣?”蔡风神情古怪地道。

那车夫竟也感到好笑，他似乎没有想到蔡风竟说出这番话，也大感有趣，不由道："如果真要告状，你连我也一起告好了，请记清楚了，我叫桑拉，我们的国师叫桑达巴罕!"那车夫说完眸子之中闪过一丝阴冷的杀机。

蔡风脸上的神情依然古怪，桑拉却已经出手了，出手一鞭，正是那条赶马鞭。

只要能杀人，任何东西都是利器，赶马鞭极短，但缠绕蔡风的脖子还是足够的。

蔡风没有闪，他也闪不开，更没有力气闪，但他的眸子之中现出了一丝阴冷的杀机，不过那只是一闪一灭间的事，没有人觉察到，也没有人能够读懂那之中的含义。

鞭，如灵巧的蛇一般缠上了蔡风的脖子，注满真气的短鞭只要稍稍一拉，蔡风的脑袋就会如球一般滚落。

而桑拉的眼睛却在这一刻变绿了，因为他想不到的事情也在此刻发生了。

蔡风的手中多了一柄刀，短刀，只不过一尺二寸长的刀，精巧而别致，更在雪花和斑斑阳光之下闪耀着凄寒的冷光。

单凭一柄刀并不能让桑拉感到心惊色变，桑拉色变的是因为蔡风竟然快捷无伦地挥出这一刀，刀风阴寒，杀意凛然。

蔡风居然还有反击之力，而且把握的时机又是那般准确而精妙。不过，这是同归于尽的打法。在桑拉拉断对方的脖子之时，这柄刀就刚好刺入他的心脏，没有半点误差，桑拉自然算得够准确，因为他绝对不是一个庸手。

桑拉这一刻才明白蔡风是如何可怕，刚才他对蔡风的感觉并没有错，蔡风就像一只野狗，一只受伤的野狗，他将所有残余的力量拿来作最后致命的一击，绝对不会浪费!

蔡风的确是这样，那片树叶，他完全有能力避开，那树枝他同样也可以避开，可是他没有避，宁可一动不动地受伤，他不想将所凝聚的那丝微薄力量用在毫无意义的挡击之上，他只是在等待，等待一个能够一击致命的机会，更是在麻痹对方的警觉。不可否认，蔡风不仅是个高手，更是个最优秀的猎手！

桑拉不想死，同时他后悔刚才那射出的枯枝为何不选择致命一击。虽然他知道蔡风的命比他值钱，可是生命并不是以金钱来衡量的，更不是拿来交换什么东西的，桑拉仍然很珍惜自己的生命，他不是一个能够超脱生死的人，更何况蔡风此刻已是强弩之末，回光返照的一击，他没有必要去为一个只有半条命的人赔上自己的性命，因此，他改变了力道。

“呀！”桑拉惨叫一声，蔡风在桑拉的惨叫声中闷哼着飞射出去。

“吧嗒！”蔡风吐出两大口鲜血，在雪地之上摔了一个大坑，鲜血更染红了雪地，凄惨一片。

桑拉踉跄着倒退数步，胸前被划开了一尺多长的伤痕，鲜血狂喷。

蔡风的刀中有刀，本来一尺二寸长的刀锋，此刻竟长达两尺。

此刻的刀更是形状怪异，这是一柄藏有机括的猎刀。

蔡风很少用这柄刀，他基本上用不着，只是用它来切鹿肉和羊腿之类的，不过，任何经过巧手马叔手中的玩意儿，就绝对不能小看，哪怕是一根牙签！

这柄刀是马叔打造的，马叔并不止打造了这么一柄刀，但蔡风只有一柄，其实一柄刀足矣。

不过，蔡风并未能杀死桑拉，桑拉的反应的确够快，如果不是他估计再一次失误，重伤之下的蔡风根本就伤不了他，他是被那突然弹出的猎刀所伤。

这一刀并不轻，至少让桑拉几乎连命都丢掉了，他没有死，但必须止血，封住创口，否则他仍是死定了。

蔡风的刀落在雪地上，还沾着血丝，一缕一缕，鲜艳夺目，颇有几分杀气。

蔡风趴在雪中，大口大口地咳着，他的脖子上多了一圈乌黑的鞭痕，桑拉将他甩出去的力道也不小，几乎让他无法呼吸。此刻的蔡风，即使连根小指头都不想动，大概也动不了，刚才一击，已经将自己积累的残余功力毫无保留地发挥出来，此刻只感一阵虚脱。不过，他的面上露出了一丝难得的笑意。他听到了一些异样的声音。

桑拉的脸色再变，他虽然受了重伤，甚至暂时没有时间击杀蔡风，可他功力比此刻的蔡风高，也便比蔡风更先听到远处异样的声音。

那是野狗的声音，桑拉绝对没有听错，他在草原长大，草原上，牧民的天敌有两个，即狼群和野狗群，虽然野狗没有狼凶残，但却与狼一样贪婪。

这并不止一只野狗，似乎是漫山遍野，自四面八方呼啸而至的野狗群。

桑拉的脸色越来越难看，他很清楚野狗群的可怕，而听这自四面八方传来的声音，这将是他遇到最多的一群野狗，如果在他没有受伤之时，也只能一逃了之，以他一人之力不可能杀光这些野狗，可是此刻他却受了重伤。

“桑拉，我会为你立块墓碑的!”蔡风虚弱地笑了笑，声音之中充满了嘲弄之意。

“哼，要死大家一起死。小子，你的肉比我的肉可要嫩多了，野狗还会对你口下留情吗？要吃也是先吃你，再说最起码老夫还有反抗的能力!”桑拉虽然脸色变得极为难看，可是仍然有些不甘地道。

蔡风再次笑了，似乎在笑桑拉的天真，更在为自己的杰作而欢喜。

“如果你这么想的话，到时会失望的，我甚至也可能与它们共食你的老皮老肉!”蔡风邪邪地笑道，虽然趴在雪地上无力动弹，但他脸上的自信和镇定绝不是装出来的。

“它们是你唤来的?”桑拉似乎想到了某种可能，差点没气得晕死过去。

蔡风并没有否认，只是悠然道：“现在你应该知道我为什么大笑了吧?”

桑拉后悔了，这下他真的明白蔡风宁可咳出血来也要发出那一阵大笑的真正用意，想到这里，他再也按捺不住了，短鞭一挥，怒吼道：“让你给我陪葬!”说着也不顾伤口喷血，向蔡风飞扑而至。

“可惜太迟了!”蔡风怜悯地道。

“呼……砰……”一道灰影自一旁如电般蹿出，正撞在桑拉的胸前。

桑拉惨叫一声倒跌而出，那灰影的一撞之力几乎使他的胸骨断折，更撞在他的伤口之上。

“汪汪……”那灰影落地，在地上打了几个滚，也惨叫一声，却是那好久未曾出现的野狗王天网。

桑拉的一扑之力也不小，那一鞭抽得天网灰毛四飞，以天网的神武仍然禁不住发出一声惨叫。

“你终于来了!”蔡风像是见到了亲人似的低唤着。

桑拉几乎骇得肝胆俱裂，这群野狗竟真是蔡风唤来的，看来他今天是绝无幸存的机会了。

“汪汪……”天网昂首一声低啸，四面八方赶来的野狗全都“汪汪……”地附和起来，那声势不亚于惊涛骇浪。

蔡风真正地露出了一丝笑意，而桑拉几乎已经绝望，他看到那撞击他的巨大野狗在轻轻舔着蔡风脸上的血迹，是那般温驯而依恋，他从来都没有想过居然有人能与野狗交上朋友。

“呜……”蔡风竟也发出一阵短促如狗般的叫声。

天网双耳立竖，灰毛根根倒竖，转头逼视着桑拉，幽绿的眼中射出骇人的凶芒。

桑拉竟发觉眼前的野狗群像一个个高手，那气势、眼神、杀气，几乎与人无异，他更惊的是蔡风居然能懂兽语，虽然桑拉不知蔡风刚才是在表达一种什么意思，可是他却知道蔡风一定是在向眼前的野狗说了些什么。这是他做梦也想不到的，如果不是亲眼所见，他绝对不敢相信世上居然有人懂得兽语。

“汪……呜……”林间很快便狗头攒挤，四面八方的野狗如潮水般涌向林内，更在蔡风、桑拉和天网四周围成一个大圈。

远处依然有野狗叫声传来，而桑拉一眼看不到尽头，眼前黑压压的全都是野狗，尽皆目露凶光，贪婪地伸出舌头，似乎都在等待着一个什么命令。

蔡风悠然一笑，道："非常抱歉，你今天必须死！"

桑拉心头在发寒，大吼一声，提起残余劲力，身子腾空而起，他想掠上树顶。

"呼……"数十只野狗似乎蓄势已久，在这一刻全都飞跃而起。

"呀！"桑拉根本没有上树的机会，就被群狗给拽了下来。

"汪！"天网一声低吼，野狗们张开大口狠狠咬下。

惨叫声中，桑拉很快就只剩下一堆骨头，残酷之处连蔡风也不忍心看下去，但是世道就是这样，一向都是极为残酷的，不是你死就是我亡，没有人情可讲。

费天的铁爪狂出，似乎形成了一张天网，在最紧要的一刻抓住苦心禅那似乎在冒火的拳头。

"砰砰……"同时两人脚下以快打快地踢出十八脚，并没有谁占了便宜，但费天在准备踢出第十九脚之时，眼前油光一闪，没来得及看清是怎么回事时，一股粗浓的大蒜味，只熏得他头晕眼花。

"轰！"费天脑门之中若有千万条火蛇在蹿，身子禁不住"噔噔噔"狂退三步。

苦心禅那泛着油光的脑袋毫无花巧地撞在费天的额头之上，但却重重挨了费天一脚，也倒退五步撞坏一张桌子才止住身形。

费天重重晃了一下脑袋，"噗噗！"两柄戒刀立刻斩在他的身上，被撞得昏天暗地的费天根本就看不清戒刀的存在。

一阵疼痛惊怒了费天，在根本无法用眼的情况下，双拳暴击而出。

"呀呀！"两声凄惨的呼叫声中，两名苦行者飞跌而出。

他们本不会被费天这两拳击中，但是他们骇然发现自己的戒刀根本无法斩入费天的体内之时，心神大乱，竟呆立不动，才被费天这两拳击中。

费天这两拳含怒击出，击得两位苦行者口喷鲜血倒地不起，但包家庄的弟子也多，更不会错失良机，所有的兵刃一齐向费天狂斩，使得费天皮痛肉紧，几乎被兵刃上传来的力道砸得喘不过气来，在慌乱之中，只得顺手一抓，却抓到一条板凳。

“呼……轰……”板凳拖起一道凌厉的劲风狂扫而过，包家庄众弟子没想到在这种情况下，对方仍有还手之力，竟被板凳击得暴跌而出，兵刃更是四散飞出，所有人都骇然退开。

飞雪楼中所有人皆大惊，又大感好笑。惊的是这个老头竟似是刀枪不入，那么多的刀剑齐斩只是将他的衣服斩得破破烂烂，竟滴血未流。若是普通人只怕早就成了一团肉泥，被乱刀分尸了。好笑的是费天摇头晃脑，拖着一条板凳，破烂的衣衫就像碎布条一般挂在身上，有的却像是婴儿的尿布，而费天便成了晒尿布的树桩。

费天眼中的金星渐散，只感到额头一阵刺痛，忙伸手轻抹，却是涨起了一个大肉包。苦心禅那一撞竟使他刀枪不入的额头涨出一个大肉包。

喝酒的人都退到一角看热闹，那些人看到费天额头上乌溜溜的大包，禁不住全都哄然大笑起来。

……

正当蔡宗大惊之时，黄尊者的右掌在他上身扭转的同时向蔡宗的胸口狂击而至，炽热的火劲使空气变得浑浊起来。

蔡宗想撤刀，但却被黄尊者的左手捏住了钝木刀的刀锋。

黄尊者的武功比之赤尊者和紫尊者要可怕得多，无论是功力还是应变能力都比两人厉害，不愧为五大尊者的老二。

蔡宗虽然吃惊，但却绝对不乱，他所经历过的危险远远超出人的想象，即使他自己也记不起究竟经历过多少次生与死的搏斗。他的作战经验之丰富也同样如他的武功一般，甚至与他的武功成一种很相符的比例。

蔡宗出指，犹如一根利刺扎向黄尊者的掌心劳宫穴，没有一点拖泥带水之态。

黄尊者冷哼一声，在蔡宗的指头快与他手掌相击之时，他的掌竟化成了拳头。

蔡宗的眸子之中射出两道冷厉无比的寒芒，更多了一丝不屑。

“哧!”拳指相接，毫无花巧，竟发出一声异响，犹如烙铁放入一盆冰水之中，然后再无动静。

黄尊者的脸色却变得极为难看。

……

“妈的，你这秃头的脑袋还挺硬的，老子一定要把你这秃头拿来当夜壶。”费天摸了摸痛得心头发麻的大包，狠狠地道。

包家庄众弟子也全都被费天的威势给吓着了，他们怎么也没有想到费天竟然这么可怕，当真是刀枪不入、杀也杀不死的怪人。

苦心禅也是一身硬功，更是铁头功的高手，可是刚才与费天那一记猛撞，只撞得他也眼冒金星，头昏眼花，只是没有费天那么狼狈而已。不过，他也不能趁乱再次出击，因为他自己也挨了费天一脚，这一脚并不轻，半晌过后他才缓过气来，却并未受什么大伤。

苦心禅本是带艺投入佛门，在佛门中内外兼修，由外功练到内功，内外结合而达到炉火纯青之境，是以竟能和费天战个旗鼓相当，受费天一脚并未受什么重伤。

费天强吸了一口真气，心中大为恼怒，但却知道眼前的光头是个极为厉害的对手。

苦心禅也同样感到如此，他从来都没有想到，有人的脑袋会撞得他头昏眼花，金星乱冒，何况又是他主动攻击，且刚才费天被乱刀攻击而不受伤，使他深知眼前这古怪老头的硬功比他更为厉害，至少他仍未能达到这种刀枪不入的境界。包家庄中，唯有碎天可刀枪不入，但碎天却死在眼前这小子的魔刀之下。再则，碎天无论是功力还是招式与这老者都相差极远。

摸了摸额头上的大包，又伸手抖了抖身上的碎布片，看着一道道渐渐消散的白色刀痕，费天大骂道："奶奶的，要不是老子金身护体，不成肉浆才怪。你们这群兔崽子好狠，老子定要一个个捏碎你们的卵蛋，看你们还神不神气!"

旁观的酒客又是一阵哄笑，但他们的笑声很快就被费天的攻击给震住了。

……

黄尊者本想击断蔡宗这根手指，只是他却完全感觉不到这根手指的存在。只觉得自己的功力受到一道劲气的牵引向外疾泻而出，然后一股熟悉的劲气再从小腹处传入他的体内。

蔡宗这一指并不是旨在杀敌，而是用来借力，竟借黄尊者的劲气来攻击他自己，由于内功同出一宗，黄尊者的瑜伽劲气立刻瓦解。

便在瑜伽劲气瓦解、黄尊者腹部一收的当儿，蔡宗极速抽出脚来上踢黄尊者的左腋窝。

一切都似乎在蔡宗的计算之中，黄尊者不得不放开刀身疾退，但在退的同时，他感觉到一丝冰寒刺骨的劲气延臂而伸，却是自拳头上传来。

黄尊者一惊，忙以功力强压，可是刹那之间遇到阻力，那冰寒之气变得炽热如火。

黄尊者一声惨哼，身形飞退，在此同时几柄戒刀破空斩向蔡宗的背门。

"噗噗……"戒刀尽数斩到蔡宗那鼓满真气的黑色披风上，却并未能伤得蔡宗。

蔡宗的动作就像是玩杂技一般，那自正面攻来的两人，却被蔡宗将一条板凳当翘翘板用，正当他们跃起之时，蔡宗在板凳一头猛然使力，板凳立时翘起，"哗啦"一声重重撞在一人的胸口上，蔡宗再脚下一挑，板凳被踩的那一头冲起，击中另一人面门，动作潇洒得像是在拈花惹草。

当黄尊者顿住身形之时，蔡宗猛然转身，手中的刀若一道暗弧划破虚空，向身后的包家庄弟子和苦行者们斩去。

……

费天双手持着板凳，整个人都化成一团旋风，狂卷而起，地上的碎木、碎盘全都被卷起，向那些包家庄弟子卷去，整个人犹如疯虎一般。

苦心禅也暗暗心惊，亦抓起一条板凳，双手轮举猛然向费天砸下。

“哗！”苦心禅似乎忘了这是在酒楼之中，忘了地面与屋顶的高度，他这般以凳下砸，竟然将挂在顶上的油灯“哗”的一下全都打翻。

滚烫的灯油下泼，使场中变得更为混乱，苦心禅也为之一惊。

“轰！”两条板凳终还是撞在一起，碎木炸开四射，劲气更冲得那些包家庄弟子东倒西歪。

两条板凳全都碎裂，有人惨叫，却是被碎木刺入眼中，更有的射入肉内。

费天“嘿”的一声怪笑，在混乱之中双手如电般疾挥而出，准确无比地捏住两名包家庄弟子的阴囊，毫不留情地猛扯。

“呀呀！”惨叫之声犹如深夜中的鬼哭狼嚎，凄惨无比，两人也就这般痛得昏死过去。

费天桀桀怪笑，似乎从中获得一种杀戳的快感，以舌头舔了舔干裂的嘴唇，再向一旁的包家庄弟子扑去。

苦心禅却是倒霉透顶，那下泼的灯油刚好淋在他那光头之上，刚才与费天一记狠击，护身真气也被击散，一时没反应过来，那灯油已淋在刺有戒巴的光头之上。幸亏油灯被打翻，很快便熄掉了，否则，不烧焦他的头皮才怪。可是那油极腻，这样一淋，便顺着光头，满头满脸地滑下，使得他的脸更是光亮不已，刺鼻的桐油味，让苦心禅几乎想要呕吐。

“哈哈……”一旁喝酒的看客不由得全都大笑起来。

苦心禅又怒又急，以衣袖一抹，却使脸都变黑了，那双眼睛却在不停地眨个不停，显然是桐油滑到眼中去了，样子比刚才的费天更为狼狈。

……

“轰！”蔡宗身旁的窗子突然之间裂成无数碎片，一个带刺的大铁球以快速无比的弧迹向他横撞而至。

那几乎有人头大的刺铁球来势之凶势无以复加，即使以蔡宗之镇定，也禁不住大为变色。

黄尊者这次照样是有备而来，在酒楼之中，可不像旷野，要想溜走，就必须付出双倍的代价，是以花蒙对那掌柜如此不客气，是因为他早就已经决定要在酒楼之中与蔡宗相斗，绝对不能让步！

蔡宗的行踪的确极为难觅，自那日从包家庄杀出之后，直到今日才被人发现，若非今日是来酒楼中喝酒，一改往日居于野岭的作风，包家庄的人仍然不可能找到蔡宗，因此，发现了他的行踪，就绝对不能错过，是以安排了这种必杀之局。

“当!”蔡宗的刀绕过一道暗弧，放弃攻向包家庄弟子而迎击那大铁球。硬撼之下，蔡宗忍不住倒退数步，两名包家庄弟子趁机在蔡宗的腿畔上拉开两道伤口。

蔡宗闷哼一声，一个倒翻，一簇劲箭自脚底滑过，钉于墙上。

铁球重重坠地，自窗口外射入两条人影，伸手就向蔡宗肩头抓到。

“去死吧!”却是费天的怒吼。

“砰砰!”费天倒退一大步，那两名攻向蔡宗的人之攻势也立刻瓦解。

“呼!”蔡宗顺手抓起靠墙的竹笠，以巧劲甩了出去，就像是巨形飞蝶，散射着凌厉的刀气在空中旋飞切割。

“呀……”惨叫声不断传出，蔡宗真的是怒极，但他根本来不及作太多的思考，黄尊者的巨大手掌已在他面前四尺之遥推出。

掌心一团金光，透着炽热无比的雷火之温，一只手更胀得若磨盘一般，当然，这只是一种感觉，一种要命的感觉。

“密宗大手印!”不知从哪里传来一声低低的呼叫，但却清晰地传入所有人的耳中，清晰可闻，绝不因气劲的爆响，惨叫之声而淡去。

竹笠碎裂成粉末，而黄尊者的手掌没有半分停留地向蔡宗劈至。

蔡宗一声冷哼，双手抡刀，乌黑的钝木刀身竟然隐隐透出一层淡淡的豪光，飞雪楼中的气温骤降，众人就像置身于冰窖，连一旁的火炉也都失去了作用。

“好可怕的刀！”又是那掩盖不住的声音。

“噼……”竟有着电光破空的声音。

“轰！”劲气狂射，蔡宗的刀毫无花巧地与黄尊者的大手印相撞，寒流和热气混在一起，形成毁灭性的气旋，将一旁的桌椅全都掀翻在地，更冲破屋顶，震得碎瓦乱飞。

黄尊者的大手印并未能要蔡宗的命，蔡宗只是退了三大步，握刀的手有些颤抖。

黄尊者也绝不好过，他的整条手臂竟然结上了一层冰，虽然不是很厚，但已经够骇人的了。

费天与自窗口掠入的人战得难舍难分，那苦心禅却因桐油入眼，根本就看不清周遭的一切，也不敢有何异样的动作，只是听着众人在稀里哗啦地乱打一气，自己则一个劲地擦拭着眼睛。

“水，清水！”苦心禅呼道，此刻他才想到必须以水冲洗眼睛，否则只会使眼睛变瞎。

那些围在一旁观看的人，兴致极浓，看着这种混乱的杀局不住地大声叫好，虽然在这种环境中，有些惊心动魄，但也更添了几分刺激。在这种不知生死的年代，人们早已麻木了生死，但对这种打杀却有着极浓的兴趣。

第一百三十九章　天道之门

风萧萧，雾锁林间，长路漫漫，三十里无一小村，五十里未见一镇，天地间唯有一片死寂。

元宵节虽佳，但由于兵荒马乱，并非每一个地方都灯火灿烂，繁华如锦。

荒村破庙，寒鸦夜鸟凄号，声声摧肝断肠。

低矮残破的旧房，在战火之下呈现出一种弱不经风的感觉。

自破窗中透过些微凄凉的火光，在寒夜之中显得有些怪异和突兀。

“希聿聿！”马嘶之声比夜鸟的啼叫更惊心动魄。

破窗之中，火光一阵摇曳，似乎是有感于马嘶。

“族王，前面有灯火，看来有人居住，让属下前去看看。”说话者正是尔朱荣身边的家将之一。

“我陪天问去！”尔朱情身后一名汉子道。

“好，你们小心一点。”尔朱荣的声音似乎有些干涩，的确，与黄海一战，他所受之伤很重。几十年来，这次大概是他伤得最严重的一回，但尔朱荣心中并没有后悔此战，此战之后，他知道将会是自己武功的另一个转折点，他敢肯定自己的武功会再升一个层次。当然，这一切都必须在他能够安全地回到塞上北秀容川。

不知道为什么，他总有一种不祥的预感，那像是一幕阴云，死死罩在他的心头，挥之不去。

今日这种感觉特别清晰，也不知道是因为什么，或许是他从来都未曾受过伤，一旦受伤，竟然心神俱损，人也变得多疑起来。

那两人应了一声，便策马向透出灯火的破屋行去。

淡淡的月辉，今日的天气的确很好，白天的日光暖若小阳春，而晚上的月光也别具一番风韵，柔和的光线使天空披上了一层薄薄的轻纱，朦朦胧胧的感觉似乎已经很长时间没有享受了。

风微寒，空气之中还有一些潮湿的感觉，冰凉的风，似乎可以一舒连日来的闷气。

“族王为什么要如此急着赶回北秀容川呢？如果在洛阳养好伤岂不是更好？”尔朱情极为不解地问道。

“不可以，我们必须以最快的速度赶回神池堡，迅速调派人马寻找天道之门。”尔朱荣吸了口气道。

“天道之门？”尔朱仇禁不住有些疑惑。

“烦难、天痴、佛陀登入天道之地，那里一定藏有登入天道的最高秘密。只要我们能够找到天道之门的所在，就有机会探索武人所能达到的最高境界之隐秘。更可能会在武技上有更大的突破，因此，我们不能让别人捷足先登。”尔朱荣认真地道。

尔朱情和尔朱仇这才恍然大悟，忆起黄海和达摩所说的烦难、天痴、佛陀升天之事，他们从来都没有想过，竟然真会有人升入天道，而且此事已是不容置疑的实事。天道只是一个传说，一个不切实际的传说，可是一旦变成实事，就不能不让人疯狂，不能不为之心动，即使如尔朱荣这般剑道宗师也不能例外！

烦难和天痴本就是武林之中的上代神话，便是能够获得其武功真传的弟子蔡伤，也变成了江湖中刀道的神话，那他们能够悟道登天、达至武人所能达到的极致，也并非不可能。

蔡伤的厉害是不是与那天道之门有关呢？天下间，知道天道之门的人唯有蔡伤、黄海等有数的几人，那他们是否已经悟出了什么？

“可是我们大可让更多一些的兄弟相护呀？”

“难道以我们八人的实力还不够吗？”尔朱仇打断了尔朱情的话。

“不要争了，我只是不想让太多的人知道我已受伤，那无论是对军心还是本族王的声誉都会有很大的影响，我受伤之事，只能限于你们八人知道，回到神池堡后，如果在一个月中有其他人知道我受伤的消息，定要严惩你们八人!”尔朱荣肃然道。

尔朱情和尔朱仇一呆，心想也有道理，便不再多说什么。

“嘚嘚……”那两个探路之人策马回来了。

“天问、天武，那里是怎么回事?”尔朱情问道。

“那是一家农户，夫妻两人带着一个小孩。”尔朱天问回答道。

尔朱天问的年龄比尔朱天武小了几岁，但看上去却要苍老一些，虽然正值壮年，可额头上却多了几道皱纹。他俩本和尔朱天光是同一辈人，可却是外系。因此，在尔朱家族中，二人身份只能和上等家将同一待遇。

“在这荒村之中，怎会还有这么一家农户?”尔朱仇自语道。

“他们说这里并不只一家，而是有五家，前些时候这里有强盗经过，他们躲得快，幸免遇难。今天是元宵节，才敢偷偷回村。”尔朱天问再次补充道。

“噢。”尔朱情和尔朱仇这才释然。

尔朱荣望了望夜色，淡淡地道：“先不要说这么多，找个地方竭一晚再说，明天一早还要赶路呢。”

“是，属下这就去整理一间屋子，反正这里的空屋子很多。”尔朱天武道。

“好吧，大家一起去。”尔朱荣道了一声。

林间依然静谧，雪地上呈现出一片凌乱的爪印，其中一摊血迹更是触目惊心，但也被踏得一塌糊涂。

几声寒鸦的啼叫，使得林间更增添一丝阴气森森的感觉。

几道身影如幽灵般出现在林间，但却被眼前的一片混乱给惊呆了。

他们看到的不仅仅是凌乱的爪印，一摊浓浓的血迹，更有一堆白骨与一根皮鞭，还有几块破碎的衣服。

每一根骨头都啃得极为干净，而那根皮鞭就在几根指骨旁边。头颅空洞洞的，连脑浆皆被吸得干干净净，饶是这几人胆大功高，也禁不住毛骨悚然。

“是桑拉，这是他的皮鞭!”这几人中的其中一个忍不住惊呼道。

“这是桑拉的银牌!”一名满面阴鸷的汉子弯腰在地上拾起一块三寸长的银牌，惊声道。

“难道他真的被这群野狗给吃掉了?”说话者是一个老成稳重的和尚。

“上人所说的并非没有可能!”一个年轻小伙子插口道。

“祈公子哪里话，以桑拉的武功，就算杀不尽野狗，逃走应该是没有问题的。”最先发现桑拉皮鞭的汉子道。

“金老大所说可不能绝对，想那蔡风能被中原尊为年轻第一高手，岂是易与之辈?桑拉不等大伙一起赶到，就独自行动，他只不过是怕功劳大家平分而已，以一人之力对付蔡风，简直不自量力!”那被称为祈公子的年轻人有些不忿地道。

“祈公子虽然说得没错，但蔡风已被王子和四大护将击成重伤，不可能还有很强的反击力量?以我们之中的任何一人之力，都极有可能将之干掉!”金老大也有些不服气地道。

“金老大所说甚是，桑拉当时亲眼见到了那场比斗，莫拉说桑拉甚至出手擒回那个美妞，这说明桑拉可能间接地与蔡风交过手，而他既然敢单独行动，表明他对蔡风的实力已经有底，桑拉可不是个笨人，绝不会干愚蠢之事，因此，我赞同金老大的说法。”那名拾起银牌的阴鸷汉子附和道。

“普其兄分析得有道理，以桑拉的聪明才智，又怎会自己送死?蔡风肯定已经身受重伤。”金老大道。

“那这堆白骨难道是蔡风的?这是不可能的，如果桑拉还活着，那么这堆白骨的头颅怎么还在?桑拉怎会不割下蔡风的脑袋，没有脑袋，他如何交差?桑拉是个聪明人，该不会连这一点都不清楚吧?”祈公子反驳道。

众人不由得哑然，半晌，被称为普其的汉子有些迷茫地道：“可是桑拉的记号就是指向这片林子啊，而且到这里也便停止了……”

“这是桑拉的白骨!”那个半晌没有插话的大头和尚突然道。

“上人如何这般肯定?”金老大、祈公子与普其同时问道，这三个人的语调之中显然对大头和尚极为尊敬。

“你们看地上的碎布，虽然很多地方被血迹所染，但有些地方还是比较分明的，观其颜色，不正是桑拉今日所穿的衣服吗?而桑拉又怎会丢下马鞭与令牌呢?那只有一个可能，就是——他被野狗啃光了骨头，这些剩下的东西是野狗不吃的!”大头和尚肯定地道。

众人愣了半晌，才齐声疑问道:“难道蔡风还能够杀了桑拉?”

“我不知道，也许是，如果蔡风没有杀桑拉，以桑拉的武功又岂会逃不掉?即使跃上树顶等我们前来，野狗也是可望而不可即，可他却被野狗吃了，这便肯定是蔡风杀了他，至少是让他受了重伤!”大头和尚推测道。

“那就是说，蔡风一定没有受多重的伤，他杀死了桑拉又逃过野狗群的噬食，说明他眼下的武功至少比桑拉厉害一些。”祈公子脸色有些变色地道。

“我想应该是这样，这么多野狗脚印，在大草原上都不多见，也不知这些野狗从哪里来的!”普其惊异地道。

“不管怎样，大家小心一些就是，我通天倒希望蔡风不要伤得太重，打落水狗的事，我通天也不稀罕!”那大头和尚傲然道。

“谁不知通天上人乃吐谷浑释家第一人?自然不在乎一个小小的蔡风了!”金老大似乎有些拍马屁的意味。

祈公子不屑地扭过头去，他似乎极看不惯金老大的作风。

“我刚才查过，这林子除了野狗足迹外并无任何人的脚印，那就只有一个可能，人的足印被野狗群所掩，只要我们顺着野狗的足印寻找，就一定能够发现蔡风的踪迹!”通天上人认真地道。

“上人可真细心，好，我们就顺着野狗群的足印追击，这个方向与蔡风所住之所背道而驰，只要发现了他的行踪，一切都好说了!”祈公子赞道。

“好，大家小心了!”普其提醒道。

蔡宗出刀如风，黑木钝刀划出如电，那一层白白的豪光更为清晰，显然是含愤一刀，力道之强，的确惊心动魄，这一刀只是攻向与费天交手的两人。

那两人大骇，蔡宗这一刀的力量他们可是见识过的，竟然能够硬抗密宗大手印绝学，单凭这份劲道，就让他们心生畏怯。何况又有费天这个可怕的对手，是以，在蔡宗刀风一转之时，他们就开始退，暴退！

黄尊者暗叫不好的同时，就已经听到蔡宗低喝一声："走！"

众包家庄弟子却被蔡宗刀风所逼，根本近不了身。

费天身形冲天而起，射向屋顶。可就在此时，一个巨大的铁球已逼临面门，如果他执意要撞开屋顶，一定会被这个铁球击成重伤。虽然铁球上的刺根本无法伤他，但重伤之后，就是跃上了屋顶又能怎样呢？谁知道屋顶之上有没有伏兵？

是以，费天只得在空中一个扭身，转向苦心禅扑去。

苦心禅正在用清水洗眼，突感头顶劲风大作，吃惊之下只得向地下一滚，闭着眼睛撞断了几根桌脚。

"轰！"硬扛这一击的却是花蒙，可花蒙的功力如何能够与费天相比？一击之下，竟然狂跌而出，喷出一大口鲜血，压碎一张大桌，盘子碗筷全都变成稀巴烂。

花蒙虽然受伤，但脑中仍是清醒的，费天的劲道之猛的确出乎他的意料之外，几乎连他的椎骨都给压断了，浑身肌肉一阵撕裂般的疼痛，只让他冷汗直冒。

正当花蒙哼哼唧唧之时，"啪啪啪……"一连串的耳光打得他牙齿松脱。

花蒙睁眼一看，却见是掌柜的，不由得大怒，可是此刻受了重伤，他连个小掌柜也打不过，动一下手都极为难受，正要开口大骂，嘴巴却被一块抹桌子的脏布堵住了。

"你他妈的敢砸老子的场子，打老子耳光，老子就送你去见阎王！看你还神气什么，你这龟儿子，王八蛋!”掌柜的说着掏出一把牛耳尖刀，“噗”的一声刺入花蒙的心脏。

可怜花蒙连一声惨叫都没有来得及发出，就死在一个不会武功的掌柜手中。

由于场中太乱，所有人的注意力全集中在费天和蔡宗身上，而花蒙又被桌子所掩，包家庄众弟子根本就不知道掌柜的会趁乱要了花蒙的命。在这种世道里，杀死一二个人，那似乎太正常了，根本没有什么值得大惊小怪的。

战乱本就让人失去了正常，将人内心深处的野性和凶性完全激发出来，使人变得疯狂，更何况掌柜的能在这乱世之中经营临城最好的飞雪楼，也绝对不是懦弱之流。

“妈的，连我的人也敢杀!”一声怒吼，却是苦心禅。原来，他刚才贴地一滚，虽然避过了费天的凌空一击，身子也蹿进了桌底，而这时正好朦朦胧胧地发现有人杀死了花蒙。他眼睛经水一洗好了很多，模糊之中，知道杀死花蒙的人竟然是掌柜，怎叫他不大为震怒?

掌柜的大惊，他以为自己的动作并没有人看到，谁知竟有这么一个光头怪物发现了他杀人，而且攻击速度快得使他来不及反应。

苦心禅的拳头快若奔雷，更是杀意澎湃，身过之处，桌椅尽裂。

在掌柜的站直身子之时，他的拳头已只距掌柜三尺，强烈的拳风让掌柜吓得大叫，但却根本没有应变和躲避的机会。

一旁的小二忍不住惊呼出声，众人刚才都见过苦心禅拳头的可怕，是以此刻竟似乎不忍目睹掌柜的惨死。

坐在一角一直默然未动的两个刚才出言讥讽包家庄之人的脸色也微微变了，其中一人拿起桌上的一只瓷盘，但手却被另一人按住了。

“砰!”一声闷哼之下，苦心禅倒翻而出，握住拳头“哇啦哇啦”直叫。

他并没有杀死掌柜，并不是因为掌柜的头硬，而是因为另一只拳头。

一只突出其来，但却绝对及时、绝对霸烈的拳头。

拳头很普通，皮肤并不是十分粗糙，甚至微显苍白，五指的关节极为匀称，并在一起，便成了一只不凡的拳头。

不是很大，但却很硬、很有力感的拳头并不是掌柜的，掌柜此刻已在双腿发颤，脸色煞白，额角甚至渗出了汗珠，汗珠当然是冷的。

拳头的主人，是一个很普通的老头。朴素的衣衫清洁整齐，浓浓的眉毛，细长而炯炯有神的眼睛，给人的感觉只是一种极为平和与优雅，没有半丝压迫之感。

这是一个似乎被人忽视的人，但却绝对不能小看的人。

“你先退下！”那老者头未回，只是轻轻地向掌柜道了一声。

掌柜的似乎此时才真正松了口气，虽然还想说点什么，但那老者却反手摇了摇。

“爹，大爷会处理好的。”一声娇脆的声音自掌柜身后传来。

掌柜扭头一看，正是他的女儿凤珍，这才明白是怎么回事。

“哪里蹿出的死老鬼？胆敢阻扰老子的事！”苦心禅大怒叱道。

“老夫已经很久没有出手了，今日见你们蛮横霸世的样子，却不得不破例出手。”老者极为安详地道。

“你们这些该死的家伙，竟然来我飞雪楼捣乱，打扰了我们大爷的清修，真是罪该万死！”那掌柜此刻有人撑腰，说话的声音大了许多。

“呸，什么狗屁大爷，以为是皇帝老子吗？胆敢阻止老子杀人，就得死！”苦心禅刚才被对方挡了一招，早已被激得怒火中烧，况且刚才被灯油灼眼，一口窝囊气正无处发泄，此刻自然全都一古脑儿发泄于这老者的身上。说话之间，已然猛拳狂轰而至。

费天没有走脱，慈魔却陷入苦战之局。黄尊者不依不饶，绝对不会放弃对慈魔的攻击，对于费天他甚至可以放在一边，毕竟，费天只是一个无关紧要的配角，他们今次前来中土的主要目的，就是要击杀慈魔蔡宗。

慈魔的步法有些僵硬，因为他的小腿畔受了伤，但并不减他的勇猛，他的刀法更是妙手天成，完全是只攻不守，在实战之中，他得出的经验是：最好的防守便是进攻，唯有以攻代守，才是致敌之本！

钝木刀虽然无锋无刃，但却含有任何刀所不具备的霸杀之气，更有着一股极寒之气自刀身内渗出，使得飞雪楼之中的火炉似乎完全失去了作用。更让人心惊的却是，慈魔的身上竟隐隐透着一层薄薄的雾气，像是由霜花所凝而成。

慈魔粗糙若山石的脸上显出一片如冰般的圣洁和冷漠，双目仍是那样有神，似乎告诉人们，他要奋战到底的决心。

“轰！”慈魔再次挡下黄尊者的大手印，而那两名自窗外跃入的高手，更是趁此机会落井下石，剑若灵蛇，千丝万缕绵绵不绝地向慈魔袭到，几乎已笼罩了慈魔身上的所有部位和全部退路。

慈魔刹住后退的脚步，披风在劲气鼓荡之下，犹如一只涨起的水母，涨起的同时，更若旋风一般扭动。

动作之利落，几乎是无法形容。

那两人的剑势一至旋风的气劲范围之中，竟似乎陷入了一片无底的沼泽之中。

“小心！”黄尊者疾呼，他似乎知道将会出现怎样一个结果，神色也禁不住大变。

黄尊者虽然呼叫及时，可是依然迟了一些，只闻两声清脆的金铁交击之声，然后那两名剑手的身形便已经被那团漆黑的旋风所罩。

黄尊者再也顾不了太多，在尚未提足真气之时，便疯狂地向旋风扑去，两手之中都亮起了一团金黄色的光团，那是大手印发挥到极致的现象。他想救出包家庄中这两个不知天高地厚的笨蛋，因为慈魔的可怕他十分清楚。

那似乎是西域的一个谜，一个关于慈魔的谜，无论谜底是什么，但这样的结局只会有一个，那就是死亡！

紫尊者的死，就是这个谜的结局之中的一个例子，还有更多冤魂祭了这一击。

慈魔的这一击，在西域有个可怕的名字——寒炎魔心斩！没有人能够了解这是怎样的一击。

这一切似乎只会代表死亡，至少，到目前为止，尚未有人在慈魔这一击之下存活，是以黄尊者才会不顾一切地狂扑而上。

三子轻轻地捧起一把松散的泥土，这片雪地似乎曾被龙卷风刮过一般，泥土蓬松。

他身后是葛大及七名葛家庄弟子，蔡风如此长时间未曾回客栈，他们由于担心而出来寻找，虽然他们不相信蔡风会有什么意外，但三子最近老是心绪不宁，似乎隐隐感觉到有一些什么事情发生。因此，他带领几人顺着蔡风留下的标记追踪而下，却来到了蔡风等人打斗的地方。

葛大的脸色稍稍有些难看，他看得出来这里有高手交手的痕迹。

“好惨烈的剑气!”葛大有些吃惊地道。

“这是阿风干的!”三子撒开那捧泥土，肯定地道。

“三公子干的?”那几名葛家庄弟子惊问道。

“看来他是遇上了强敌，你们几人四处探探，看是否有阿风留下的标记!”三子的目光落在一串长长的足印上，淡然吩咐道。

葛大也注意到那一串长长的足印延伸向远方，不过，他并不相信这会是蔡风的，在他们的心中，蔡风是个不败之神！至少此刻他们并不相信有人能够让蔡风重创。

三子也不会相信，因为这一串脚印太深，以蔡风的武功，绝不可能留下如此深深的足印。这与一个不会武功的人所留下的似乎并没有什么分别。

“这里有马车的轨迹!”一名葛家庄弟子叫道。

三子疾步而上，果然见到地上几道轨迹滑向远方，还有马蹄的印痕，他的目光在四周雪地上扫视一眼，雪地之上，有一串串凌乱的脚印，显然不止一人，也就是说，蔡风的敌人并不只是一人那么简单，这样就很难预料结果会是怎样了，三子心中的阴影越来越浓，就连葛大似乎也感觉到有些不对劲。

“找到了三公子留下的标记!”又有一名葛家庄弟子高呼道。

三子移目望去，却是在那深深脚印的另一头发现那名呼叫的葛家庄弟子。

“难道这串脚印真是阿风留下的?”三子心中咯噔了一下，暗自惴测起来。

“走，过去看看!”三子望了望已变得昏暗的天空道。

屋子似乎破了些，但四面的墙壁依然可以挡风，顶上的茅草也能够抗住霜露，屋子里面倒显得极为干燥清爽。

破烂的土坑十分凉冰，破漏的窗子之中，丝丝寒风挤入屋中，犹如刀子般透衣而入，自破墙缝之间挤进的冷风更使那束火苗摇晃不已。

屋内生了一堆火，倒使屋内温暖了许多，与屋外却是两个世界。

尔朱情并不敢将火生得太旺，那样恐怕会将屋顶的茅草引燃，那可就不是一件很有趣的事情了。当然，那样对他们自然造不成伤害，这样的破土墙，很轻易就可将之击塌。但问题是，如果这般，那今晚他们一行便只有迎风露宿了。

尔朱荣静静地坐于炕上，闭目疗伤，与黄海一战，他伤势的确很重。其实，在达摩劝解他和黄海之时，他便已经受了内伤，而后再进行两天两夜的不眠之战，更是心智几尽枯竭。

黄海的可怕的确超出了他的估计，这不是失误，也根本谈不上失误与否，他与黄海之间进行的是公平决战，绝对没有人会有怨言，即使尔朱情、尔朱仇这些人也绝对不会怪黄海，甚至对黄海的人格多了一份尊敬。至少，黄海有很多杀死尔朱荣和他们的机会，可是黄海并没有趁人之危，仅凭这一点，尔朱荣就已输了黄海一截。

在尔朱荣去寻找猎物之时，黄海绝对有能力击杀尔朱情和他的一干兄弟，而且易于反掌，只要将尔朱情这八个尔朱荣的爪牙杀死，再与彭连虎联手，尔朱荣绝对没有不死之理。可是黄海并没有那么做，而是向尔朱荣公平挑战，以一招一式与尔朱荣争个高下……

尔朱荣静静地坐着，也静静地思索着，思索着黄海的一招一式，思索着与之交手的每一个动作细节，甚至是达摩那种怪异的异域武学，以及自己最后临场所创出的几式武学，不由大感心神激越，灵台似乎空明如镜。

“今天是元宵元，我们的晚餐都未曾吃，族王，让我和兄弟们去找点食物回来。”尔朱天问向尔朱荣提议道。

“也好，吃饱了才有力气赶路，也好抗寒，只是你们要小心一些，此时夜已经很深，要去寻找猎物肯定不易，就在这村子里看看这几家农户可有什么东西填饱肚子。”尔朱荣缓缓睁开眼睛，平静地道。

“是呀，你们不宜走得太远。这兵荒马乱的年代，这些农户的生活过得也不易，拿了他们的东西，记得给银子，别有损我们尔朱家族的声誉!”尔朱情突然接口补充道。

“属下明白!”尔朱天问恭敬地道。

情仇二佬在尔朱家族中的身份不低，更可以算是元老级别的人，因此尔朱天问不得不对他们尊敬万分。

尔朱天问两兄弟和两名护卫悄悄推门而出，一股冰寒的冷风扑面而来，身后的火苗摇曳了一下。

尔朱天问顺手带上破木门，这已是他们找到的唯一一间像样的草房。

尔朱天武敲开了那农户的木门，小孩早在炕上睡着，似乎睡得很香，浓浓的眉毛，长长的睫毛，大概在十岁左右，嘴角似乎还挂着甜甜的微笑，或是做了一个好梦。

破屋之中，是一个以黄泥垒起的土盆，这大概就是所谓的火盆吧，一个已破了一耳，烧得漆黑的鼎罐，用几块石头稍稍搭一下，就成了一个灶台。随便斩下几截木头，这便是椅子和桌子。在破破的土墙之上挂着一张山药图，简陋的灶台旁还放着一个比较大的木墩，几双已用得失去了竹子颜色的筷子，与几个浅竹筒，那大概就是碗和盆之类的。不过，这几个竹筒倒是磨得发光，似乎经历了不少年月。

那农夫一脸沧桑，脸上爬满了似乎被刀刻过般的深沟皱纹，大概是因为刚才已见过尔朱天问和尔朱天武两人，所以并不感到很惊讶，只是那女人似乎胆子比较小，畏畏缩缩地躲在农夫身后。

“老乡，可有什么东西填饱肚子？”尔朱天问尽力使自己的语气轻柔下来，他虽然生于大家族中，但自小能够享受到的，依然只是普通农户的生活，不过，他们可以不担心战乱，尔朱家族就是他们的保护伞。也只有知道与别人之间的差距，才会有更大的动力激励自己去学武，激励自己一定要出人头地。因此，在不懈的努力之中，他们兄弟二人终于脱颖而出，成了尔朱荣的近身护卫。

尔朱家族本是契胡族的领导者，而契胡族更是勇悍好战的一宗，他们竞选族王并不是什么承袭制，而是奉强者为主，只要你足够实力，至少在本族宗之中，无人可以胜过你，那么你就是一族之主。因此，在尔朱家族之中，习武之风极盛，当然，在契胡族并非尔朱家族一宗，还有其他的姓氏，但那些人根本就没有资格参加族王竞选，尔朱荣能成为一族之主，也全是凭借自己的实力战出来的。

尔朱天问面对此情此景竟联想到自己的儿时，因此对眼前这破败而简陋的农家产生了些微同情，望着女人萧萧瑟瑟的样子，心头升起一丝酸意。

这大概就是战争唯一可留下的东西，抑或是天下穷人的代表。在这种饥寒交迫之中，农民怎会不起义，怎会不反抗？

那农夫眼里立刻注满了疑惑，微微有些戒备的神情，果断地道：“没有，我们这里没有什么可以填饱肚子，你们去别的地方找吧。”

尔朱天问从对方的眼神中就已捕捉到对方在说谎，可他并不怪对方，在这种日子里，粮食就如同生命一样珍贵，又怎会有人肯将之送给陌生人？农夫这般说谎只不过是怕尔朱天问诸人抢走他的粮食而已。

“我们并不白拿你的东西，这是十两金子，我用它与你们交换，如何？”尔朱天问说着自怀中掏出一锭亮澄澄的金块，放在木块之上，在火光的映照下，农夫的脸色变了几变。

农夫回头望了望女人一眼，显得有些拿不定主意。

众人鼻子里嗅到一股淡淡的草药味，却是自一个破泥灌中传出来的。

尔朱天武眉头一皱，也望了那缩在农夫身后的女人一眼，只见她脸上尽是菜色，更带着淡淡的蜡黄之泽，瘦如干柴的身子在自门外吹进的风中轻轻打着哆嗦，显然是有病在身。

很多年都未曾见过这样的家庭，如此破旧的一个家，的确不能不让人心寒。

“老乡，你媳妇是不是病了?”尔朱天武忙将破屋的木门掩上，问道。

这土屋不是很大，但容下尔朱天问四人还不算挤，屋内的地面扫得极为干净，大概今天是元宵节的原因吧。

那农夫无可奈何地点了点头，有些不敢相信地问道：“这么多金子都给我?”

“那是当然，只要你们能让我们今晚吃饱。”尔朱天问认真地道。

农夫忙把头再次扭向那女人，似乎是在询问她的意见。

那女人眼角闪过一丝痛苦之色，有些担心地道：“孩子他爹，我们怎能拿人家这么多金子?”说着把农夫拉向一边。

尔朱天问和尔朱天武一愣，凝耳细听，却闻那女人小声道：“孩子他爹，这些人来路不明，世上哪有这种好人，要是我们拿了这些金子，心里都不会安的。”

“可是你的病和孩子的病，总要花钱治呀，我们家哪有钱给你和孩子治好病呢？这些草药也不知道管不管用。”农夫似乎有些痛苦地道。

“可是若将这谷种给了他们，我们今年春天还能种什么呢？我们一家三口就指望这袋谷种活着，说什么也不能卖呀。”女人伤心地道，可能是被饥饿和贫穷折磨得无比脆弱，很容易就会动情流泪。

“咳咳……”一阵轻轻的低咳，使小屋子里面的安静顿时被打破，却是那似乎熟睡的小孩在咳嗽。

这下不仅使那对夫妇吓了一跳，与尔朱天问同来的两名护卫也都同时心中动了一下，一种异样的感觉自他们心底滋生，那或许是对弱者的一种同情吧。

农夫回头向床上望了望，似乎咬了咬牙，转身向尔朱天问道：“你们真的用这些金子与我们交换?”

“我们说话自然算数!”尔朱天问认真地道。

“好，我家还有四升谷种，我去给你们碾了。”农夫似乎下了很大的决定似的。

尔朱天武扫视了这简陋的屋子一眼，却没有什么显眼的地方。

农夫绕到土炕后，以手扒开一些土，现出一个小土洞。

众人一阵讶然，谷种是以陶罐所盛，里面还有一些盐巴。

“那鼎罐之中还有肉汤，是我今天捕到的一只野兔，你们如果要吃也拿去。”农夫咬了咬牙道。

“等我给伢子盛一碗后，你们再端去，好吗?”那女人望了尔朱天问一眼，有些乞求地问道。

尔朱天问诸人哪会拒绝。

第一百四十章　含愤一击

苦心禅拳若奔雷，连同身子一起极速撞向那突然出现的老者。

地上的碎木似是被强烈的劲风排扫而开，分扬两旁，为苦心禅留下一条洁净之路。

踏出第八步之时，苦心禅不得不刹住脚步，只因为一只脚！

脚始终比手要长，当苦心禅以极快的速度踏出第八步时，拳头隔那老者的面门不到一尺，可是那老者的脚距苦心禅的胸口却不到半尺。

那只脚上穿着一只灰布软底的靴子，靴面一尘不染，做工似乎极为精致，大概是今年春节之时才穿上的。

不管这只脚上穿的是什么鞋，但它此时所蕴涵的力道足以让人无法承受，这绝对不是虚枉之词。

苦心禅撤招，也不得不撤招、变招！

老者却在苦心禅撤招换式之时，突然收回了腿，就像从来都未曾踢出这么一脚，不过却出手了，不可否认，老者的确出手了，也是拳头，但却比苦心禅温柔得多，不带任何风声，不带任何锐响，就像是无力的羽毛自天空之中轻轻飘过，不留痕，不留迹，但却有一种令人无法抗拒的压迫感。

那是一种气势，一种与拳头运行形势完全相反的气势。

苦心禅脸色大变，他是练拳的，一双铁拳可谓少有敌手，可是眼前这飘若轻风的拳头，却与他所习拳道几乎完全相反，而相同的是却能产生更强、更烈的震撼力和更霸道的气势。

这是一种全新的境界，也是苦心禅一直无法企达、无法参悟的境界，而眼前这平凡的老头却能够轻描淡写地击出这别开生面的一拳。

“这人是谁？为何以前从未曾听说过当世之中有这样一个拳道高手?”苦心禅心中惊骇欲绝，禁不住产生了许多疑问，只是他不能不收敛精神，全力一击。

不能算是击，只能算是挡，聚敛全部的精神挡!

老者的这一击的确太过飘忽，拳头似乎可迎风而改变方向，似乎可以从任何方位、任何角度给对手以致命的一击，但脚下所踏的步子却是那般简单利落，而又快捷无伦。

苦心禅退了七步，换了七十七种手法，终于架住了这一拳，但他却再次连退三步，这一拳的力道竟分三波击出，若海涛一般汹涌激荡，苦心禅根本就无法完全阻抗。

拳劲阴柔至极，就像拳势一般。

“你不是老夫的对手，今天老夫并不想大开杀戒，最好让你的人立刻撤出飞雪楼，否则老夫对你们绝不客气!”那老者并不乘胜出击，只是负手而立，悠然道。

“你究竟是什么人?”苦心禅骇然之下，沉声问道。

老者冷冷地望了苦心禅一眼，漠然道：“老夫已经多年未曾用过名号，不想再提，今日你们一人丧命，也便抵过毁去这么多桌椅之账，我要你立刻带人离开飞雪楼，在楼外无论你们怎么解决，老夫绝不插手!”

“哼，你以为凭你一人就可以阻止老子今日的行动吗？今日之事绝无退路!”苦心禅不屑地道，同时向身后众人一挥手，包家庄诸弟子几乎都是毫不犹豫地向老者扑去。

“既然你们如此顽固，老夫今日就不得不大开杀戒了。如今乱世，虎狼横行，独善其身也不能清静，那你们就入地狱吧!”那老者刹那间浑身杀气狂涨。

黄尊者的身子毫无阻碍地挤入了黑雾之中，可是他却发现，黑雾之中似乎全是实体，冰凉冰凉的实体，像是铁，寒铁，千载冰川之下积压了无数年的寒铁！

大手印的掌力却遇到了另一种感觉，那寒铁便像一个无限深邃的涵洞，将所有的劲气，甚至包括四面卷来的冷风，没有节制地向涵洞中心狂吸，甚至连生机也被牵动。

死亡的气息是那般生动，是那么实在，黄尊者没有感觉到另外两人的存在，就像整个黑暗的世界唯有他一人在孤军奋战。

寒意透入他的掌心，透入他的脉络，甚至传至他的脑神经。

“呀!”黄尊者忍不住狂号一声，似是有感那无边的寂寞，有感那深沉的恐惧，只不过他呼出的声音，已经有些破碎，有些沉闷。

“轰轰!”在劲气的冲击下，黑雾暴散成缕缕清风，被震得飘飞而下的是破碎的瓦砾和尘土。

慈魔的身体在费天的怀中，嘴角溢出两缕鲜艳而凄红的血迹，而黄尊者那宽大的喇嘛袍也被划得寸寸碎裂，鲜血染红了灰色的内衣，脸上的红润转为苍白。

那两名自窗子跃入的偷袭者几乎已成了血人，也不知道被那可怕而要命的刀气割开了多少道伤口，他们的兵刃也已经碎成了一堆废铁，但他们都没有死。

或许，这是传说中的一次例外，“寒炎魔心斩”并非真的每击必杀，可慈魔自己却知道，这并不是第一次例外，而应该是第二次。

那一次并没有多少人知道，可是慈魔却极为清楚地记得那一次。那是在西域发生的，第一个在“寒炎魔心斩”下活着的人是华轮，喇嘛教的大喇嘛华轮。那时候华轮似乎并不知道他这个人，而他却很清楚地记得华轮，他想杀死华轮，但他办不到。华轮本可在那次击杀他，可是那次华轮只当他是一个挑战者，并没有大开杀戒，才让他安然离去。可是后来华轮后悔了，那是华轮一生中唯一一件值得他后悔的事。

华轮的确破了他的“寒炎魔心斩”，可是却没有弄清楚寒炎魔心斩究竟隐含着一个怎样的秘密，这也是慈魔唯一值得骄傲的一件事。天下知道

“寒炎魔心斩”秘密的只有两个人，一个是慈魔自己，另一个却是他的恩人，一个只比他大几岁却身怀绝世武技的隐者。

黄尊者也完全无法理解，慈魔的刀是无锋的，可是切在他们身上的却是极为锋利的利刃，就像是在变魔法一般，让人感到不可思议。

慈魔的这一击，震惊了飞雪楼所有人，包括苦心禅和那老者及包家庄众弟子。

费天似乎是最先清醒的一个，夹起慈魔犹如冲霄之鹤，自破漏的房顶冲了出去。

“追！”苦心禅似乎也清醒了过来，那些苦行者忙向屋顶蹿去，苦心禅冲在最前。

“呀呀……”屋外传来了几声惨叫，夹着重物自瓦面滚动的声音。

黄尊者深深吸了口气，似乎此刻才回过神来，伸指点住胸前伤处周围的穴道，止住涌出的血水，一种冰凉的感觉却让他打了个冷战。原来慈魔的刀是如此冰寒阴冷，连他的“龙象般若正气”也无法抵抗。黄尊者有些后悔没有将紫金金刚杵带来，若是带来了紫金金刚杵，定然会是另一种局势。

那两名浑身是伤的汉子再也支撑不住自己的身体，委顿于地。

“二位没事吧？”黄尊者有些疲软地道。

“我们没事，多谢尊者相救！”那两人的声音有些中气不足。

“龚繁，立刻通知各路兄弟，慈魔受了重伤，定然逃不远，给我全面搜查！”那坐在地上一个年长些的汉子低声吩咐道。

“是，属下这就去！”守在他们身后的一名削瘦汉子应道，向楼外奔去。

“小心！”黄尊者低呼一声，但是却迟了一步。

那是一只筷子，一只若利箭般快，而且狠辣无比的筷子，在名叫龚繁的汉子跨出第三步之时，便穿入了他的咽喉。

“呜！”惨叫声显得十分微弱，那只筷子几乎一下子截断了龚繁的声带。

所有的人都为之色变，如此狠、准、快的一只筷子，的确是可怕至极的杀招。

所有人的目光全都向筷子发出的方向望去，那是一个角落，一个挤满了看客的角落，但所有人的目光全都落在一个人的身上，包括那冷静怪异的老者。

由于一天来急着赶路，且满身重伤，尔朱荣似乎的确有些饿了。尽管他们身上的金银仍有，可是却并不习惯吃干粮，是以并没有准备干粮，他们倒没有想到会有宿于荒村的一天。

尔朱荣此刻虽然疑虑重重，但对这临时碾碎的谷子却无法怀疑，更由于刚才尔朱天问所汇报之情况，使他的确没有怀疑的必要。如此一户农家，无论是谁都绝对不会怀疑。那种真情的表露，就是尔朱天问这般刀头上舔血的人也禁不住为之心动。

谷子碾出的米煮了一大锅饭，米饭的香味的确纯属天然，是那般清爽而纯正。

尔朱荣胃口极好，那一锅兔肉汤虽然与他平时所吃的山珍海味差了一大截，但饥肠辘辘之下，也吃得特别香。

外面的风很大，尽管夜色很好，但太过凄冷，偶尔有夜鸟鸣叫几声，和着饿狼的饥嚎，使寂静的寒夜更添一份阴森。

"天问，给那夫妇俩送两碗饭去吧！"尔朱荣也起了一些善心，再说这些饭九个人也未必吃得完，也不在乎这两碗饭。今日是元宵佳节，尔朱荣的心情要好很多，或许是因为与黄海、达摩一战之后，使他对武学感悟极深，这才心中愉快。

尔朱天问微微一呆，他似乎没有想到尔朱荣竟会如此慨然，还会关心这么一点小事，但尔朱荣的眼神告诉他，这并非虚言，便应了一声，盛了两碗饭，推门走入黑暗，就像是投入了一只巨兽的口中一般。

尔朱天问走后，尔朱荣众人吃了良久，却未见他回来，尔朱荣和众人的心中不禁升起一团阴影。

那农夫的家与这间小屋并不远，尔朱天问不可能去了这么久仍没回来。

“难道出了什么事?”众人心里微微有些奇怪地想着。

尔朱荣心头的阴影更浓，这一天他心中总觉得似乎有些地方不对劲，但又不明白究竟是什么地方不对劲，那是一种无法解释的感觉，却切切实实地存在着，此刻更是越来越浓。

“天武，你带两位兄弟去外面看看!”尔朱荣淡然吩咐道。

尔朱天武望了望尔朱荣那微微皱起的眉头，似乎也感觉到事情的严重性，应了一声，带着两名护卫推门行了出去。

“天问！天问……”尔朱天武在黑夜中叫了几声，但是却没有半丝回应，那农夫的家中透出一丝淡淡的光润，微黄的光线自破窗的缝隙中投射到屋外那暗黑的地面上，犹如一条冻僵的死蛇懒懒地躺着，没有一点声息。

尔朱天武霎时心头被一股不祥的预感所笼罩，死寂的荒村就像是只有两盏风灯的坟场，阴森森的冷风，似将寒气吹入了人的骨髓。

尔朱天武发觉自己已情不自禁地将手握在腰间的剑柄上，扭头向身后的两人望了一眼，他们也同样将手搭在腰间。

“我们去那边看看，小心一些!”尔朱天武深深吸了口寒气，提醒道。

“嗯!”尔朱天武身后的两人低低应了声，亦步亦趋地跟在尔朱天武身后，向两边散开，成三角而行，以确保能够随时应变可能发生的危险。

尔朱天武再次深深吸了口气，他们已经走到了那农夫破屋的门外，可是他竟完全听不到里面的呼吸声，如此寂静的夜晚，以他的功力竟然听不到房内那普通人的呼吸之声，这的确不能不让人感到心惊。

“难道屋内竟会没人？或是里面的人全都死光了？如果真是这样的话，又是谁干的呢?”尔朱天武心头禁不住升起一阵疑惑。

尔朱天武回头看时，他身后的两人同样以惊疑不定的眼神望着他。

“哗!”一声巨响，尔朱天武毫不客气地一脚踹破那道不太坚实的木门，碎片飞扬的屋内，借着微弱的火光，他眼角的余光清晰地捕捉到一具趴在炕沿的躯体。

是尔朱天问，绝对是！尔朱天武完全可以肯定，尔朱天问的身影他太熟悉了，因此他的心神不由为之大震。正在三人为之一怔时，突然感到一阵无边的昏眩，一股清淡的香气就像十丈开外的梅香蹿入他们的鼻中，幽幽的，可是他们根本来不及弄清楚是怎么回事，就已经倒歪在地。

“什么事！”尔朱天武碎门的声音惊动了尔朱荣，也惊动了情仇二佬。尔朱情禁不住走前几步探头外望，眼见尔朱天武在昏黄的光线下与同伴两人倒于地上，禁不住大吃一惊。

更惊的却是破空的暗箭，带着凌厉的锐啸向他的面门疾射而至。

好快、好狠、好阴险的一箭，但尔朱情似乎更快，怒吼一声，竟以两指夹住飞来的暗箭，可是他立刻发现，他不该接箭，绝对不该！

箭身似乎带有极细极锋锐的短刺，尔朱情要接住箭身，也就不能不用力，这么一用力，那短刺竟然深深扎入了他的手指之中。

尔朱情身形疾退而回，因为迎面又是缕缕锐风扑至，显然如刚才那般，是劲箭！

“砰砰……”几声轻响，劲箭尽数钉在木门之上。

尔朱荣陡地睁开双眼，淡然道：“该来的终于还是来了！”

“天武和天问他们呢？”尔朱仇惊问道。

“他们恐怕遭了暗算！”尔朱情恨恨地道。

“是什么人干的？”尔朱仇问道。

“我没看清楚。”尔朱情伸手搭在腰间的剑柄之上，有些暗恼地道。

“情佬，你的手指！”尔朱仇身后的那名护卫惊呼着指向尔朱情的手指。

“啊，箭上有毒！”尔朱情大骇，那被箭杆之上短刺刺破的小孔处竟渗出几滴乌黑的血珠，血脉之中隐见一股青气上升，他这时才感到，那夹住劲箭的右手竟然是麻木的，毫无知觉。

“噗噗……”

尔朱仇迅速封住尔朱情右臂上的穴道，那毒素似乎被阻住了。

“什么味道？”尔朱荣的鼻子触动了两下问道。

一脸紧张的尔朱仇也禁不住吸了吸，疑惑地道：“是花香，而且是茉莉花的香味！”

“这种季节怎会有茉莉花的香味呢?”尔朱荣诧异不解地自语道。

尔朱仇首先脸色大变，低声惊呼道：“有毒!”

尔朱荣一惊，也想到在这寒冬的夜里存在着茉莉花的花香，其本身就是不可思议，若说这之中没有古怪那谁也无法相信，而尔朱仇的话却正好证实了这古怪的存在。

“我的功力无法凝聚!”尔朱仇再次低低地道，但神情却依然极为镇定，几十年的江湖风雨的确能够很好地改变一个人，锻炼一个人。

尔朱仇的脸色没有变，可是尔朱荣的脸色却变了!

凌通的兴致全消，虽然花灯依然让人眼花缭乱，各处欢声笑语不断，可凌通心中依然留存着不死尊者那凌厉的数击，尽管不死尊者被击退了，可是他是否还有另外的同党呢?这是没有人可以知道的。

凌通心中暗自疑惑：“不死尊者为什么要来刺杀我呢?难道就因为那次师父削落了他几片指甲?可是他并不知道我拜梦醒为师呀，那晚我只不过是个不重要的角色，他们根本就没有必要对我这个小人物下手呀!”凌通想着，禁不住低声嘀咕：“真弄不懂!”

“通哥哥，你说什么呀?”萧灵忍不住问道。

“噢，没什么，我只是在想，这个大魔头怎会逃得那样快!”凌通含糊道。

“咱们这就回去，我让王叔立刻封城，派人挨家挨户地搜查，就不信这魔头不露脸。”萧灵有些愤然地道。

“不行，今天是元宵佳节，如果这样的话肯定会惊扰百姓，何况这魔头也成不了什么事，只要大家有防备就行了。”凌通忙道。

“通哥哥说不封城就不封城，反正一切都依你!”萧灵乖巧地道。

凌通感激地一笑，正想说话，突见前面道上的众百姓都向路两边纷纷让开，一队劲骑迎面逼来。

凌通一愣，萧灵却在一边低声道：“是十七皇姑!”

“十七皇姑?”凌通一惊，抬头一看，只见一位和自己差不多年龄的小佳人大马金刀地骑在那配有金镫银鞍的健马上，身上金冠玉佩，在街灯的映衬下，就像是梦中的仙子。只是对方眉端那丝乖戾之气让凌通看得有些不舒服，但却知道这和自己差不多大的女娃正是当今南朝的十七公主安黛。

众官兵本来是护送萧灵和凌通回府的，可是这一刻郡主与公主碰到一起，自然相形失色，忙将马拉至一边，跪拜请安。

萧灵和凌通也不得不下马。

"平安郡主参见十七皇姑!"萧灵跪下行礼道。本来郡主向公主请安根本不用跪下，可是萧灵这郡主却不同，比眼前的公主低一辈，眼前的公主可算是靖康王的堂妹，她便不得不跪了。

安黛公主对萧灵的态度不算好，可能是因为两个小孩子都是一般大，孩子最容易心生妒意，是以只是不愠不火地道："免礼!"

"在下凌通见过安黛公主!"凌通极不情愿行这个礼，毕竟安黛公主和他的年龄差不多，要他向一个与自己年龄相当的异性下跪，的确心中怪别扭的，是以只是鞠了一躬。

那些公主身边的护卫都为凌通的不下跪而感到惊讶，但他们并没有呵斥。他们身在宫中，自然知道眼前的凌通也不是普通人，且似乎深得皇上和靖康王的恩宠，居然能被萧衍破例准许其在宫中翰林院学习十多日，可见对其恩宠之深，更且他又是抗月的朋友，凡宫内的侍卫和宗子羽林的人都不会不给抗月一点面子，这也是众侍卫没有呵斥的原因。

安黛公主听凌通自报名号，神色为之一动，脸上显出一丝不悦之色，叱道："你就是凌通吗？怎么一点礼节都不懂，见了本公主也不下跪？"

凌通一呆，他本以为可以含糊混过此关，没想到眼前这娃娃公主如此难对付，单为这么一点小礼节就要找碴，心中暗叫倒霉，突然灵机一动，道："回禀公主，实非在下不想跪，只是因为刚才刺客偷袭在下，在下被伤了足阳明胃经，无法跪下，公主胸怀若海，还请原谅。"

安黛公主表情稍缓，高帽谁都喜欢戴，特别是像她这般全无心计的小娃，哪里会不为赞美之言所动？

“好了，免礼，本公主向来宽宏大量，就饶了你这一次，但你得将刺客行刺的事详细讲给本公主听，否则本公主定不饶你！”安黛公主故作冰冷地道。

凌通愣了愣，扭头向四周围观的人望了一眼，只见四周人头攒动，众官兵已经在极力排开众人，防止有人靠近，布起一道防卫线。那些侍卫也全神戒备，既然有人袭击凌通，也必须提防有人袭击公主，是以侍卫们十分紧张。

“以我看这里不是说话的地方，不如请公主移驾王府，容凌通细讲如何？”凌通似乎尽量在回避属下和奴才这两个词眼，怎么也不肯认自己是安黛公主的属下，更不肯认做她的奴才。

他心中忖道：“我对你这么客气，是因为你长得漂亮，谁在乎你是不是公主来着，想要我像那些奴才一样跪拜那可不行。说不定我年龄还比你大，你得叫我哥哥呢。”转而又想：“不对，她是灵儿的皇姑，而灵儿又叫我通哥哥，这样算来，她岂不又比我高一辈？不行不行，我可不能也叫她皇姑。”想到这里，禁不住松了口气，暗道：“是了，咱们可不按宫廷的规矩，咱们按江湖规矩来办事，各叫各的，谁也别想占谁的便宜！”

安黛公主见凌通神情古怪，却不知道他在想些什么，可是从来没有人敢在她面前表现出这般古怪的神情，虽然她不知道凌通在想什么，但可以肯定，凌通所想的绝对不是对她的尊敬，禁不住怒叱道：“凌通，你想打什么鬼主意？”

凌通一惊，激灵灵打了个冷战，这才意识到此刻自己身在南朝，是寄人篱下，只要眼前这难缠的公主一句话，就可让他人头落地。不由得装作惶恐地道：“回禀公主，凌通刚才被那贼子给吓坏了，一想到那贼子便走了神，还请公主明鉴，凌通绝不敢说谎！”

“是呀，皇姑，刚才那刺客真的十分厉害，一出手就伤了王府的四名兄弟，通哥哥与那贼人一番生死相搏，若非这些巡城兵赶到，只怕连侄女也要被那贼子所伤了。”萧灵忙灵凌通打圆场道。

“那贼子真的有这么厉害吗？本公主倒想见识见识！”安黛公主一副跃

跃欲试的神情，让那些护卫们心惊肉跳。

凌通暗道："不知天高地厚的小娘们！"

"凌通，本公主要你陪着我去找那贼子，本公主要亲手将他擒住！"安黛公主果断地道。

凌通一听，禁不住一呆，没想到这安黛公主真的如此不知天高地厚，更要自己相陪，这下可不好玩了。不由扭头向萧灵望了望，萧灵的脸色也变得极为难看。

"皇姑，刚才王叔得知通哥哥遇刺，派人传他迅速赶回王府，还望皇姑能原谅！"萧灵脸色有些发白地道。

"是呀，王爷说刺客不仅是针对我而来，还可能会针对凌通赌坊而来，因此让我迅速回王府一趟！"凌通附和道。

安黛公主眉头一皱，向一旁的几名王府护卫望了一眼，那些护卫慑于安黛公主的雌威，竟然全都低头不敢用目光与之相对。

"好你个凌通，你知道欺骗公主的罪名是什么吗？"安黛公主从众王府护卫的表情看出，凌通的话定然有鬼。

凌通一惊，却极为平静地道："自然知道！"

"知道就好，别以为你那点小把戏就骗得了本公主，王兄根本就不可能这么快知道你遇刺的消息，即使此刻知道，也不可能如此快叫人传话给你。何况你身后四名王府护卫身上都沾有尘土，他们显然是跟你一起与贼人交过手的护卫，那传信的人呢？难道那人不是王兄王府中的人？抑或是不与你们一起，率先回府了？若连这点礼节都不懂，你不如告诉我传讯的是哪个不知礼节的奴才，我这就去将他斩了！"安黛公主冷冷地道。

凌通和萧灵禁不住面面相觑，他们哪里想到安黛公主精明起来竟然这么厉害，将事情分析得有条有理，就连凌通也自叹弗如，那几名护卫也跟着心惊胆战起来。

萧衍疼爱这位十七公主是众所周知的，安黛公主的任性刁蛮也是出了名的厉害，而且脾气极为古怪，但却十分聪明，萧衍对这个小公主的确百般呵护。在建康城中有三个极为刁蛮任性的人物，安黛公主排在首位，她不仅任性刁蛮，而且争强好胜心极强，不让须眉，在宫中便已让侍卫们不得安宁，却没有人敢不依她，更没有人敢不让着她。如今出了宫，更是没人敢惹这位小煞星，若是她对谁看不顺眼，那人绝对会倒霉。

萧灵虽然刁蛮任性，可是与这小姑姑比起来，尚要略逊一筹，至少她无法缠着彭连虎和抗月诸人，一定要让他们教武功，更不敢缠着靖康王教武功。

在众多高手的调教之下，虽然安黛公主并不愿太吃苦，可是武功却不是萧灵所能比的，比起一般的护卫来，她也不遑多让，这也使得安黛公主更为骄傲蛮横。

“没话可说了吧？即使是王兄派人来传过话，今日你也先得依本公主，一切问题本公主自会负责。”安黛公主显然并无意细思追加凌通的欺瞒之罪。

“可是，我也不知道那贼子到哪里去了呀？”凌通无可奈何地摊摊手道。

“废话，要是你知道贼子在哪里，本公主还用得着去找他吗？早就派大军去将那贼子乱刀分尸了！”安黛公主不屑地道。

凌通一呆，他实在无法想象，遇到这般难缠的公主，看来是劫数难逃了。

“你去不去？”安黛公主步步紧逼地追问道。

凌通只有暗自苦笑的份儿，却全不在意地回应道：“我能不去吗？虽然我胆子够大，可是这吃饭的家伙还想多顶几年！”说着拍拍脑袋，耸了耸肩，这是蔡风喜欢做的动作，凌通总觉得这个动作的确很潇洒。

安黛公主忍不住“扑哧”笑出声来，但立刻又换上一副冰冷的面孔，冷然道：“你知道就好，来人，送郡主回府！”

“通哥哥！”萧灵一急，呼道。

凌通向萧灵靠了靠，伸手拍了拍她的香肩，柔声道：“你先回府，好好休息，有公主在，我不会有事的。”

萧灵有些不忿地向安黛公主望了一眼，又有些担心地望了望凌通，轻声道：“你要小心，早点回府休息！”

"嗯，我会的！"凌通又向几名护卫和那队官兵沉声道："小心些，好生护送郡主回府，若出了半点纰漏，明天你们就提着脑袋来见我！"

"是，公子！"

安黛公主眼中闪过一丝胜利者的得意之色，但凌通如此对待萧灵，使她心中不免生出少许妒意。

"上马，我们走！"安黛公主扫了萧灵和那几名王府护卫一眼，蛮横地道。

凌通无奈，只得向萧灵望了一眼，露出一个自信的笑容，缓缓爬上马背。

飞雪楼中说有多静，就有多静，人人的呼吸之声，甚至连饮酒的声音也都清晰可闻。

饮酒的那人，少了一只筷子，因为谁都看见，他是用一只筷子插牛肉吃的。

另一只筷子在哪里，谁都知道，正插在那叫作龚繁的汉子咽喉上。

杀人的人正是他——一个看上去平平无奇绝对普通的人，包括他的举止和衣着，都是显得那么普通。

黄尊者目光发冷，这人正是刚刚踏进酒楼之时，讥讽包家庄的两人之一，但他们却没有想到，这两个人竟是他们最大的威胁，如此看来，刚开始这二人的出口就是一种挑衅。

饮酒的人饮完杯子中的酒，再连吃了五片熟牛肉，这才在众目睽睽之下移开椅子，站了起来，与他一起的，自然还有他的同伴。

"你们是什么人？"黄尊者冷冷地问道，浑身散发着一种阴沉的杀意。

"这不关你的事，只是我们与包家庄之间的恩怨！"那饮酒的人抹了抹嘴角，淡然应道。

"你们就是包向天的十大弟子中的包机和包巧吧？"与饮酒之人并肩而站的另一名普通汉子冷然问道。

"不错，你们究竟是什么人？"年长的那名汉子冷冷地道，但同时心中有些惊讶，对方竟能一下子道出他们两人的名字，可见绝对不是等闲之辈。

“我们姓无名，我排行第十三，他排行第十五！”那射出筷子的汉子冷冷地答道。

“无名十三和无名十五？你们是葛家庄的人？”说话的依然是那个年长些之人，他在包向天的十大弟子中排名第八，正是包机。

在包家庄并不以年龄论师兄，而是以入门早晚定下各弟子的身份，在包向天的十大弟子中，以包机年龄最大，但却只能排名第八。

“不错，因此你应该知道，今日之局会是怎样一个结果！”无名十五冷冰冰地道。

“你以为就凭你们两人就可以杀了我们吗？”包机不屑地笑了笑，反问道。

“刚才也许不能，但现在却可以！”无名十三自信地道。

“我看不一定！”黄尊者向包机和包巧两人身前一站，自有一股不灭的威风。

无名十三的目光变得极为幽深，似是想看穿黄尊者的心思，半晌才笑道：“你受伤不轻，根本无法再阻拦我们的攻击！”

“任何事情都必须做过才知道，包家庄与我之间没有什么分别。”黄尊者坚决地道，也不知什么时候，他的手中已经多了一柄戒刀。

“那我只好不客气了！”无名十三说话间，虚空之中已经多了一点黑影，破空的锐啸向黄尊者迎面奔去。

“叮！”黄尊者身子晃了一晃，但却接下了无名十三的一击。

无名十三射出的是一只筷子，一只刚才插牛肉的筷子。

围观的众人不由得全都吃了一惊，无名十三的眼力、劲力和角度几乎选得妙到毫巅，分毫不差地点在戒刀之上，或者是说黄尊者的戒刀准确无比地截住了那只要命的筷子，而包机和包巧却清晰地捕捉到那之中细微末节的变化。

无名十三一共变了十八个动作，而黄尊者也同样换了这么多的手法。

无名十三的功夫的确够惊人，比之包机想象的还要可怕，难怪碎天讲起无名众将之时的脸色是那样难看，那次碎天被无名一整得也的确够戗，连赤尊者都差点吃了亏。此刻一见，无名众将的功夫的确并非虚传，只是他弄不清葛家庄中的无名战将究竟有多少人，怎会一直出现无名十三、无名十五？如果葛家庄有一百个这样的高手，那天下谁还能敌？想着此处，包机禁不住感到心中发寒。

无名十五的脚在包机和包巧出神之时踢了出去，他绝对有把握收拾这几个伤者。正因为黄尊者受了伤他们才敢出手，否则单以黄尊者的武功就足以对付他们两人，但此刻却不同了。

黄尊者、包机、包巧与慈魔一战，竟落个两败俱伤的结果，这的确有些出乎他们的意料之外，慈魔慈魔的可怕比他们想象的还要厉害一些，刚才那惊心动魄的一式杀招让他们触目惊心，也充分展现了慈魔的实力。

无名十五的一脚极快、极狠，两名包家庄弟子挥刀来挡，可是在这一脚之下，竟然毫无用武之力。

两名包家庄弟子还未弄清是怎么回事时，就已发觉自刀上传来的压力是不可抗拒的，他们身不由己地向一旁退开，而无名十五的脚已经自两柄刀身上滑了过去，直取包机。

包机和包巧刚才的确伤得不轻，但在生死关头，出手绝对不会含糊，毕竟他们不是弱手，包向天的十大弟子，再差也不会差到哪里去。

包巧的剑斜斜刺出，直逼无名十五脚掌之下的涌泉穴，虽然他伤势不轻，但武功的招式却绝对不同凡响。

无名十五“咦”了一声，脚尖微收，脚掌在空中划出一道美丽的弧线，以脚侧向剑身撞去。

生死相搏，包机绝对不会放过任何机会，更不会束手待毙，顺手抓起一柄戒刀，向无名十五的脚肚子斩去。只可惜，包机和包巧都错了。

包机和包巧低估了无名十五的厉害！

无名十五那踢出的左脚突然在空中一个停顿，就像是被钉子钉在虚空之中，再重重地落地。

众人但觉眼前一花，却是无名十五的右脚，不仅仅是右脚，还有一柄短刃，自靴尖之上冒出来的，无比突兀，也无比快捷。

包机和包巧心头大骇，他们怎么也没有估计到无名十五竟如此狡猾，如此奸诈，那左脚突然回收，使得他们的刀剑全都落空，而无名十五的右脚带着一柄无情的利刃向他们的咽喉扫来，竟成了必杀的一击。

包机和包巧几乎有些绝望，就这样死去，他们实在不甘心。

但包机和包巧没有死，的确没有死，并不是无名十五不想杀他们，而是有一件东西比无名十五的脚和短刃更快、更准。

那是一只手，一只如铁钳般的手，连无名十五也不得不承认这是一只可怕的手，一只有些惊心动魄的手。

而手的主人，正是那一直无声无息，让苦心禅心寒的老者。

顺着脚印赶到那片被野狗踏得一塌糊涂的密林，三子反而松了口气，不过，天色已极晚了。

葛大和众葛家庄弟子也微微松了口气，如此多的野狗出现，那就说明蔡风真的在这里出现过了，有这么多的野狗赶到，想来蔡风不会有事。

“肯定是天网来过了这里！”三子双目四顾，断然道，他知道蔡风的驯狗之术天下无双，更知道野狗王天网就在这附近，如果蔡风真的出了什么意外的话，天网肯定会护主，也只有天网才能够招到如此多的野狗。

葛大虽不知天网是野狗王，但却知道蔡风的驯狗之术天下无双，这几人之中唯有三子最清楚蔡风对狗道之精通，绝对不下于他的武功。

“看，那里有堆白骨！”葛大突然指着不远处的一堆被啃得极为干净的骨头道。

“阿风的标记！”三子仔细一看，那堆白骨竟呈一定形状而摆。

“形势危急，小心防护！”葛大神色微变地望着那堆白骨的摆向，低念道。

“形势危急，小心防护！”三子眸子之中闪过一丝疑惑，重复着葛大之言。

“三公子是让我们小心防护！难道还有人想攻客栈?”葛大疑惑地道。

三子思索了片刻，沉声道：“你们先回去通知无名五，尽可能将元姑娘送到安全之处，全力保护，不能有丝毫的闪失，找阿风的事情就由我去办，你留下两人，其余众人随你马上赶回客栈!”

“可是……”

“你不用为我担心，阿风有天网和众野狗相护，想必不会有事的，我们会很快来找你们的!”三子打断葛大的话道。

“老大，我与莫言一起留下。”说话者是位五短身材，看上去极有活力，也极具动感的汉子。

“那好吧！胡忠，你们小心一些!”葛大说着率众转身向客栈返回，只留下两名葛家庄兄弟与三子静立于林间。

“我们现在该怎么办?”问话者是那名与胡忠一起留下的瘦高个儿莫言。

“我们只需顺着这些野狗的足印追下去，就一定可以找到阿风的行踪!”三子肯定地道。

胡忠望了望地上凌乱而纷沓的野狗足印，看看那被踏得一塌糊涂的雪野，禁不住心头有些微微骇然。

“要不要弄几匹马来?”莫言有些疑惑地问道。

“到前面去找吧，顺路找，不能耽误时间，天黑了就不好追踪了!”三子说完掠身而前，莫言和胡忠只好在身后紧紧跟着。

第一百四十一章　生命之价

寒夜凄风，荒村破屋，破败的茅屋，那以土垒的破旧房子之中，倒也暖和。

屋中燃起的火焰照得尔朱荣心绪大乱，而尔朱情和尔朱仇却心头发凉。

等待，的确不是一件好玩的事儿，至少这一刻并不好玩，那神秘的敌人仍未出现，也不知对方在等待什么，或许是在等待猎物精神的崩溃。

尔朱荣心头思索着，他想不出这是哪一路人马，自与黄海相搏的这四天来，他的行踪就一直保持神秘，而且所走之路也极为偏僻，那此刻突袭的又是什么人呢？

“希聿聿……”马在嘶叫，显然是也感到了不安。

“族王，我们该怎么办？”尔朱情以嘴吮出伤口处的毒血，再吐出来，问道。

“以不变应万变！”尔朱荣吸了口气道。

当伤口处出现了鲜红的血时，尔朱情抓起一根火枝向伤口上一烫，竟咬着牙没有哼出声来，指间的皮肉也微焦，但那点毒伤却已经不再对他构成太大的威胁。

“灭火！”尔朱荣低低喝了一声。

尔朱情和尔朱仇一愣，立刻明白，但却并非灭去火把，而是把柴火全都自窗子中抛了出去。

屋内立刻变得一片漆黑，而窗外的夜空却似乎亮了很多。

但这却无济于事，虽然他们的敌人也感到意外，更暴露了行藏，可对方根本就不怕。

尔朱仇骇然发现，那对农夫夫妇也在外面那群人当中，更有一个十岁左右的小孩，另外几人也全都做农夫打扮，显然正是这个荒村之中的村民。

尔朱荣的心头有些发凉，对方有十余人，每人手中都持着强弩。

“尔朱荣，我看你还是自觉走出来比较好，否则，我们只好不客气了！”说话的是那十岁左右的小孩，但声音之粗犷，分明已是中年人的口音，而且一开口就已道出了尔朱荣的身份。显而易见，这群人绝对不是普通的盗匪那么简单，而是有针对性的对手。

尔朱仇和尔朱情禁不住面面相觑，看来他们一直都看走了眼，包括尔朱天问和尔朱天武。

尔朱荣强提真气，可是丹田之中几乎是空空如也，禁不住骇得魂飞魄散。

“对方的毒难道是下在这兔肉汤之中？”尔朱荣忍不住向那锅兔肉汤望了一眼，暗想着。

“族王，我似乎可以提聚功力！”尔朱情低声道，只有室内几人才隐隐可以听到。

“啊！”尔朱荣所猜的确没错，尔朱情是唯一没有喝兔肉汤的人，因为元宵佳节对于尔朱情来说更有另一层意义，那就是他妻子的忌日，每年的元宵，别人大鱼大肉，而尔朱情绝对会戒荤三天，在尔朱家族之中，这并不是一个什么秘密，更不值得大惊小怪，此刻却因为这点，而使尔朱情成为唯一没有中毒之人。

尔朱荣心中又燃起了一丝希望，只要尔朱情仍有一战之力，趁敌不备，绝对可以让对方的计划落空。

“见机行事！”尔朱荣微微缓了一口气，低声道。

“尔朱荣，如果你们再不出来，就会变成一只只烤猪，你信不信？”那小娃娃的语调之中透着一股强烈杀机，更有咄咄逼人的气势。

尔朱荣和尔朱情诸人感到有些无奈，此刻对方就像是瓮中捉鳖，这茅草房如何能够经得起大火焚烧？如果对方定要选择火攻的话，只怕他们真的会变成烤猪。

“如果我们出来，岂不会变成刺猬，那与烤猪又有什么分别?”尔朱荣唯有强忍着心中的愤怒和杀意，无奈地回应道。

“我们并不是很想你死，只要你愿意配合，我们也不必做赶尽杀绝之事!”那小娃娃冷声道，始终是一种与他年龄绝不相同的语调。

“你们究竟是什么人?”尔朱荣依然没有出去的意思，但却已经开始发问了。

“我会让你知道我们是谁的，但是却非现在!”那小娃娃平静地道，声音犹如窗外的冷风流过。

尔朱荣知道，有些事情是无法避免的，对方虽然不敢冲入屋中，虽是因为害怕他们并未中毒，但是若他们不走出这草棚的话，对方点火之后，他们也就必死，这是毫无疑问的，到时即使想拖延时间也不可能。因此，他们必须出去，出去之后，他们至少可以凭借尔朱情赌上一赌。

“好，我们出来!”尔朱荣显得有些无可奈何地道。

灯火极明，众宫廷侍卫呼前喝后地开路，金镫银鞍，倒也威风十足，风光无限。

凌通本身就已经在这段时间极为风光，可是此刻在公主旁边策马徐行，更有种说不出的风光，只是浑身极为不自在。

“你似乎很怕本公主?”安黛公主的目光极具挑衅之意，似笑非笑地望着凌通那神情不安的样子。

“说实话，是有一些，公主如此尊贵，又如此美丽，凌通如果还能够镇定，大概就不太正常了。”凌通耸耸肩，无可奈何地道。

安黛公主表情之中露出少许得意，凌通的恭维比之那些宦官和侍卫们的拍马屁之词要好听多了，至少凌通是与她年龄相仿的异性。

“你倒很会说话，难怪父皇和王兄这般看重你。”安黛公主似乎有些不服气地道，语意之中因此多了几分不忿。

凌通实在猜不透这宝贝公主的意图，她这句言不由衷的话只让凌通心里有些发毛，但他仍只能硬着头皮道："这一切当然是托皇上的洪福，外加一点运气，我并不是一个擅长说话的人，但却是个喜欢实话实说的人。"

"哦，你喜欢实话实说吗？我看你是胆大包天！"安黛公主突然语气转冷道。

凌通大感头痛，心道："什么狗屁公主，喜怒无常，还真难侍候，要不是看你老爹是皇上的面子，我凌通才懒得这么累！"

"你在想些什么？"安黛公主步步紧逼，问道。

凌通忙应道："我在想，公主何出此言？"

"哼，别人不知道，难道你自己还不知道吗？连本公主都敢骗，岂不是胆大包天吗？"安黛公主有些愤然道。

凌通一呆，张了张口，却不知道该说些什么。

"哼，你刚才说与贼人相斗，腿上足阳明胃经受损，无法下跪，可是刚才本公主仔细观察过你脚下的运动，分明是在说谎！你的膝部完全可以弯曲，而且极为自然，虽然你在上马之时故意装出缓慢的样子，可是却瞒不过本公主的眼睛！你无非是不想向本公主下跪而已，足阳明胃经受损只是一个借口，你还有话说吗？"安黛公主淡淡地道，语调极为优雅。

凌通禁不住给蒙住了，他哪里想过，眼前这个公主小小年纪竟如此难缠，如此细心，想到欺君之罪，禁不住冷汗出了一身。但凌通并不想表现得太过激烈，心道："横竖这个罪名已经落到头上了，该怎么死便怎么死吧，反正我凌通是不向你下跪的，向你这个和我一般大的小姑娘下跪多没面子！"

主意一定，凌通调整了一下心绪，无奈地道："凌通算是服了公主，连我的心思也都看得如此清楚，真是法眼无边，看来我想说些什么也不行了。"

凌通毫不否认，这倒使安黛公主愣了一下，但立刻又变得极为傲气逼人地道："我知道你是口服心不服，其实我也想见识见识你是否像侍卫们说的那么厉害！父皇说你年纪如此小，武功却极为高强，据本公主所知，武功高强的人都是极为狂傲的，就像本公主。因此，我要与你比试一下，要让你真正见识一下本公主的厉害，否则你定不会真的服本公主！”

凌通心中暗自好笑，忖道：“你武功很高吗？哼，不知天高地厚的井底之蛙。”但转念一想，心头稍安，安黛公主虽然脾性难测，更让人无法猜透她的心思，自己一开始被她的语气逼得无法喘过气来，但此刻她说出这番话，终还是露出了弱点。

凌通这十多天所学的全是生意经，如何把握全局，思路已经在短时间内超越了他的年龄局限，此刻安黛公主话中的弱点，自然不会逃过他的法眼。

一个人只要有了弱点，就不会是最可怕的，最可怕的就是无法找到对手的弱点。其实，任何人都会有弱点。

骄傲，正是安黛公主的弱点。凌通自然不会相信她的武功好到哪里去，堂堂一个公主，金枝玉叶，哪有什么吃苦的精神？若不吃苦，又怎能练好武功呢？凌通这么想着。

但想归想，凌通绝不敢将之说出来，他可不愿真的惹恼这个刁钻蛮横的小公主。

那些侍卫也在暗自偷笑，刚才安黛公主还机智聪慧得像个老江湖，这时突然冒出一句不伦不类、稚气十足的话来，的确有些惹人发笑。

“你敢不敢和我比武？”安黛公主似是在向凌通下战书。

凌通扭头向安黛公主深深望了一眼，暗想：“奶奶的，你说武功高的人就一定很骄傲，我就摆出一副狂傲样子给你看看！”此刻凌通倒是完全捕捉到了安黛公主的心态，知道她只是一种小孩子心性，好胜心强，如果你表现得越强硬，她不仅不会杀你的头，反而还会对你多一份神秘的向往，是以凌通此刻摆出一副傲然万物的姿态，正是临时所想出的策略之一。

经过十多天的学习，至少凌通知道了如何揣摩别人的心理，如何对症下药。

“你真的很想和我比武？”凌通淡然问道，却再无半点恭维之态。

众侍卫一呆，安黛公主也是一呆，凌通突然变了个人似的，让他们几乎反应不过来。

安黛公主并不恼怒，反而自信地道："那当然，本公主一定要让父皇和王兄知道，比起我，你还差得远！"

凌通淡淡一笑，道："比之公主，我自然相差很远，平民百姓，如何能与公主金枝玉叶媲美呢？公主拿我相比，实不下于将我推上了断头台，这可是对公主大大的大逆不道噢。"

安黛公主一愣，有些蛮横地道："我不管，明天我一定要与你比试武功，你要是不来，今天欺瞒本公主之罪定要细细跟你清算，到时候不让父皇斩你的头才怪。"

凌通大感头痛，与这娇滴滴的公主比武，那可的确不好应付，一个不好伤了她，那可是吃不了兜头走，但又不能不赴约，说不得只好舍命陪君子了。咬咬牙，道："如果公主有此兴致，凌通只好豁出去了，不过要是皇上和皇后怪罪下来，那可也是斩头的事，公主可得担待。"

"哼，只要是本公主高兴，父皇和母后自然不会责怪，就这么决定了，明天一早，我就在御花园等你。"

"啊，那可不行，明天一早我还要去翰林院报到，至少得在中午才会有空，而且在御花园比武，要是让太后和皇上看到了，我有十颗脑袋也不够斩。"凌通骇了一跳道。

"那你要在哪里？"安黛公主只要凌通答允应战，已经不在意其他，作出让步反问道。

"我看在……嗯，我一时也想不到什么好地方，不如到时候再说吧。"凌通含糊道，他其实对宫内宫外的地形并不熟悉，叫他说也说不出个所以然来。

"噢，你想赖！"安黛公主的小孩子脾气又来了。

"好，御花园就御花园吧，到时你可得派人为我引路噢。"凌通没办法可想，只得让步道。

"男人说话就要干脆些嘛，好了，陪本公主上鼓楼看看花灯。"两人说话间，众侍卫已经将他们拥至鼓楼之下。

抬头望了望高大的鼓楼，凌通禁不住涌起万丈豪情，在少年心性的驱使之下，忍不住一声长啸。

连日来，凌通志得意满，左右逢源，更是八面威风，使得他胸中积压了一股激昂无比的情绪，大有睥视山河之气概。

这声长啸，将他心中所有的豪情尽数泄出，声音激越悠长，直冲云霄，犹如凤鸣龙吟般惊动四野之人。

安黛公主被凌通的豪情所感染，竟也激动不已，心中更涌起了一种异样的感觉。

啸声良久方竭，余音仍在街头回荡。

“好功力……”众侍卫禁不住全都鼓掌喝彩。

“公主不是要与凌通比武吗？我们便先比轻功，看谁最先上得鼓楼。”凌通居然在此时向公主发出挑战。

“好，谁还怕你不成!”安黛公主被凌通激起了满腔豪情，毫不犹豫地应道。

在两人说话之时，早有侍卫自鼓楼下爬上楼顶，他们必须事先查探一下鼓楼之中是不是安全的，这是每个侍卫的职责!

“公主先请!”凌通大方而自信地道。

“哼，竟敢小看本公主!”安黛公主微恼，但听到凌通刚才那一声长啸，知道自己的功力与之相比尚有不如，也不敢怠慢，两脚在金镫上一点，一双玉掌轻拍马鞍，借力若乳燕一般翻空而起，向鼓楼之上攀去。

众侍卫并不担心，因为公主的武功他们十分明白，要登上这鼓楼并不是一件难事，所以他们并不阻止公主强攀鼓楼。

凌通见安黛公主已经在鼓楼第一层的斜椽上落脚，这才再次长啸而起，身形如风，冲天之势犹如钻天云雀，一冲之后，眼见力竭，凌通竟然不落足瓦面，在离地两丈多高时，以左脚轻点右脚面，再一次腾飞而起，刹那间便已超过了安黛公主。

“好轻功，好轻功……”众侍卫忍不住为凌通喝起彩来。

凌通的轻功的确极为神妙，这是得自天龙刘高峰之助，他所用身法是自刘高峰所授轻功之中领悟的龙腾九天。

刘高峰本身就是轻功高手，更以身法而闻名，否则其寨也不会叫飞龙寨，也许刘高峰的轻功不是天下第一，但其身法却是独步武林，天下间别无分号。是以当初刘傲松与他交手时，一眼就识破对方是刘高峰，而刘高峰的足迹限于北朝，南朝的这帮宫中侍卫当然不识这等身法，也自会为这奥妙的身法喝彩。

安黛公主只觉眼前暗影一闪，凌通已经在她的头顶之上掠过，心急之下，忙加劲而上，但她与凌通的轻功相差的确太远，又怎能追得上呢？

大急之下，安黛公主抓住第三层瓦椽之时竟未能抓稳，身形向下疾坠。

众侍卫全都大惊，凌通听到安黛公主一声惊呼，也吃了一惊，眼睛的余光一扫，发觉安黛公主正在向下疾坠，吓得他以快得不能再快的速度甩出软索。

凌通无论在什么时候都是全副武装，身上法宝齐备，或许是因为他始终脱不了孩子气，小孩子总喜欢贪玩，而凌通自然也不能例外。虽然此刻他身份不同，护卫前呼后拥，风光至极，但凌通始终想找点什么刺激的事情，因此依然保持着猎人的作风，正如蔡风讲到阳邑的猎人兄弟时一般。“猎人的灵性和敏感并不是天生的，而是在任何时刻都保持最高警觉的条件下磨炼出来的，想做好猎人，就连吃饭也不能松懈！”凌通最听蔡风的话，是以，他在任何时刻都做好了最充分的准备。而凌通身上最常准备的就是软索、药物、小弩和短刃，这几乎成了凌通的护身符，而这一刻，软索却成了营救安黛公主的法宝。

凌通的手法准确至极，在安黛公主下坠一丈左右时，准确地缠住了她的小蛮腰，而他的身子下沉之时，右脚已倒钩住了那斜斜伸出的瓦棱，两人就这样倒挂着。

安黛公主正在手足无措之时，突觉腰间一紧，身子在一沉之际，立即反弹而起，人在空中，却发现凌通正朝她泛着眼睛。

众侍卫松了口气，凌通身形在空中倒划一个美丽的弧线，竟然翻上瓦棱，手中使劲，安黛公主便身不由己地冲了上来。

“啊！”安黛公主来不及惊呼，却被凌通伸手在空中一揽，已揽在怀中。

“公主受惊了！”凌通眼中带着少许侵犯的快感，想到怀中抱着的是南朝公主，那种感觉只让他得意至极。

“你好大胆……竟……竟敢欺负本公主，占我便宜！”安黛公主俏脸红得像是熟透了的柿子，面对凌通那大胆又带着侵犯性的目光，心头“怦怦”直跳，竟不敢直视凌通的目光，连语调都有些结巴了。

凌通心头更为得意，将公主搂得更紧，那幽幽醉人的处子体香让凌通脑子一片迷糊，什么也不再考虑，竟色胆包天地在安黛公主那通红的俏脸上轻吻了一下。

安黛公主身子大震，她今年已有十五岁，在萧衍的众女儿当中，是最小的一个，唯有太子比她小一岁。十五岁的少女心中总会有着一份朦胧的幻想，更且是在这种年代，女子于十六七岁就要出嫁，十五岁便已成熟。安黛公主在宫中耳濡目染，对男女之事并非不懂，只是在宫中谁也不敢对她有半点不敬。而此刻，凌通却胆大包天，在妄形之下，竟亲了她一口，使她心中无可抑制地荡起一丝奇异的热流，出于少女的矜持，加之身份的差异，安黛公主虽然心动，但仍一时无法接受，正准备出言叱喝，这时他见到了一点亮光闪过。

“小心！”安黛公主禁不住骇然惊呼。

金老大简直头都大了，奔行了数十里，一路上四处都是狗的足印，竟然未曾发现蔡风的脚印，而且野狗群似乎并未太过分散。

天快黑时，所有野狗的足印竟然分成两路而行，每一群野狗都有足够的能力毁去所有的足印，每一群至少有一百余只，依然将雪野踏得一塌糊涂。

通天上人有些心头发毛了，如果这样追踪下去，只怕时间不知道会浪费多少，能不能追上蔡风还是另外一回事，如果蔡风在中途跃上了树梢，自树上离去，谁又知道？这的确是一件极为伤脑筋的事情，包括祈公子和普其，都觉得有些无可奈何。

天色已晚，虽然他们的目力足以在黑暗中视物，但终究有些不太方便，他们这般找来找去，几乎花了整整一个下午的时间，才走了几十里路，如此效率也的确太低了，任何人都有些心烦。

“今日之举大概就坏在这群野狗的身上了!”祈公子似乎极为恼怒地道。

金老大忍不住破口大骂道：“他妈的，连贼狗也帮那小子的忙，他日如让老子碰上，定将杀光它们!”

通天上人不语，面对诸般野狗，他似乎也有些无可奈何，如果照这样追踪下去，今日的确只能无功而返了。

“你们听，快听!”普其突然似乎有所发现地竖起耳朵道。

“野狗的叫声!”通天上人也听到了狗叫声，出言道。

“在前面不远之处，我们快去!”祈公子说话之时，身形已如风般射了出去。

“祈公子，小心些，那些野狗似有古怪!”通天上人告诫道。

金老大的心情本就极为烦躁，这么一个下午顺着狗印而行，满眼都是野狗的足迹，还有东一堆西一堆臭不可闻的狗屎，而连只野狗的影子也没有见到，使他的心情一直都没有好过。

听到野狗的叫声，心中积下的怒火一下子引发出来，杀机陡生，只想找那群野狗大杀一气。

祈公子很快就发现几只野狗的所在，他也杀意陡生，向野狗猛扑而去，但身子在半途突然顿住，落回地上，他竟然发现了一堆仍冒着余烟的柴火灰烬，显然是有人刚烧不久。

野狗似乎见到生人就怕，甩尾疾跑，祈公子也懒得追，反而向那火堆逼去。

金老大也很快赶到，自然发现了那堆未曾烧完的柴火，一旁更有两根支架，显然有人在这里烤过什么东西。

祈公子走近柴堆，伸手一探其中的温度，竟然仍极为炽热。

“小心!”通天上人大喊一声，祈公子只觉得脚下一软，头顶似乎有什么东西压下，忙飞身后跃。

金老大也自然向后飞退。

普其大吃一惊，只见一团巨大的雪团自树上飞坠而下，但却并没有什么异样。

祈公子和金老大同时落地，那巨大的雪团刚好砸落在那堆灰烬之上，他们还没来得及得意，身子再沉而下。

此刻正是他们前力用尽后力未接之时，根本来不及欢喜就已坠入了一个极大极深的兽坑之中。

通天上人和普其见祈公子和金老大都安全而退，刚刚暗松了口气，却没想到两人正退在一个陷阱之上，一时根本来不及出手援助。

“怎么样?”通天上人和普其赶到陷阱旁边，只见祈公子和金老大全都灰头土脸，地上的积雪使他们满头满身都是白色，雪雾之中，连眼睛都睁不开，但还好，两人仍在挥动着衣服，扫开落了一头一脸的积雪，显然并没有生命危险。

通天上人也禁不住以衣袖在鼻子之前挥了挥，但却不是因为雪雾，而是因为一阵恶心的臭气。

“咦?”普其也捂着鼻子退开，那臭味在地面塌陷的刹那间全都逸了出来。

“呼……呼……”祈公子和金老大如大鸟般跃出地面，这陷阱如果只想困住野兽，尚足足有余，但要困住两个武林高手却显得有些微不足道了。

“嗯，好臭!”通天上人忍不住挥挥衣袖，皱眉道。

祈公子和金老大脸色铁青，他们脚上沾满了狗屎狗尿，虽然陷阱之中并无致命之物，但却满是狗屎狗尿。

普其想笑却又不好意思笑出来。

望着祈公子和金老大两人的狼狈样，通天上人有些啼笑皆非。

祈公子移步他刚才立足的地方，那里只不过是个一尺来深的雪坑，他刚刚若是不心中生鬼，根本不用后跃，那样完全不会有事，可是设计此局的人，似乎算准了他一定会后跃，甚至连尺寸都算得极准，如此虚实结合，使他们不自觉地着了道儿。

金老大似乎想骂，但却不知道该骂谁，那设局之人的心智的确高过他们一筹，他不得不承认，单凭这准确的计算，他就不得不佩服。

“一定是蔡风弄鬼！”通天上人出言道。

“蔡风，我一定要扒下他的皮！”祈公子咬牙切齿地道。

通天上人的目光四处环顾，神情极为严肃，似乎蔡风便在这林间的某处伺机而动一般。

普其同样是手搭腰间，准备在任何一刻都可以发出最狂最猛的一击。

普其相传最初只是个猎户，一个生活在雪山脚下的猎户，但后来竟成了吐谷浑王室的佳宾，成了国师桑达巴罕属下战将之一，就是通天上人也不清楚这个人的深浅。虽然普其在国师的属下是最为低调的，但却是最让人不敢小看的一个！

通天上人的表情极为严肃，出言道：“大家小心些，也许蔡风这小子还布有其他机关和陷阱，千万不能大意。”

“这陷阱是附近的猎户所挖，绝不是蔡风的杰作，他根本来不及挖这么一个陷阱，我怀疑这些野狗有问题！”普其肃然道。

“野狗有问题？”金老大疑惑地问道。

“不错，这些野狗极可能有问题！”普其表情极为严肃地道。

“野狗有什么问题？”祈公子若有所思地道。

“难道你们不觉得这陷阱之中如此多的狗屎狗尿有问题吗？”普其反问道。

“有什么问……对了，这些狗屎狗尿似乎仍是温热的，那就是说是刚拉不久，可是这些野狗又怎会如此齐心将屎尿拉到陷阱之中，而它们却不掉进去？看来野狗的确有些问题了！”金老大虽然是个粗人，但被人点到这份上，却还是能够醒悟过来。

“野狗虽然不蠢，但却并不懂得设陷阱害人，只有人才懂得害人，如果这陷阱中的东西是蔡风所布，那这些野狗就一定有问题了。”普其认真地道。

“一直以来，我就觉得这些野狗不对劲，可让人有些无法解释的却是野狗群不比家狗，绝难驯服，如果不是家狗，又怎会听人指挥?”通天上人满脸疑惑地反问道。

“这个就无法可猜了，传说蔡风是个驯狗的高手，也许他真有方法控制这群野狗也说不定。”普其思索着道。

“那就是说，我们的敌人不仅仅是蔡风，还有这群野狗喽?”祈公子目光向四周幽静的树林望了一眼，心头有些微微发凉地问道。

“可以这么说!”普其点点头道。

“这可就有些麻烦了。”金老大不无担心地道。

“沙玛他们很快就会赶来，只要我们稍稍小心一些，就不会有什么问题的。”通天上人安慰道。

想到沙玛，金老大和祈公子心头便稍稍安定了一些，因为他们想不出一件连沙玛也办不好的事情。在国师府中，沙玛是从不轻易出手的人物，也几乎是国师府的王牌人物。沙玛不出手则已，一旦出手，某件事情就一定会成功，而且沙玛所干的全都是重要事情，在域外，沙玛的名字比慈魔更早成为别人所说的话题，但他却与慈魔一样年轻。在西域的大草原上，最让人心惊的年轻人物，就是慈魔与沙玛。

牧民们将慈魔排在沙玛之前，只是因为慈魔比沙玛更得牧民的心，更在马贼之中有着不可攀比的地位，而沙玛只是一个杀手，一个冷血无情的杀手。当然，在大草原上的年轻人当中，武功最好的要属叶虚了。只不过，叶虚从来都未曾真正出手过，只是在王府之中才会有人知道叶虚的可怕之处，但叶虚的真正实力却是没有人能够猜测到的，即使吐谷浑国王沙耶拉也无法知道叶虚的真实武功。在王宫中，甚至很多人对叶虚的武功来历都不清楚，只知王宫之中有一个神秘莫测的绝世高手，而叶虚的武功正是这个人所授。

在国师府中，通天上人的身份已经不低，但他却仍要对沙玛极为恭敬，因为他自问不是沙玛的对手，而沙玛最惧的人却是叶虚与那藏在宫中的神秘高手。

国师府所有高手之中，只有沙玛与那神秘人物交过手，可是沙玛只知道对方用掌，而以他的武功，却败在神秘人物的第三掌之下。沙玛连那人三掌也接不了，这几乎让国师府的所有人都不敢相信这个事实，但这是沙玛亲自说的，后来沙玛还被叶虚训了一顿。从此再也没有人敢去惹那神秘人物，也没有人敢小看沙玛，因为许多人连叶虚的两掌都接不下，这也是沙玛畏惧叶虚的原因。

不过，沙玛从来都没有与叶虚交过手，即使是叶虚想找沙玛对练，沙玛都推托了，因此沙玛与叶虚的武功相差多少仍是个谜。其实，这并不影响沙玛在所有人心目中的形象，至少，金老大和祈公子便对沙玛有信心。

“看来国师真的很看得起蔡风这小子，居然连沙玛也能够劳动!”金老大不忿地道。

“我们不能小看这个人，蔡风在江湖中的崛起可不是偶然，两年前连破六韩拔陵这般高手也伤在他的手下，而刀疤三的武功也在当时首屈一指，绝不输于沙玛，可是后来还是被蔡风所擒，最可怕的乃是他单枪匹马击杀了莫折大提，这可是天下没有几个人能做到的事，而蔡风居然还能够活得很好，可见其武功已经达到了匪夷所思的地步，任何轻视他的人只怕唯有含恨收场了!”通天上人的话并不是在危言耸听。

“他妈的……”

“你怎么了?”普其望着极为不安的金老大，奇问道。

“他妈的，满腿狗屎狗尿，痒了都无法抓，他妈的！找到蔡风那小子一定扒了他的皮!”金老大忍不住骂道。

通天上人禁不住好笑起来，祈公子却惊问道：“你的脚也痒吗?”

“难道你的……”金老大和众人全都意识到了什么似的，皆将目光移向祈公子的脚下。

“陷阱中的狗屎狗尿有毒!”普其立刻反应过来，惊声道。

金老大和祈公子大骇之下，“哧”地撕开裤管，那白皙的肌肤竟镀了一层乌青之色。

“果然有毒！”通天上人骇然道。

“快运功逼住毒性！”普其提醒道。

“好痒，我们试过，逼不住！”祈公子似乎也乱了方寸，惊慌地道。

“好毒的蔡风！”通天上人顾不了狗尿的异臭，仔细查看两人脚上的毒伤，迅速伸手点住两人腿上“殷门”、“血海”、“阴市”、“阴包”、“中渎”等诸穴，等于封死了祈公子与金老大的足太阳膀胱经、足少阳胆经、足阳明胃经、足厥阴肝经、足太阴脾经、足少阴肾经等六大通往上身的主要经络。

金老大和祈公子无力地软倒于地，被封住了这六大经络，犹如一个没有腿的残废，不过，这的确对阻止毒性随血流入心脏有着极大的作用。

“等沙玛过来，也许他会有办法解毒，这里有几颗解毒丹姑且一试，这毒性极为古怪，只怕无效。”通天上人有些无可奈何地道。

金老大苦笑一声，道：“谢谢上人，今天算是栽到家了！”

“我们仍是太低估蔡风这个人了，此人比谁都可怕，难怪国师会劳动沙玛！”通天上人忍不住有些感叹地道。

此刻的祈公子和金老大的确深信不疑，可是却有些迟了，只得先吞下通天上人的解毒丹。

“呜……汪……”野狗的声音突然自不远处传来，而且似乎并非只有一只野狗。

夜色渐渐将林间笼罩，如果这样耗下去的话，只怕结果让人很不乐观了。

其实此刻的金老大和祈公子并没有什么乐观可谈，他们连蔡风的影子都没见过，就被一群野狗耍得团团转，这的确让人有些泄气，想到桑拉那堆阴森森的白骨，几人禁不住全都打了个冷战，这群野狗可是绝对无情的，一个不好真的只会成为它们的口中之物。

“我去看看！”普其吸了口气，目光悠悠地盯向那野狗低啸之处，手掌却紧紧搭在腰间，他不知道等待自己的究竟是什么？

通天上人虽然艺高胆大，但此刻心中也蒙上了一层阴影，或者打一开始他们就错了，抑或他们将蔡风想象得太可怕。

林间，深夜，似乎是蔡风的天地，也许，蔡风的生命从来都只属于大自然。

“小心一些，如果没有什么必要，我们先撤出这片鬼林子，等沙玛来了，再一起行动。”金老大有些担心地道。

祈公子似乎也心存畏怯，道：“金老大说得没错……”

“不行，如果我们这般退走，沙玛嘲笑我们倒无所谓，别人也会小看我们的！”通天上人有些固执地道。

普其知道通天上人不会退却，就因为通天上人的好强，再说他也绝对不想退，至少他不想自己的锐气和斗志因此而磨灭，蔡风一定是要杀的，这是任务，也是他的心愿。向一个强者挑战，向生命挑战，那才会显示出生存的价值，生命的意义。

无名十五退，一连退了四步，方才站稳脚跟，而那身份难测的老者便站在他与包机及包巧之间，像一堵屏风。

人依然只是人，屏风的感觉只是生于其身的气势，高手的气机是那么明显，是那般清晰无误地反映在每一个人的心头。

“你究竟是什么人?”无名十五像是一只寻斗的公鸡，声音极冷地问道。他刚才见过这老头子出手，那是对付苦心禅，苦心禅是包家庄的高手，而这老者与他过不去，自然就是包家庄的敌人。是以，刚开始双方大打出手时，无名十五并未将这个老者算进去，可眼下这老者却反过来帮包家庄的人，这使得无名十五有些迷糊。

“我就是此楼的真正主人!”老者平静地道，语调极为轻缓，不带半丝挑衅与杀机。

“你为什么要出手救我们?”包机和苦心禅也为之愕然，刚才他们仍在想，要是这老头子也加入葛家庄的战团，那形势将对己方极为不利，甚至会全军覆灭。但却没有想到，这敌我难明的老者在最关键的时候救了他们一命，这的确大大出乎他们的意料之外。

老者平静地道："因为我是此楼的主人！"

"就这么简单？"无名十五声音极冷地问道。

"难道还有比这更好的理由？"老者的语气依然十分平淡，就像是个得道老僧，不焦不躁的神情古井不波，淡淡红润的脸色衬着那清澈无伦的眸子，自有一股正气凛然的气概。

"可是你知道这么做会有什么后果吗？"无名十五似乎想尽量避免与这老者发生冲突，刚才那简简单单的一击，他已经试出对方深不可测的功力，而且速度之快，气机之刚烈，绝对是他无法抗拒的。

"我不想考虑得太多，我只知道，如果任由你们在楼中厮杀下去，那我的生意不仅做不成，甚至连老本都会赔进去。如果有人不要我好过，那么无论是谁，先得自我手中闯过去！"老者毫不留情面地道。

无名十五禁不住有些愕然，这老者所说的再直接不过，但却绝非没有道理。

"包家庄的人砸了我楼中东西，祸端是由他们引起的，而我也杀了他们一人，这一切就算是扯平，谁也不欠谁。但如果再继续下去，我绝对不允许！离开我的地方，你们爱怎么杀就怎么杀，那不干我的事！"老者说话之时，双掌同出，以让无名十五都为之骇异的速度向无名十三和黄尊者同时攻去。

无名十五绝对不会错过任何重创敌人的机会，他不知经历过多少次杀人的训练，对于杀人的技术和机会的把握，绝对不逊色于他本身的武功。

第一百四十二章　圣手留容

无名十五施展出雷霆一击，他绝对不容包机和包巧两人活着，只要有打击包家庄的机会，他就绝不会放过！这是葛荣最新的命令——全力打击包家庄！

鲜于修礼成功地占领了定州，虽然与元融那一战战得极为辛苦，但毕竟还是占领了定州城。控制了整个定州，他完全可以将自己的实力巩固下来，也使唐河多了一层外围保护力量。

定州的军事地位绝对不容忽视，尤其对鲜于修礼来说，眼下葛荣已占据定州，如果再率兵攻打左城，那的确是一件极为轻易之事。虽然葛荣并没有准备攻打左城，可是那潜在的威胁已经让鲜于修礼寝食难安，更何况他知道葛荣智计之深沉是天下少有的，在内丘暗夺宝藏就是一例。

鲜于修礼绝对不是喜欢坐以待毙的人，与其将主动权让给别人，倒不如自己付出代价去换得主动。是以，鲜于修礼以奇兵出击定州，希望一举夺下定州城，他本以为那将是一场恶战，事实也是如此，只是这场苦战的对手竟然不是葛荣，而是元融，这的确极为出乎鲜于修礼的意料之外，也使得他对葛荣的评价再也作不出决断，唯一能用的词，就是高深莫测。

葛荣虽然让出了定州城，但鲜于修礼与元融为城苦战，双方各死伤近万人，所剩几乎皆是残兵。

葛荣并未对鲜于修礼发动攻击，而是痛击元融，直将元融逼回博野，兵士死伤之惨重，数以万计。鲜于修礼的人马却不敢出城收拾战场，那些掳兵，缴获的车马器械几乎是堆积如山，但鲜于修礼只能望着吞口水，反而只顾加强城防，他的确怕葛荣挥军攻城，在兵力及士气上，葛荣的确犹胜很多。

这一场仗，葛荣和鲜于修礼各有所得，虽然葛荣损失了一座城池，但正是他计划中的一部分。损失最惨的，自然是元融。鲜于修礼付出的代价也不小。

葛荣收兵回营，立刻挥军向高邑、柏乡进攻，取内丘，目标就是包家庄。这便是葛荣作战的策略所在，这次攻击内丘，动用的不仅仅是军队，更有许多江湖高手。

包家庄的实力绝对不是用千军万马可以对付的。面对江湖人物，仍需要用江湖手段，这是不可否认的，也是不争的事实。

此役的确极为重要，葛荣也绝不会马虎。

因此，无名十五和无名十三出现在飞雪楼，绝对不是偶然，正因为不是偶然，因此他们才不会放过击杀包机和包巧的机会。

那老者一声冷哼，两掌一收，脚下一滑，竟然以背倒撞而回，这次的劲气竟大开大豁，锐不可当，显然是对无名十五的行动极为愤怒。

无名十五心头一惊，哪想到这老头子说收势就收势，说改变方向就改变方向，回转之利落和应变之迅捷，的确已经达到了宗师级别。

无名十五不得不再次收敛杀招，改攻那老者。

酒楼之中，灯光一暗，却是因为一道雪亮的幻影向那老者的臂上刺去。

是无名十五的剑，快剑！快得让人的思维都无法扭转，根本无法辨别。

无名十五也极为恼火，这老者一而再、再而三地阻止他杀包机和包巧，完全没有将葛家庄放在眼里，他自然是极为恼怒了。在他的眼中，任何轻视葛家庄的人，就得死！这老者也不能例外。

无名十五虽然极想杀死这个敌我不分的老者，但他的剑却不争气。

那雪亮的银芒在虚空中一顿，却是老者的两根手指夹住了尖端，一柄亮得有些刺眼的剑，却无法杀人。

无名十五大惊，老者的可怕比他想象更甚，但他依然毫不犹豫地踢出一脚，脚上短刃同样是夺命地杀招！

"砰!"无名十五一声闷哼，他再一次落入对方的算计之中。

老者的一只脚正好踢在他的脚腕上，同时以一种怪异的角度转身，一脚踏准那把短刀。

无名十五几乎有些绝望，绝望是来自两根手指，粗壮却白嫩的手指。

手指，竟然渗出森寒的剑气，就像是一柄锋利无比的宝剑，向无名十五有腋下刺到。

无名十五想弃剑撤手，但是他绝对没有那两根手指快。

那两根手指正是老者的!

腋下，乃是人身最为脆弱的地方之一，这指带罡风的一击，无名十五只会有一个结果，任何人不猜也会知道，那便是——死亡!

无名十五无法避开，无法回救，无名十三也同样是心有余而力不足，不过，却有一件东西救了无名十五的性命。

那是一柄刀，比无名十五的剑更亮，也许，比雪和银更白，其实，那柄刀本身就含有银的成分。

那是一柄圆月弯刀，自一个黑暗的角落旋飞而出，并不是营救无名十五，而是击杀那老者。

这刀之快，的确很少有人能够看清楚，当然，一旁的包机和包巧却看得十分清晰。

老者似乎心神动了一动，他不得不闪身相避，那攻向无名十五的两指，回收轻弹，两缕劲气锐啸着撞向圆月弯刀。

无名十五劲气一吐，弃剑飞速后撤，疾若惊鸟。

包机和包巧有些想笑，因为此刻无名十五的脚上只有一只鞋，另一只却踩在那老者的脚下，但无名十五终还是逃出了老者的攻势范围，这似乎算是幸运。

"叮!"一声脆响，那两缕劲气竟将圆月弯刀撞偏，弯刀在虚空中划过一道美丽的弧线，回到一个人手中。

一身白裘长袍，蓝色的紧身劲装，将这个突然出现之人衬托得更为俊逸洒脱，优雅无比，圆月弯刀正是自这个人的手中划入袖内。

“十三，不用再打了！”来人以一种极为轻缓而优雅的语调唤道，洁白修长的十指在胸前叉合，眸子中透出无限深邃的智慧。

无名十三极为听话，竟真的收招而退。

“晚辈葛家庄游四见过陈前辈！”身着白裘长袍的年轻人缓步自门外渡入，在那老者身前一丈远时恭敬行了一礼，客气地道。

“游四！他就是游四……”

“怎么这么年轻？”

“听说他是葛家庄的第一智囊……”

酒楼中立刻闹成了一片，皆因游四这段时间的确太出名了，在河北境内，他的声望几乎盖过了蔡风。皆因葛家军攻无不克，战无不胜，人们更盛传葛家军攻城的策略，很多都是出自一个名叫游四的人口中。因此，游四跟葛家军一样，名声大噪，一时无两。甚至很多贫苦百姓都将游四想象成了一个老头子，手摇鹅毛扇，就像数百年前的诸葛武侯。

此刻游四竟突然出现在这危机四伏的临城城中，这的确让所有人都大感意外，更有人在暗自猜想，葛家大军是不是也已经攻到了城下呢？否则游四怎敢出现在城中，难道就不怕守城的官兵吗？

那老者一呆，用一种极为异样的眼光打量了游四一眼，漠然问道：“不颠居士是你什么人？”

“正是先师！”游四的眼中闪过一丝淡淡的哀伤，脸上的肌肉也牵动了一下。

那老者望了望游四微微有些古怪的脸色，似乎察觉到了什么，语气有些凝重，甚至有些小心翼翼地问道：“他是不是已经……”说到这里却停住不语，凝目于游四那俊逸清秀的脸上。

游四似乎明白老者想问的问题，禁不住目光有些空洞，郁郁地道：“在八年前，他老人家便仙逝了。”

那老者的脸上竟闪过一丝淡淡落寞的神情，眼神像游四一样空洞，似乎在思及故人。

无名十三和无名十五，及酒楼中所有的人都禁不住有些纳闷，不明白游四与这老者之间到底有什么关系。

游四似乎很快就从伤感中恢复过来，道："晚辈这几位兄弟若对前辈有所冒犯之处，还望前辈多多包涵!"说着又向无名十三和无名十五介绍道："这位就是三十年前一棍扫天下的棍神陈楚风前辈!"

"啊!"包机和包巧忍不住惊呼出声，皆有些不敢相信地望着眼前这个老者。

无名十三和无名十五并不清楚棍神陈楚风，或是年代太远，抑或他们在训练之中并没有听人提及到这个名字，但包机和包巧却听说过有关棍神陈楚风的事。

棍神陈楚风在三十年前就像幽灵蝙蝠一样出名，虽然没有幽灵蝙蝠那么神秘，但大江南北无人不知棍神陈楚风的厉害。一棍在手，横扫神州，万夫莫敌，鲜有敌手，也有人曾怀疑幽灵蝙蝠就是棍神陈楚风。

棍神的地位在江湖之中巩固了二十多年之久，只是到蔡伤这一辈年轻高手出现之后，才逐渐取代了棍神的地位。

江湖之中自然不会有人忘记，在评定蔡伤和尔朱荣地位之时的一个重要凭据，而这个凭据就是棍神。

在二十四年前，蔡伤挑战棍神，那一战，蔡伤胜了，也便从此定下了蔡伤在江湖之中的地位，但棍神陈楚风也是蔡伤全力击出"怒沧海"后唯一活着的人。有人传说陈楚风疯了，因为被蔡伤所败，伤重而疯。那是江湖传说，但后来江湖中又传出棍神复出的消息，甚至比以前更为厉害，而且要找蔡伤报一刀之仇，可是却遇上了尔朱荣，两个神话般的人物自然免不了要大战一场，之后陈楚风便再也没有在江湖中出现过，也不知他与尔朱荣的那一战谁胜谁负，人们传说棍神陈楚风已死在那一场比斗之中。

尔朱荣杀死了陈楚风，而陈楚风却在蔡伤的刀下逃生。因此，江湖中人都认为尔朱荣的武功高过蔡伤，加之北朝刻意捧称，尔朱荣竟在天下许多人的心中列人天下第一高手的位置。当然，实际上谁也不知道蔡伤和尔朱荣的武功谁更厉害，因为他们从来都未曾比试过，或许，只有棍神陈楚风的棍才有资格评判两人武功孰高孰低，但他却是个死人。死人当然不会说话，因此，蔡伤的刀，尔朱荣的剑，在很多时候都会成为江湖之中争论的话题。但谁也没有想到，棍神陈楚风仍然活着。

陈楚风不仅活着，而且还在二十多年后的今天出现于这样一个酒楼中，做了酒楼的老板。

这到底是江湖中的传言失误，还是眼前的老者并不是真正的陈楚风呢？

“你……你不是已经死了吗？”包机有些难以相信地问道。

陈楚风并没有否认，只是淡然道：“三十年前的棍神已死，三十年前的陈楚风也已死，老夫早已不用当初的名字。”

“可是你依然活着，而且活得很好！人世之间有很多东西可以死去又重现，但人的生命却只能死一次，至少前辈并未经历再一次轮回！”游四微微一笑道。

“老夫心已死，残躯依旧，那只是想过一点以前从未有过的生活。”陈楚风微微有些黯然地道。

“只可惜，我们的出现，又打破了前辈平静的生活，晚辈真是过意不去。”游四有些歉意地道。

“乱世之中，想苟且偷安的确很难，这并不能怪你们，即使你们不来，也会有人来打扰老夫的。只是我不明白，老夫二十多年未出江湖，也未与不颠居士联系，你是如何认出老夫的？”陈楚风有些不解地问道。

“前辈可记得家师的丹青之术？”游四问道。

“不错，他的丹青之术的确是世间罕有，可以说已经达到了传神之境，虽然不及你师叔谢赫谢赫为南北两朝时期著名的画家，善于画人物，更是绘画批语的开山始祖，但已是一代大师，可谓与武学并成两绝！”陈楚风有些感慨地道，似乎是在缅怀故人。

“当年家师曾在泰山之顶为前辈描像一幅，虽然岁月不饶人，但前辈今朝仍不可避免地保存着当初的气质，模样也没有多大的改变，当晚辈看到前辈出手之后，就立刻猜想前辈就是先师故人楚风前辈。”游四认真地道。

陈楚风再无怀疑，忆及当年豪情壮志、笑傲江湖、睥睨武林的气概，而今故人尽去，忍不住感慨万分。

“先师知道前辈定然仍活于世上，在八年前，先师本想找你，将晚辈交托给前辈，可是却不知前辈潜隐何方，也便只好作罢。在先师仙逝之前，将我送入葛家庄，由庄主教导，因此游四今日存身葛家庄之中。”游四语调有些低沉地道。

“嘿，老夫已经不再是你师父心中的我，但世间也只有不颠才能够真正地理解我，他才是我唯一的知己，逝者如斯，算了，这里的事老夫也不管了，你要怎样就怎样吧。这种战乱之地，也没有什么值得留恋的，是该换个地方了。”陈楚风涌出一股无奈之意。

“不，今日之事到此为止，飞雪楼中的一切损失全都算我的。”游四说着自怀中掏出一张银票，轻轻放在桌上，然后向无名十三和无名十五轻声道：“我们走！”

陈楚风一愣，他没有想到游四会作出这种反应，即使包机和包巧也给弄糊涂了，若是陈楚风不出手的话，单以无名十三和无名十五就足可以杀死他们，更不用说又加上一个可怕的游四了，那样他们活命的希望太渺茫了。陈楚风与游四的关系已表明，他不帮游四对于自己等人已是万幸，但谁又想到，游四竟然舍他们不杀，这的确出乎包机和包巧的意料之外。

游四缓缓转身，目光不经意地自风珍脸上扫过，稍稍停顿了一瞬间，然后大步向大门外行去，白裘长袍微扬，有种说不出的潇洒。

“咔……呜！”无名十三在经过门口时，右手以快得不可思议的速度捏住一人的脖子。

众人只听到一阵颈骨碎裂之声和一声低沉的闷哼，然后便见一道黑影划过虚空。

无名十三、无名十五及游四的身影便消失在这暗影之中。

“嗖……”一阵弩机的爆响，无数支劲箭全都没入那团暗影中！

“哼，找死！”无名十三冷喝一声，那团暗影一顿，向劲弩射出的方向撞了过去。

暗影，是一具尸体，是被无名十三以迅雷不及掩耳之势捏断脖子之人的尸体。

酒楼之中再一次骚乱起来。

夜色很深，淡淡的月辉，凄冷的寒风，微弱的火光之中，尔朱荣看到了倒于地上的尔朱天武和两名护卫，透过那道破碎的木门，也可以发现尔朱天问斜倚于土炕之上。

尔朱天问和尔朱天武等四人不声不响，犹如死了一般。

“你们杀了他们?”尔朱荣冷冷地问道，眼内尽是愤怒。

“我们暂时还没想到要杀他们。”那小娃娃粗声粗气道。

尔朱荣仔细地打量着眼前的小娃娃，却怎么也无法看出其特异之处，除了眼神之中多了几许阴狠和冷杀沧桑之外，可直觉告诉他，眼前这个人绝对不是娃娃，只是个侏儒而已，也许正因为如此，他才能够骗得了人。

尔朱仇却感到无可奈何，眼前这些人的演技的确太好了，任何一个末微细节，都不露半点破绽，甚至连碾米的动作，那小草棚的部署皆是精心的安排，不留半点破绽，单凭这份心思之细密，计划之周全，就不能不让人心寒了。

“你们到底想要怎样?”尔朱荣冷冷地问道。

“我只想请你跟我们去一个地方。”那侏儒声音阴冷地道。

“我们似乎并没有过节，而且在我的记忆中并没有阁下这号人。”尔朱荣似乎想缓解一下这种剑拔弩张的气氛，出言道。

“那是自然，但世间很多事情都不需要理由的。”侏儒道。

“你跟踪了我们三天?”尔朱荣突然问道。

侏儒的脸色微变，昂然轻笑道：“尔朱荣果然是尔朱荣，居然能觉察到我的踪迹，果然不愧为中原绝世高手之一。不错，确切地说，我只不过跟踪了你们两天半的时间，我原以为，你与黄海决斗两败俱伤后根本无法察觉我的存在，看来你比我想象中更为可怕。”

“但我等还是逃不出你们的算计，至少你们的演技比我们好多了。”尔朱荣嘲讽道。

“过奖!”侏儒淡笑道。

那本来一副病状的女人，此刻竟一脸煞气，出言道:“老大，这人武功深不可测，为了保险起见，还是封住他的穴道为佳。”

“嗯!”侏儒轻轻点了点头，那农夫便出手了，出手如电，快捷无伦。

尔朱荣的眼睛都未曾眨一下，更不想出手，或许他根本就没有能力出手抗击，这农夫的武功不差，甚至可以说是极为可怕。

侏儒的脸上闪过一丝异样的笑意，有种说不出的诡秘。

尔朱荣的脸色变了，尔朱情的脸色也变了，包括尔朱仇和另外两名护卫。

尔朱荣的脸色大变，并不是因为那农夫的袭击之可怕，相反，却是因为农夫的一记重袭并不是击向他!

农夫的重袭并不是击向他，而是击向尔朱情!

这一突变的确太出乎所有人的意料之外了，包括尔朱荣和尔朱情。

农夫的身子似乎魅影飘浮，当尔朱情发现不对劲之时，那两只手指已经绕过尔朱荣逼入尔朱情的三尺之内。

三尺，并不是一个很长的距离，甚至可以说很短，短得连脑子都来不及转动。

高手，指挥自己的并不是脑子，而是感觉，一种手感，一种根本不必经过思考的本能。

尔朱情便是高手，他出剑，根本就不必经过思考，便像是呼吸一样自然，更像睡觉一样清新。

因此，他出手一剑，也自然、优雅、恬静得若跃动于山间那小溪中的流水。

尔朱情——没有中毒!

鼓楼高达六丈，可谓是京城之中最高的建筑。

六丈鼓楼分五层，顶部架着三面巨鼓，气势磅礴。在平时，并不允许有人进入鼓楼之中，长时间都会有人把守着。

当然，若是极有身份之人进入鼓楼那并不是一件难事，比如今日的安黛公主和凌通，就没有人敢阻止，即使是萧灵也绝没人敢阻拦，只是今日似乎有些不太妙。

凌通在安黛公主一呼之时，便已警觉，虽然他正有些意乱情迷，可是猎人的警觉仍然存在于每一根神经。

白光只是闪映着楼角悬挂的风灯而已，那是一柄剑。

破瓦而出的剑，像是复苏的毒蛇直射向凌通的咽喉。

森寒锐利的劲风几乎让凌通也无法自由呼吸。

好凌厉的一剑，也是必杀的一剑，那一剑似是潜伏了千年的冤魂，将所有的冤气全都倾泻在这致命的一击之上。

挡无可挡，那就只有躲，凌通的身子滑溜如鼠，就像是一个不倒翁般，以最快的速度向一旁倒斜，整个身子若悬于屋角的风铃，倒挂于那突出的瓦棱之上。

“哗!”一道身影自琉璃瓦之下破出，并没有人能够看清他的面孔，但却能够发现他的剑。

剑锋偏转，拖过几缕血花，向凌通的双脚斩去。

凌通的闷哼之声被众侍卫的呼喝所掩盖。

鲜血，自然是来自凌通的身上，虽然他躲过了那致命的一击，但那一剑却在他的肩上削下了一片皮肉，几乎深可见骨。

那剑快，凌通的身子也的确不慢，只是那一剑太过突然，仓促之中他才会受到这般痛楚。

安黛公主被凌通夹在怀中，禁不住大声惊呼，凌通倒挂的动作太过突然，让安黛公主的一颗心几乎悬到了胸腔口，若非凌通抱得极紧，只怕早已尖叫不已了，同时她也禁不住伸手抱紧凌通的腰。

“公主先走!”凌通在一荡的同时，顺手便将安黛公主甩了出去，送入第三层楼阁之中。

凌通的身子与安黛公主同时坠落，在送出安黛公主的一瞬间，凌通双脚松开，如倒栽葱般向地下飞坠，但也躲开了失去双足的危险。

“噗!”一盏风灯被凌通下坠的身形撞中，更被他的手给撕爆。

“嗖……”一排劲弩紧贴凌通之背向那神秘的杀手疾射而去。

安黛公主再次惊呼，虽然她安全地落于第三层楼阁之中，但那里同样潜伏着杀机。

凌通心中几乎暗叫“我的娘”，但无论如何，他绝对不能让公主受伤，否则他可是吃不了兜着走，虽然他不明这些人是针对他还是针对公主，可无论是针对谁，只要对方杀死了公主，那么自己唯有死路一条。至少，安黛公主是因为自己而死，萧衍最疼爱的女儿之一，若是让她死了，凌通岂有活命之理？那时候谁还会管你救驾有功？

凌通根本来不及细想，便借那风灯的一带之力，身子斜射向第三层楼阁。

在瓦棱之上暗算凌通的杀手微微一翻身，却掠入第四层楼阁，那些劲弩根本对他产生不了威胁。

众侍卫一时慌了手脚，顶楼的侍卫飞速向楼下扑，底下的侍卫飞速向楼上奔。

安黛公主一落脚阁楼之中，一缕剑风已经从侧面袭来，幸亏她平时喜欢打斗，临敌经验还有那么一点点，在这要命的时刻，再也顾不了什么公主的身份，倒地一滚，却一下子撞到柱子上，差点给撞昏过去，尽管如此，还是躲过了那要命的一剑!

安黛公主平时虽然也舞刀弄剑，可是内功的根底极浅，只是招式十分神妙，至于挨打的功夫更是差得紧。

“哗!”安黛公主被撞得晕头转向之时，那潜伏的杀手已经一脚踢至，狠厉至极，安黛公主慌里慌忙时竟抓到一块几寸厚的木板，奋力格挡那一脚，木板立即被踢了个粉碎，强猛的力道几乎让她双手的虎口尽裂。

“恶贼，去死吧!”却是凌通的怒喝声。

“凌通救我!”一听到凌通的声音，安黛公主心中不由升起一丝希望。

那人却不管凌通的呼喝，只是向安黛公主再次出击。

"嗖!"凌通在跃上阁楼之时，手中已经扣好一支毒弩，此刻一入楼便即射出。

那刺客没办法，他根本不可能快得过那支毒弩，更何况安黛公主仍有反抗之力，在他根本无法击杀安黛公主之时，就会被毒弩射死，他自然不愿意这样做。

"砰!"毒弩落空，却钉在安黛公主所撞的那根粗木柱之上，那刺客几个倒翻身，准备退开，但凌通怎会允许？此时的他，早已杀机大起。

肩上的伤口火辣辣地痛，鲜血更染红了衣衫，可是凌通并不在意这些。

"公主，你没事吧？"凌通伸手扶起狼狈的安黛公主，轻问了一声，便挥剑疾扑而上。

那刺客似乎并不想缠斗，一刺不成，马上疾退，他当然知道，如果被凌通缠住，那只会是死路一条，自底楼上来的侍卫，以及顶楼下来的侍卫，可绝对不是吃素的。

不过，在楼阁之中想退并不容易，何况凌通又怎会让他逃脱？

那刺客在退至阁楼之边时，凌通的剑已经电快而至。

"想逃，先得问问本公子手中的剑!"凌通显然是极为恼怒了。

"叮!"那刺客并不怕凌通，凌通本就负伤在身，此刻虽然恼怒，但功力却大打折扣，然而他却忽略了凌通的剑。

削铁如泥的屠魔宝剑!

那刺客剑断，而屠魔宝剑顺势而入，刺客大惊，身子向后疾仰。

"呼!"一股疾风自凌通身后涌至。

"小心!"又是安黛公主的呼喝，同时也挺剑来攻。

这不知天高地厚的娇贵公主，其剑式倒也极为精妙。

凌通自然也感觉到身后攻来的人是个高手，而且对方正是在瓦棱之上暗袭他的那个贼人。

凌通大吼一声，脚下一错，屠魔宝剑平拖而下，绕一个大弧自身后反挑而起。

这一手漂亮至极，那断剑的刺客一声狂号，胸腹间被破开一道长长的血槽，倒跌而出。

“啪!”那自身后扑向凌通的刺客，剑身在屠魔宝剑上平拍，并不与它的神锋相接。

凌通只感到一股巨力直冲入体内，身形一个踉跄，竟站立不稳。

森寒的杀意直袭而入，进逼凌通的咽喉。

凌通的眸子之中闪过一丝惊骇，但面色却镇定无比。

“当!”不知什么时候，凌通的袖中竟多了一柄短剑。

这是蔡风最初所用的短剑，也是北朝速攻队所专用的短剑，而此刻却为凌通挡开了这致命的一击。

随着凌通撤出短剑，一蓬烟雾状的粉末顺着击出的短剑而散出，向那刺客脸上罩去。

那刺客一惊，他似乎知道眼前这小子浑身都是法宝，如何敢忽视这一蓬烟雾？不由得借短剑的反击之力倒翻而出。

安黛公主丝毫没有畏怯，反而出剑更疾，在灯光的映衬下，剑芒流转，那也是一柄好剑。

“哼!”那刺客不屑地喝了声，脚尖微探，竟然破开那剑芒流转的剑网。

安黛公主一声惊呼，被对方踢得翻了个跟斗，摔在地上。

“嗖……”几支弩箭阻止了刺客趁机击杀安黛公主的打算。

刺客的身形一旋，若一团风，那射至的弩箭在“叮叮……”一阵乱响之时，尽数被击落。

凌通正准备出击，但刺客已经早一步行动，劲带风雷，直扑而至。

凌通自然知道自己的功力与对方相比，并不会相差很多，但是他受伤在先，鲜血此刻也不知流了多少，手臂都失去了力气，如何还敢逞强？只得滑步让开。

那刺客竟不直逼凌通，而是向另一名伤得不轻的同伴扑去。

那受伤的刺客似乎明白了什么，口中沙哑地喝道：“不要……”但一句话还没有说完，一柄利剑已经刺入了他的咽喉。

是那偷袭凌通的刺客的剑!

“砰!”击在那受伤刺客身上的，不仅是一柄夺命的剑，更有一记重掌。

凌通和安黛公主呆住了，他们没有想到会是这种结局，在他们思维混乱之时，那未受伤的刺客已将死去的同伴尸体抛向虚空之中，而他也纵身跃出鼓楼，在尸体上一借力，便已蹿入一处暗影之中消失不见。

“公主，奴才该死，让你受惊了，还望公主恕罪!”众侍卫此刻才拥入鼓楼的第三层，惶恐不安地跪在地上请罪。

凌通的双腿一软，此刻他身上竟使不出半点力气，鲜血似乎将生机也一丝丝地流走了，失血之后的虚弱，让他两眼发花，单膝跪地，拄剑而立，大口大口地喘息着。

“凌通，你怎么样了?”安黛公主一惊，也顾不得自己灰头土脸的样子，急扶住凌通关切地问道。

“啊，你流了这么多血，快，快给他止血!”安黛公主触到的正是凌通那湿漉漉的血水之处，弄得她满手都是鲜血。

凌通虚弱地露出一个苦涩的笑容，低声艰难地道：“公主，凌通明天……大概无法与你比武了。”

“不，不要紧，不要紧！侍卫，你们都死了吗？还不快止血!”安黛公主心头大急，几乎语带哭腔地吼道。

众侍卫一下子也慌了，忙七手八脚地封住凌通伤口周围的穴道，更各自从怀中掏出止血的金创药，也不管是否有效，能用的便全都倒在凌通的伤口上。谁也没想到，这娇娇公主没因为自己弄得灰头土脸、狼狈不堪，甚至险死还生而发脾气，却因为凌通的伤而急成这样。当然，这些侍卫们根本就无法捉摸公主的心思。

凌通心中暗暗感激，但那刺骨的疼痛，竟使他昏了过去。

野狗的吠声四起，为夜色增添了几许阴森，林间的光线极暗，虽然寒意犹浓，但林间的树木极为茂密，古松、灌木、藤蔓，一派原始而荒野的景象。

虽然北魏人口较南朝多些，也绸密一些，但在这般富源辽阔的土地之上，仍有许多只有野兽和猎人才涉及的地方。

山多林密这是极为正常的事。

普其挥刀乱斩荆棘，行了一段路，却发现有一点火光传来，心头禁不住一动，侧耳倾听野狗的“呜呜”之声，也正似是自那点火光传来之处飘来。

普其极为小心地踏过雪面向火光传来之处逼近，手心却隐隐渗出了汗珠……

通天上人守在金老大和祈公子身边，心神也极为紧张，凝神不住地打量着四面八方。

“我们去树上去待着好了！”金老大想到桑拉那啃得光秃秃的骨头，心中禁不住有些发冷，是以提议道。

“是呀，我们上树吧！”祈公子也附和道，他也害怕那些野狗来骚扰，一个不好，步入桑拉的后尘那可就是太过凄惨了。

通天上人望了望两人，微微皱了皱眉，金老大和祈公子身上的狗尿味的确极浓，臭得让人想吐，但身为同路人，也只好按他们的意思。通天上人将金老大和祈公子送上树顶，两人虽然腿上经络尽闭，但手仍能够活动，不过，力道却大打折扣了，尽管如此，但要在树上稳住身子还是一件比较轻松的事情。

金老大和祈公子虽然稍放下了心，可是通天上人却在心中升起了一抹阴影，淡淡的，似乎有一种无形的压力在心中滋长，抑或是他感觉到了那潜在的杀机。

杀机在滋长，在暗生，似乎渗透于夜色的每一寸空间。

通天上人飘然落地，在一丛灌木枝上落足，眸子里闪过幽绿的暗光，扫视着密林的每一寸空间。

其实这一片树林并不是十分茂密，至少这一块就不如人想象的那么茂密。

金老大和祈公子也感觉到了异样，通天上人的表情很少如此严肃过，而此刻表现得这么严肃，可见事态的确有些严重。

“蔡风，有种的就出来，我知道你在这里，又何必如此鬼鬼祟祟的？”通天上人突然出口喊道。

林中寂静如水，空荡荡的回音似乎落在每个人的心弦上。

通天上人的指节一阵“噼啪”作响，显然已在提劲。

林间的杀意依然狂涨，似乎每棵树木都在做着极为有规律的颤抖。

“蔡风，如果你是个人物，就不要藏头露尾，出来与本僧战上三百回合！”通天上人激将道。

“和尚的方法不嫌太过老套了吗？”一个冷冷的声音自阴暗的树隙间飘了出来。

通天上人的目光立刻转移到声音的传来之处，而就他转头的一刹那，他耳中听到了两声弦响，然后就是金老大和祈公子的惨叫及坠落时撞断树枝的声音。

通天上人大惊，转身却发现金老大和祈公子的咽喉上各插着一支矢箭，人已经气绝身亡。

通天上人杀机狂升，他没想到对方会如此狠下毒手，一上来就分散了他的注意力，而趁机杀人，看来这个敌人也太心狠手辣了一些。

“不用怜惜，那两个废物只会让你碍手碍脚，于是我就帮你送了他们一程，至少可让你减少一点负累，你应该感谢我才对！”声音刚完，通天上人的视眼中已经出现了一个面目冰冷，却挺拔如松的年轻人。

“你是蔡风？”通天上人的目光之中射出森冷而阴寒的厉芒，冷冷地问道。

“如果我是蔡风，你的脑袋就已经是死物了，根本就没有说话的能力！”那年轻人冷傲地道。

“那你究竟是谁？为何对他们施下如此毒手？”通天上人的杀机狂涨，怒问道。

“我是你的敌人，且是蔡风的兄弟，杀他们是理所当然之事。”那年轻人正是三子，而放箭射死金老大与祈公子的人必是莫言、胡忠无疑了，他们根本不必如通天上人那般四处寻找蔡风的脚印，只需要顺着野狗的足印及蔡风所留下的标记走就行，而在追寻之中，他们竟发现有四个脚印踩在野狗足印上，这使他们立刻猜到有人在追杀蔡风。所以，他们立刻加快速度向前狂追，因此，很快就追上了通天上人诸人，只是三人一直未找到合适的下手机会，此刻通天上人与普其分散，正是他们下手的大好机会，岂会放过？是以，三人一出手就干掉了金老大和祈公子，以绝后患。

通天上人的眸子之中闪过两道寒芒，四顾环望了一眼，他要找出在暗中放箭的凶手，如果这两个放暗箭的人不除，只怕今夜不战就已先落在下风了。

“和尚，可以说出你的来历吗？你们究竟是受谁指使的？”三子有些玩世不恭地问道，此刻他的心情稍稍好些，至少他知道蔡风并未出事，否则这几个人也就不必四处乱找了，只怕双方早已分出了胜负。

不过，此时三子隐隐猜到蔡风可能受了重伤，否则的话，以这几个人的实力大概还难不倒他。

通天上人虽然为修佛之人，但却并非佛门正宗，以他的定力仍被三子的轻蔑和狠辣给深深激怒了。

“小子找死，佛爷就送你上西天！”通天上人怒吼着向三子飞扑而上。

三子轻蔑地一笑，两支劲箭如毒龙一般自两侧向通天上人飙射而至。

快、准、狠，更拖起两股尖厉的锐啸，声势的确骇人。

“雕虫小技！”两支劲箭在射入通天上人的气劲之时，突地消失于他那僧袍之下，似乎他毫不费劲便已将劲箭接下。

幽光一闪，三子的剑已经破开通天上人的气劲，毫无阻隔地直逼其面门，这一剑，竟比劲箭更快。

通天上人怪叫一声，“叮叮”两声脆响，截住三子利剑的正是那两只被通天上人接下的劲箭。

“哧！”箭头在利剑上擦起一溜火花，斜斜标向三子的咽喉。

三子微微吃了一惊，通天上人的武功似乎超出了他的估计，不过，他并不怕，反而更为兴奋。

“砰！”三子的剑被阻，瞬即出脚，但是通天上人早料到这么一招，竟能够率先阻拦。

三子的左手在胸前画了个太极圈，那两支劲箭似遇到一股强劲的牵扯之力，全都蹿向那太极圈之中，紧接着他身形暴退，双足却在身后的树上轻轻一点，借反弹之力，再次反扑通天上人。

通天上人的眸子之中闪过一丝淡淡的惊讶，眼前这年轻人的武功的确出乎他的意料之外，他本欺对方年轻，可是越是年轻就越可怕，三子的武功绝不在他之下，武功招式和应变之巧妙绝对已达到一流高手之列。

当然，能够成为蔡风的兄弟自然有着过人之处，这是不可否认的。通天上人也想到了这一点，只不过他从来未见过蔡风出手，也就只能从道听途说中对蔡风的武功稍作估计，可是他总不相信这些传说会是真实的。不过，眼前三子的攻击力却绝对可怕，并不比他逊色。